dtv

Kate Fansler, die kluge und unkonventionelle Literaturprofessorin, hat eine Gastdozentur an einer kleinen juristischen Hochschule angenommen. Dabei begegnet sie der geheimnisvollen Sekretariatsleiterin Harriet, die sich zur Spionin berufen fühlt. Als Vertreterin dieser achtbaren Profession hat sie die Augen natürlich überall – und macht einige brisante Beobachtungen. Zum Beispiel: Ist es nicht sonderbar, daß die bisher einzige Frau, die hier einen Lehrstuhl innehatte, eines gewaltsamen Todes starb? Vor allem, da sie dem reaktionären männlichen Lehrkörper ein Dorn im Auge war ... Und dann die Professorengattin, die ihren Mann umgebracht hat: Diese Universität hat ein paar bemerkenswerte Leichen im Keller. Dazu befragt, kann Kate natürlich nicht widerstehen. Sie beginnt ihrerseits mit Nachforschungen, wobei es sie zutiefst befriedigt, daß sie die ganze Riege männlich-selbstgerechter Professoren gegen sich aufbringt.

Amanda Cross (eigentlich Carolyn G. Heilbrun), geboren 1926, lebt in New York. Sie machte als feministische Literaturwissenschaftlerin Karriere an der Columbia University und wurde mit ihrer Detektivin Kate Fansler zu einer der bekanntesten und angesehensten Krimiautorinnen.

Amanda Cross

Spionin in eigener Sache

Roman

Deutsch von Helga Herborth

Deutscher Taschenbuch Verlag

Von Amanda Cross
sind im Deutschen Taschenbuch Verlag erschienen:
Verschwörung der Frauen (8453)
Tödliches Erbe (11683)
Süßer Tod (11812)
Der Sturz aus dem Fenster (11913)
Die Tote von Harvard (11984)
In besten Kreisen (20190)
Gefährliche Praxis (20233)

Für Judith Resink und Dennis Curtis

Ungekürzte Ausgabe
April 1997
2. Auflage März 1999
Deutscher Taschenbuch Verlag GmbH & Co. KG,
München
© 1995 Carolyn Heilbrun
Titel der amerikanischen Originalausgabe:
›An Imperfect Spy‹ (Ballantine Books, New York)
© 1995 der deutschsprachigen Ausgabe:
Vito von Eichborn GmbH & Co. Verlag KG,
Frankfurt am Main
Umschlagkonzept: Balk & Brumshagen
Umschlaggestaltung unter Verwendung eines Gemäldes
von Fernand Khnopff
Gesamtherstellung: C. H. Beck'sche Buchdruckerei,
Nördlingen
Gedruckt auf säurefreiem, chlorfrei gebleichtem Papier
Printed in Germany · ISBN 3-423-20191-6

Aber heute sah Smiley leidenschaftslos in sein eigenes Herz und erkannte, daß er ungeführt und vielleicht unführbar war; daß die einzigen Forderungen, denen er sich fügte, die seines Verstandes und seiner Menschlichkeit waren.

John le Carré,
›Agent in eigener Sache‹

Prolog

> Plötzlich fühlte er eine wachsende Panik aufsteigen, eine Hilflosigkeit, die nicht zu ertragen war.
> *John le Carré,*
> ›Schatten von gestern‹

Der Mann am Fenster in der zweiten Reihe der ersten Klasse freute sich schon, denn offenbar blieb der Sitz neben ihm frei. Der Flug von London nach New York war lang. Ein Glück also, daß ihm niemand seine Gesellschaft aufzwingen würde. Er stellte die Aktentasche auf den Nebensitz und seufzte erleichtert. Gerade sollten die Türen geschlossen werden, da betrat in allerletzter Minute eine Frau das Flugzeug, lächelte die Stewardeß entschuldigend an und steuerte auf den freien Sitz neben ihm zu. Er nahm die Aktentasche fort, verfluchte innerlich sein Schicksal und wußte, daß man ihm den Verdruß ansah.

Sie war alt. Alt und schwer. Aus den Fugen geraten, mit struppigem grauem Haar, das nach einem Kamm schrie und einem Besuch beim Friseur. Wenn ihm schon ein weibliches Wesen den ganzen Flug lang auf den Pelz rückte, warum dann nicht was Junges, Attraktives, das zu einem Flirt einlud? Alte Frauen waren das Letzte. Irgendeinen Vorwand fanden sie immer, einen anzuquatschen, stellten alberne Fragen, und ehe man sich's versah, hörte man sich ihre Lebensgeschichte an und lief Gefahr, vor Langeweile zu sterben; als einzige Rettung blieb dann, sich schlafend zu stellen. Wirklich, zu ärgerlich. Wenigstens hatte sie den Sitz am Gang; alte Frauen mußten dauernd pinkeln, und hätte sie den Fenstersitz, würde sie wahrscheinlich alle fünf Minuten über ihn steigen, ihn wecken und mit endlosen, langweiligen Entschuldigungen nerven. Wie in der ersten Klasse üblich, fragte die Stewardeß nach ihrem Namen, um ihn anhand der Passagierliste zu überprüfen, doch der Mann verstand ihn nicht.

Die Frau bestellte eine Bloody Mary und schnallte sich mit routiniertem Griff an, wobei sie den Gurt bis zum Äußersten dehnen mußte, damit er um ihre ausladende Mitte paßte. Nachdem sie dann Notizblock, Stift und ein Buch aus ihrer Tasche geholt und sie unter dem Vordersitz verstaut hatte, vertiefte sie sich in das Buch. Außerstande, seine Neugier zu bezähmen, reckte der Mann den Kopf, um den Titel zu erspähen; aber nur die Kapitelüberschriften standen oben auf der Seite, aus denen er nach einer Weile schloß, daß das Buch von Freud handelte. Sie schien es amüsant zu finden, lachte ab und zu in sich hinein und machte sich Notizen. Eine Intellektuelle offenbar, mit einem akademischen Pöstchen irgendwo und allem Anschein nach von der anti-freudianischen Fraktion. Er war Psychoanalytiker, aber fest entschlossen, das vor ihr zu verbergen. Wenn sie anfing, ihm mit ihren Ansichten über Freud zu kommen, würde er ganz geduldig zuhören und dann wieder sein Nickerchen halten. Er mußte sowieso nachdenken.

Angesichts seiner ausgeklügelten Abwehrstrategien irritierte es ihn allmählich, daß sie ihn überhaupt nicht beachtete. Als das Essen serviert wurde, mit Tischtuch und all den anderen kleinen Extras der ersten Klasse, las sie stur weiter; allerdings hatte sie ihr Buch gegen ein Paperback ausgetauscht. Zum Essen gönnte sie sich offenbar was Triviales. Sie hielt das Buch mit der linken Hand, während sie mit der rechten aß, und er konnte den Titel erkennen. John le Carré: *Dame, König, As* irgendwas. Im Grunde ihres Herzens war sie also ein einfach gestricktes Gemüt. Wie er hatte sie sich für Weißwein zum Essen entschieden, im Gegensatz zu ihm aber Fleisch statt Fisch bestellt. Es wurmte ihn, daß er sie mit weit größerem Interesse beobachtete, als sie ihn. Er mochte keine alten – pardon, ältere mußte man heute ja sagen – Frauen. Sie könnte fast seine Mutter sein, und seine Mutter mochte er ganz gewiß nicht. Er sah sie nur selten, genauer, überhaupt nicht. Sein Lehranalytiker hatte ihm geraten, den Kontakt ganz abzubrechen. Außerdem war er der Meinung, Frauen sollten auf ihre Figur achten, wenn sie in die Jahre kamen. Welcher Mann wollte sich schon mit ihnen befassen, wenn sie sich so gehen ließen? Ihre Nägel waren kurz geschnitten, und sie trug keinen Ehering. Hatte wahrscheinlich nie einen Mann gehabt. Lesbierin vielleicht, nein, ganz bestimmt, sagte er sich dann. Und bei dem Gedanken besserte sich seine Laune. Kein Wunder, daß sie ihn ignorierte; der ganze Sinn des Lesbentums war ja, Männer zu ignorieren, oder nicht?

Nach dem Abendessen wurde ein Film gezeigt und das Kabinenlicht abgedämpft. Eine Weile las sie im Schein der kleinen Lampe über ihrem Sitz weiter in ihrem le Carré-Roman. Dann legte sie das Buch beiseite, streckte die Beine über ihre Tasche aus – mit ihren kurzen Beinen konnte sie das, im Gegensatz zu ihm mit seinen langen –, schloß die Augen und schien einzunicken. Als auch er die Augen schloß, merkte er, daß er auf die Toilette mußte. Das hieß, er mußte sie aufwecken und (entsetzliche Vorstellung!) über sie hinwegsteigen und beim Zurückkommen noch mal! Er öffnete seinen Gurt, den er – es war ihm ein Rätsel – immer noch festgeschnallt hatte.

Normalerweise öffnete er ihn schon, ehe die offizielle Erlaubnis kam. Er tippte ihr leicht auf die Schulter und erhob sich. Sie trat in den Gang, um ihn vorbeizulassen; als er zurückkehrte, saß sie nicht auf ihrem Platz, hatte offenbar die Gelegenheit genutzt, selbst die Örtlichkeiten aufzusuchen. Es blieb ihm also erspart, über sie hinwegzusteigen, und sowie er wieder auf seinem Sitz war, stellte er sich schlafend, für den Fall, daß das kleine Intermezzo sie zum Reden inspiriert hatte. Aber kaum hatte sie sich gesetzt, dämmerte sie ein. Er beschloß, sich den Film anzugucken und grub die Kopfhörer aus; der Film war so idiotisch wie zu erwarten, und er ertappte sich dabei, wie er immer wieder zu ihr hinblickte. Es war wie ein Zwang. Und während er in ihr selbstgenügsames Gesicht sah, kam er sich vor wie jemand, der lauthals verkündet, nichts auf der Welt könne ihn bewegen, auf eine bestimmte Party zu gehen, und dann feststellen muß, daß er gar nicht eingeladen ist. Ablehnung ist immer schwer zu verkraften. Das mochte auch der Grund sein, warum er sie, unerklärlicherweise, gegen Ende der Reise ansprach.

Die Stewardeß nahm die letzten Getränkebestellungen auf. Als sie bei ihnen anlangte, bestellte der Mann einen Courvoisier. Sie sagte, sie hätte gern einen Aquavit, wenn möglich. Mit einem Lächeln erklärte sie der Stewardeß: »Ich bin in Schweden auf den Geschmack gekommen, aber wahrscheinlich gibt es den auf diesem Flug nicht.« Doch es gab ihn. Und er hörte sich allen Ernstes auch einen bestellen, statt des Cognacs. Mittlerweile war ihm aufgefallen, daß sie Turnschuhe trug oder Joggingschuhe oder wie man es nannte, ein jedenfalls völlig unpassend sportliches Schuhwerk, was sein Urteil über sie noch ungünstiger ausfallen ließ. Trotzdem bestellte er ihren Drink. Er hatte keine Ahnung, warum. Höchstens weil auch er, wie er zugeben mußte, vor einigen Jahren in Skandinavien Aquavit schätzen gelernt hatte. Und das sagte er ihr.

Sie lächelte freundlich. Ein schnelles Lächeln. Eine Antwort kam nicht.

»Sind Sie Professorin?« hörte er sich fragen. Sie sah wie eine aus. Verdammt, sie sah aus, als hätte man bei einer Schauspielagentur nach dem Prototyp einer Professorin gefragt – völlig humorlos, borniert und keine Ahnung, nach welchen Regeln gespielt wurde. Diese Sorte kannte er. Sie tauchten in medizinischen Fakultäten auf und neuerdings, zu seinem großen Bedauern, auch an psychoanalytischen Instituten.

»Ja«, sagte sie. Entgegenkommend war sie nicht, fragte ihn nicht mal, was er sei. Sie wollte es nicht wissen.

»Ich bin Arzt«, hörte er sich sagen, verschwieg aber sein Spezialgebiet.

»Ich verstehe.« Noch ein Lächeln. Sie hatte ein recht nettes Lächeln, das mußte er ihr lassen. Für eine alte, aus den Fugen geratene Frau. Plötzlich war er verlegen. Sie hatte ihm fest ins Gesicht geblickt, als sie sagte: »Ich verstehe«, und er war sich sicher, daß sie die ganze Zeit genau gewußt hatte, was er dachte. Typen wie ihm war sie schon oft begegnet. Bestimmt hatte sie sich die ganze Zeit eins in ihr Doppelkinn gelacht. Es war zum Verrücktwerden.

Kein Wort würde er mehr mit ihr reden! Sie wandte sich wieder ihrem Buch zu, diesmal dem Hardcover über Freud, und er tat, als vertiefe er sich in seine Zeitung. Er kochte. Aber was hatte sie ihm eigentlich Schlimmes getan? Nichts, außer ihn in Ruhe zu lassen. Auf passiv-aggressive Art natürlich; nur so hatte sie seine Aufmerksamkeit erringen können, was sie genau wußte. Und er war drauf reingefallen. So war diese Sorte Frau eben; genau wie seine Mutter. Auf die eine oder andere Art mußten sie einen ständig fertigmachen.

Nach der Landung holte sie ihre Reisetasche aus der Gepäckablage und verließ das Flugzeug vor ihm. Er sah sie die Gangway entlang zum Terminal eilen, wo sie verschwand.

Nicht im Traum hätte er daran gedacht, die Sache auch nur mit einem Wort zu erwähnen, wäre die Polizei nicht bei ihm aufgetaucht. Man hatte ihn durch die Passagierliste ausfindig gemacht. »Aber was hab ich mit ihr zu tun?« hatte er zuerst gefragt. »Wir haben kaum miteinander geredet; und dann verschwand sie im Terminal.«

Genau das war der Punkt, stellte sich heraus. Denn sie war nicht nur im Terminal verschwunden, sondern, allem Anschein nach, auch vom Erdboden. Seither hatte man nichts mehr von ihr gehört und gesehen.

Er verspürte ein leichtes Triumphgefühl bei dieser Nachricht, aber das sagte er nicht, wiederholte nur, er habe kaum ein Wort mit ihr geredet, wie solle er der Polizei da weiterhelfen? Und erst nach hartnäckiger Befragung durch die beiden Ermittler kam die ganze Geschichte heraus. Wenn man von einer Geschichte reden konnte! Und da die Polizei darauf bestand, das Ganze auf Video aufzuzeichnen, war es nun für alle Ewigkeit archiviert. Zuerst hatte er einen trockenen Bericht geliefert, seine Gedanken und seinen Zorn verschwiegen, aber am Schluß zogen ihm die Ermittler alles aus der Nase. Auch viel später wußte niemand, der die Professorin gekannt hatte, was davon zu halten war: Hatte sie sich einen glorreichen Abgang verschafft, oder war ihr Verschwinden das Resultat einer weiteren typischen Erfahrung mit einem männlichen Akademikerkollegen? Mit der Zeit neigte man zu letzterer Ansicht. Sie hatte sich in Luft aufgelöst, und kein Zweifel, Männer wie dieses herrliche Musterexemplar hatten sie dazu getrieben. Und doch – hätte sie ihnen die Genugtuung gegönnt, einfach zu verschwinden? Denn wer wußte besser als eine Frau in der Akademikerwelt, daß die meisten männlichen Kollegen, bekämen sie die Gelegenheit, sie genau dazu auffordern würden: sich in Luft aufzulösen.

Und an diesem Punkt ruhte die Angelegenheit – für eine Weile.

I

> Man nennt es Höflichkeit, aber in Wahrheit ist es nur Schwäche ... Schwäche und die Unfähigkeit, ein erfülltes Leben unabhängig von Institutionen ... und emotionalen Bindungen zu führen.
>
> John le Carré,
> ›Dame, König, As, Spion‹

Als sich Kate Fansler nach vielen Monaten endlich dazu durchringen konnte, das hektische letzte Jahr noch einmal zu überdenken, fand sie eines im Nachhinein geradezu hellseherisch: daß ihr zu Beginn ausgerechnet George Smiley in den Sinn gekommen war, dessen letzte Abenteuer mit seinem sowjetischen Gegenspieler Karla sie damals gerade gelesen hatte. Man hatte sie eingeladen, einen Vortrag an ihrer alten Schule zu halten – eine jener Einladungen, die man nicht ablehnt, weil einem einfach die passenden Worte fehlen. Während sie sich widerstrebend auf den Weg machte, war ihr le Carrés Bemerkung über Smiley eingefallen: »Mit düsterer Vorahnung stimmte Smiley dem vorgeschlagenen Termin zu. Ihm, der sich sein Leben lang Tarngeschichten ausgedacht hatte, gelang es immer noch nicht, sich aus einer Dinner-Einladung herauszureden.«

Was ihm bei einer Einladung an seine alte Schule auch nicht gelungen wäre, versicherte ihm Kate, als sie zur Busstation ging. Gewiß, sie hatte keine Scheinexistenz geführt, immer den gleichen Namen und nur eine Identität gehabt, aber während sie sich allen möglichen gesellschaftlichen Ereignissen wie Dinnereinladungen, Cocktailparties und besonders Ehemaligentreffen jeglicher Art erfolgreich entzog, streckte sie, mit tiefem Groll zwar, bei einer Einladung ihrer früheren Schule die Waffen.

Als sie im Bus saß, brütete Kate weiter. Seit sie die statistische Lebensmitte überschritten hatte – heutiger Statistik nach, die von einer längeren Lebenszeit ausgeht als die vorsichtige Schätzung der Bibel –, hatte sie beschlossen, sich keine Strategien mehr auszudenken, sondern die Dinge auf sich zukommen zu lassen und dann zu entscheiden. Strategien und Prinzipien engten einen ein und lähmten das Denken. An einem Prinzip hielt sie jedoch nach wie vor fest: nie an die alte Schule oder das alte College zurückzukehren, und je mehr Zeit seit ihrer Schul- und Collegezeit verstrichen war, desto hartnäckiger vertrat sie diese Devise. Trotzdem saß sie jetzt im Bus auf dem Weg zum Theban, der berühmten Privatschule für Mädchen, auf die sie vor vielen Jahren gegangen war.

»Willst du allen Ernstes dahin zurück und einen Vortrag halten?« hatte Reed erstaunt gefragt. Kate merkte, daß er sich ernsthaft sorgte, beinahe als sei ihre Zusage ein Symptom ihres körperlichen und geistigen Verfalls.

»Ich konnte einfach nicht ablehnen.« Gereizt hatte sie auf die Standardantwort aller zurückgegriffen, die einer unliebsamen Einladung in die Falle gegangen sind. »Die Direktorin bat mich, einen Vortrag für die Eltern der Oberstufe mit anschließender Diskussion zu halten. Mit gewissem Nachdruck wies sie mich darauf hin, daß ich seit dem Zwischenfall mit den Hunden damals jede Einladung ans Theban abgelehnt hätte.«

»Aber das war doch unter einer anderen Direktorin«, hatte Reed eingewandt, der Kates elitäre Schulbildung schon immer einschüchternd gefunden hatte.

»Ja schon, und der war ich keine Gefälligkeit schuldig, wenn du mir die entsetzliche Redewendung erlaubst. Eher umgekehrt. Aber bei der jetzigen habe ich zweimal darum betteln müssen, daß die brillante Tochter einer Freundin aufgenommen wird, denn besagte Tochter weigerte sich stur, sich so zu benehmen, wie es von einer Bewerberin fürs Theban erwartet wird. Ehrlich gesagt hatte ich gedacht, die Sache wäre durch meine Spende abgegolten, aber wer wollte dem Theban unterstellen, Geld und Bildungsauftrag zu verwechseln – ausgeschlossen!«

»Kann denn nicht jemand anderer den verdammten Vortrag halten?« hatte Reed durchaus zu Recht gefragt. Sie saßen bei ihrem Abenddrink und waren wie öfter in letzter Zeit, wenn sie beide einen anstrengenden Tag hinter sich hatten, trotz der besänftigenden Wirkung von Alkohol und Intimität leicht gereizt.

»Anscheinend bin ich die einzige Professorin, die ihnen eingefallen ist, und offenbar ist man brennend daran interessiert, mehr über die momentane Situation an den Universitäten zu erfahren. Angesichts des Wirbels um Studienrichtlinien und *political correctness* – diese entsetzliche und bedeutungsleere Phrase – ist das Theban so entschlossen wie eh und je, sich genau zu informieren und dann seine eigene Meinung zu bilden. Ich habe mich an den letzten Strohhalm geklammert und gesagt, daß ich in dieser Frage nicht gerade unparteilich bin: Keine einzige Entwicklung während der entsetzlichen republikanischen Achtziger fände meinen Beifall, und meiner Meinung nach habe der Einfluß der Rechten auf das Land und die öffentliche Meinung eine verheerende Wirkung gehabt. Und da am Theban Unparteilichkeit über alles geht, glaubte ich, mir damit die Sache vom Hals geschafft zu haben. Aber keineswegs. Das Theban, in der Person der gegenwärtigen Direktorin, ist sich sicher, daß ich meine Voreingenommenheit klar zu erkennen gebe und mich dann unvoreingenommen den Fragen stelle. Außerdem habe ich das Gefühl, daß man dort insgeheim ganz meiner Meinung ist. In den Achtzigern wurden die Ausgaben fürs Bildungswesen drastisch gekürzt. Wie dem auch sei, ich finde es beruhigend, daß das Prinzip der Toleranz in dieser Welt noch überlebt hat, wenn auch nur als spärlicher Funken.«

»Und du fühlst dich genötigt, ihn zu schüren?« fragte Reed, aber im Grunde war es keine Frage.

»Ach zum Teufel, was weiß ich?« hatte Kate übellaunig geantwortet, und die gleiche schlechte Laune überkam sie auch jetzt, als sie an das Gespräch zurückdachte. Sie hatte zu keiner ihrer ehemaligen Mitschülerinnen Kontakt gehalten; dafür hatte sie weder genügend Zeit noch Interesse gehabt. Im Gegensatz zu Leuten, die auf jedes Klassentreffen gehen und Weihnachtskarten mit den neuesten Familiennachrichten verschicken, fehlte ihr jede Neugier, was aus ihren Mitschülerinnen geworden war oder wie sie jetzt aussahen; noch weniger wollte sie wissen, wie viele Kinder (Enkel? Nein, das doch wohl nicht!) sie alle hatten. Wie viele Frauen, die weder Kinder geboren noch adoptiert haben, langweilte und irritierte Kate das ewige Herumreiten auf der eigenen Nachkommenschaft, und das um so mehr, als man solch unweibliche Gleichgültigkeit tunlichst nicht eingestand.

Als der Bus auf die Straße durch den Central Park einbog, versuchte Kate, sich durch die Betrachtung des Parks von ihren Gedanken abzulenken. Wie das Theban war der Central Park dazu angetan, nostalgische Erinnerungen zu wecken, hätte Kate zu derlei geneigt, was sie nicht tat. Irgendein englischer Schriftsteller hatte einmal bemerkt, Nostalgie sei ein »lähmender Sog, der Rückzug bedeutet«, und Kate stimmte dieser Weisheit zu. Der Park hatte sich verändert. Warum auch nicht? Das Leben veränderte sich ständig, und nur Narren glaubten, ausgerechnet zum Zeitpunkt ihrer Geburt sei die Welt vollkommen gewesen. Ihre Augen wanderten über die rußgeschwärzten Parkmauern, über den Abfall rechts und links, das liegengebliebene Auto, das, obwohl an den äußersten Fahrbahnrand geschoben, ein Hindernis war, denn trotz Gegenverkehrs hatte die Straße nur zwei Spuren und keinen nennenswerten Seitenstreifen. Über den verrußten Mauern erhob sich die Skyline der neunundfünfzigsten Straße mit ihren Glastürmen, von denen die Sonnenstrahlen reflektierten.

Dann waren sie auf Höhe des Kinderzoos. Kate war noch nie mit einem Kind dort gewesen, hatte aber von Zeit zu Zeit den Central-Park-Zoo besucht, sich die Robben und Eisbären angesehen und die Königspinguine, deren Brutgebaren auf den Tafeln mit offenem Staunen beschrieben wurde: nur die Männchen brüteten die Eier aus. Dann gab es die Schneeaffen, die eines kalten Winters in wärmere Gehege verlegt werden mußten. Offenbar waren die an japanische Temperaturen gewöhnten Tiere der Kälte amerikanischer Städte nicht gewachsen.

Der Central Park hatte Hügel, auf denen ich früher Schlitten gefahren bin, dachte Kate und gab sich ihren Erinnerungen und dem sich sofort einstellenden Groll hin. Die Hügel waren inzwischen abgetragen, damit sich das Metropolitan Museum endlos ausbreiten konnte; man hatte so viele Säle angebaut, daß man sie nicht mehr bewachen und folglich auch nicht öffnen konnte. Und der Shakespeare Garden, wo war der noch? Weiter zu den Außenbezirken hin, meinte sie sich zu erinnern. Als Kind war sie einmal dort gewesen, aber seither nie wieder. Angeblich sollte dort jede Pflanze wachsen, die in Shakespeares Stücken vorkam. Kate, die kaum eine Narzisse von einer Hyazinthe oder eine Primel von einem Stiefmütterchen unterscheiden konnte und die nicht die leiseste Ahnung hatte, wie Kamillenblüten aussahen, obwohl sie sich genau an Falstaffs Worte darüber erinnerte – ach, zum Teufel mit dem Central Park, dachte Kate. Aber sie liebte den Park immer noch, auch wenn es, wie sie sich in Erinnerung rief, auf dem ganzen Gelände nur zwei Denkmäler berühmter Frauen gab: Mother Goose und Alice im Wunderland. Na, wahrscheinlich mußte man die neue, riesige Bärenstatue auf dem Spielplatz an der Neunundsiebzigsten Straße hinzuzählen, die zwei Junge zur Seite hatte. Männliche Bären trotteten bekanntlich frei von jeder Bürde ihres einzelgängerischen Wegs. Dann war der Bus am Ende der Strecke angekommen, und der Fahrer, der seine Fahrgäste offenbar so schnell wie möglich loswerden wollte, öffnete mit gebieterischer Miene die Tür. Kate machte sich auf den vertrauten Weg zum Theban.

»Eins muß ich vorausschicken«, sagte Kate durchs Mikrophon zu der Versammlung vor ihr: Eltern, einige Ehemalige der anhänglichen Sorte und, wie sie mit Entsetzen feststellte, offenbar der größte Teil des Oberstufen-Lehrkörpers, »das Eingeständnis nämlich, daß ich zwar versuchen werde, die Argumente beider Seiten im momentanen akademischen Disput fair darzustellen, selber jedoch auf einer Seite stehe und nicht glaube, daß ein Vertreter der anderen Seite so offen zu Ihnen sprechen würde, wie ich es versuchen will. Ich hoffe, damit habe ich meine Parteilichkeit deutlich gemacht.«

Das gesagt, begann Kate ihre Rede. Sie war nicht lang und wurde mit mehr als Höflichkeitsapplaus bedacht. Viele kamen nachher zu ihr, um mit ihr zu sprechen, darunter auch mehrere Angehörige des Lehrkörpers, alle, in Kates wehmütigem Blick, erstaunlich jung. Beim anschließenden Empfang lehnte sie den Punsch ab; gefragt, ob sie etwas anderes wolle, bat sie um ein Glas Sodawasser. Dieses wurde ihr von der Direktorin gebracht, und nur mit Mühe gelang es Kate, einen Aufschrei zu unterdrücken, als sie den ersten Schluck nahm. Das Glas enthielt Wodka mit Tonic, und obwohl auch die Limonenscheibe nicht fehlte, war ihr Drink optisch von purem Wasser nicht zu unterscheiden. Kate warf der Direktorin diskret ein dankbares Lächeln zu und widmete sich dann dem Elternpaar, das manierlich darauf wartete, mit ihr zu reden.

Erst als sich das Ende der Veranstaltung abzeichnete und sich die Versammlung schon zu lichten begann, wurde Kate von einer Frau angesprochen, die älter als die meisten Anwesenden war. Sie wirkte keineswegs wie die typische Thebanabsolventin, sondern wie eine jener Frauen, die im Alter von zehn Jahren zu dem Schluß gekommen waren, Mode und

Schönheit seien das Langweiligste auf der Welt, und im Laufe ihres Lebens keinen Grund gesehen hatten, diese Meinung zu ändern. Nur ihre Art zu reden verriet die Akademikerin.

Kate und die Frau zogen sich in eine stille Ecke zurück, und Kate wappnete sich schon für das übliche Schwelgen in Erinnerungen an alte und daher selbstverständlich bessere Zeiten. Sonderbarerweise folgte so was dem Lob ihrer Ausführungen oft auf dem Fuße, als sei dem Zuhörer völlig entgangen, daß sie alles andere als eine Verfechterin des Konservatismus war. Aber diese Frau, das wurde Kate sofort klar, stimmte ihrem Vortrag zu, weil sie ihn verstanden hatte.

»Können wir uns vielleicht irgendwo abseits von dem Lärm hier unterhalten?« fragte sie. O Gott, das auch noch, dachte Kate, aber der Wodka stimmte sie großmütig. Warum eigentlich nicht, sagte sie sich. »Na gut, suchen wir uns ein leeres Klassenzimmer.«

Sie stiegen die Treppe hinauf, und Kate steuerte zielstrebig auf den ersten Klassenraum zu, an dem sie vorbeikamen, offenbar einer für Erst- und Zweitkläßler. Da sie keine Lust hatte, sich auf einen winzigen Stuhl zu hocken, setzte sie sich auf einen Tisch, stellte Drink und Tasche neben sich und bemühte sich, die interessierte Zuhörerin zu mimen, deren Zeit allerdings knapp bemessen ist.

»Nur um Ihnen zu beweisen, wie wachsam ich bin«, begann die Frau. »Die Flüssigkeit in Ihrem Glas ist entweder Wodka oder Gin Tonic. Können Sie ein Schlückchen erübrigen?«

Grinsend reichte ihr Kate das Glas. Die Frau probierte, schnalzte genießerisch mit der Zunge, grinste ebenfalls und gab das Glas zurück.

»Bei mir ist Ihr Geheimnis gut aufgehoben«, sagte sie. »Außerdem«, fügte sie hinzu und sah sich im Raum um, »kann ich sehr gut verstehen, daß man in dieser Umgebung alkoholische Wiederbelebung dringend nötig hat.«

»Sind Sie auch aufs Theban gegangen?«

»Himmel nein. Hervorragende Schule, keine Frage, aber ein bißchen zu damenhaft für meinen Geschmack, fürchte ich.«

Kate sah sich um, betrachtete die Kinderzeichnungen an den Wänden und das Geschreibsel auf der Tafel und fand beides trist. Warum war sie nicht lieber unten geblieben? Na, sie konnte ja immer noch behaupten, hier sei's ihr zu unbequem, und gehen.

»Wenn Sie nicht am Theban waren«, meinte Kate, »darf ich Sie fragen, warum Sie dann gekommen sind? Haben Sie eine Tochter oder Enkelin, die hier zur Schule ging?«

»Oje, nicht mal diesen Vorwand habe ich. Ich bin ohne jeden Anhang, völlig frei und ungebunden, wie man so sagt, wenn man Witwenschaft und nahendes Alter umschreiben will. Ich bin allein zu dem Zweck hier, mit Ihnen zu reden.«

»Und aus welchem Grund wollen Sie mit mir reden?« Kate stellte ihr leeres Glas ab.

»Soll ich Ihnen noch einen Wodka besorgen?« bot die Ältere an. »Es wäre ein Kinderspiel für mich.«

»Nein, danke. Ihr Grund?«

»Wir werden bald Kolleginnen sein – sozusagen.«

Kate hoffte, sie sah nicht so verblüfft aus wie sie war. Sie hielt es für mehr als unwahrscheinlich, daß ihre Fakultät eine Frau dieses Alters einstellen würde, und ein so unangepaßtes Polterwesen noch dazu.

Die Frau schien ihre Gedanken zu lesen. »Nicht an der hehren Institution, an der Sie lehren. An der Schuyler Law School, wo Sie im nächsten Semester als Gastdozentin sind.«

Kate starrte sie ungläubig an. »Was? Aber ich habe mich doch gerade eben erst dazu entschlossen – vor kaum zwei Tagen. Ich habe noch nicht mal den Kollegen kennengelernt, mit dem zusammen ich das Seminar halten soll. Woher wissen Sie davon?«

»Weil ich Sekretariatsleiterin an der Schuyler bin und alles weiß. Ihr Mann wird dort ein Projekt leiten. Verdammt gute Idee. Denn für die Schuyler-Studenten hat es bisher noch nie eins gegeben, bei dem sie mit der wirklichen Praxis zu tun haben. Nur die üblichen, zu Übungszwecken veranstalteten simulierten Gerichtsverhandlungen. Die sind zwar auch nicht ganz für die Katz, aber wirklich weiterhelfen tun sie niemandem, oder? Na, und da dachte ich mir halt, ich schau mal vorbei, sage Ihnen guten Tag und wünsche Ihnen viel Glück dabei, diesen vorsintflutlichen Laden ein bißchen auf Trab zu bringen.«

»Danke«, murmelte Kate. Eine andere Antwort fiel ihr nicht ein.

»Ich weiß eine Menge über Sie.« Die Frau streckte die Beine aus und machte es sich auf dem winzigen Stuhl bequem. »Sie sind zweifellos nicht so vornehm wie Ihre Mutter oder deren Mutter oder sonst eine Ihrer Vorfahrinnen. Sie haben keine Kinder, eine Abneigung gegen gesellschaftliche Rituale, und Sie gehen persönliche und berufliche Risiken ein, die jedoch alle innerhalb gewisser Grenzen bleiben. Über diesen Rahmen bewegen Sie sich nie hinaus, denn außerhalb gibt's eine Menge Leute, die nach Regeln spielen, die Sie nicht kennen und schon gar nicht gutheißen würden. Sie haben einen Lehrstuhl, den Ihnen niemand nehmen kann, egal, wie sehr sich das manche wünschen. Wahrscheinlich macht man Ihnen das Leben oft ganz schön schwer, aber Sie sind finanziell abgesichert, und wenn meine Nachforschungen nur in etwa stimmen, dann wären Sie auch noch abgesichert, flöge die ganze Universität in die Luft. Verstehen Sie mich nicht falsch. Sie verwenden Ihr Geld auf die bestmögliche Art, Sie kämpfen für die richtigen Dinge. Sie haben den Namen Ihres Mannes nicht angenommen. Sie versuchen, den Unschuldigen und Leuten in Schwierigkeiten zu helfen. Aber wenn mich mein Gefühl nicht trügt, haben Sie nie näher mit jemandem zu tun gehabt, der alles verloren hat und tief verzweifelt ist. Nicht, daß Sie schlechter wären als andere Leute Ihrer Herkunft. Im Gegenteil, Sie sind viel besser, was der Grund ist, weshalb ich Ihre Bekanntschaft machen wollte.«

Kate sah die Frau an, als fürchte sie, in ihrem Glas sei kein Wodka gewesen, sondern eine halluzinogene Droge, gegen die die Frau, die ja auch davon getrunken hatte, immun war. Nimm dich zusammen, mahnte sich Kate. Ihr Rücken signalisierte bereits alles andere als Entzücken über das Sitzen auf dem Kleinkindertisch, und wenn sie nicht von Drogen benebelt war, dann war sie fraglos einer Fanatikerin in die Falle gegangen.

»Ich hoffe, ich habe Sie nicht beleidigt. Ich bewundere Sie, das ist Ihnen hoffentlich klar.«

»Sie haben mich nicht beleidigt, obwohl ich nicht die leiseste Ahnung habe« – eine unglaubliche Gereiztheit stieg plötzlich in Kate auf. Sie sprang vom Tisch und stellte sich vor die Frau –, »warum wir dieses Gespräch führen, auch wenn Sie im Sekretariat der Schuyler Law School arbeiten. Bestimmt haben Sie recht mit Ihren Bemerkungen über mich, obwohl ich beim besten Willen nicht weiß, wie Sie das alles herausgefunden haben und schon gar nicht, warum. Was mein Leben betrifft, tröste ich mich mit dem Gedanken, daß wir alle nur das tun können, wozu wir fähig sind, und unser Bestes geben müssen. Und ja, bestimmte Grenzen überschreite ich nicht, aber ich nähere mich ihnen, so weit es geht, ohne mich zu verlieren und dann überhaupt nichts mehr ausrichten zu können. Vielleicht«, fügte sie hinzu, »sind das alles auch nur Rechtfertigungen.« Warum antworte ich ihr überhaupt, fragte sich Kate.

»Dafür danke ich Ihnen«, sagte die Frau. »Ich habe gewisse Grenzen überschritten. Was man allerdings am Theban oder ähnlichen Instituten lernt, versetzt einen nicht in die Lage, das zu tun. Und wenn Sie das verstehen, dann verstehen Sie eine Menge.«

»Ich verstehe überhaupt nichts. Mein Glas ist leer, und diese verdammten Tische sind wirklich nicht für ausgewachsene Körper gedacht.« Kate rieb sich den Rücken. »Können wir nicht zur Sache kommen? Wie kann ich Ihnen helfen?«

»Ich brauche Ihre Hilfe nicht«, wehrte die Frau ab. »Ich hielt es nur für gut, daß wir uns kennenlernen. Um die Wahrheit zu sagen, wollte ich mir ein Bild von Ihnen machen. Also dann – auf Wiedersehen.«

Mit einem ironischen, mädchenhaften Winken verschwand sie durch die Tür und überließ es Kate, ihr verblüfft nachzusehen.

»Ich verstehe das nicht«, war Reeds Kommentar, als Kate ihn am Abend dringlicher als sonst um seine Aufmerksamkeit für die Abenteuer ihres Tages bat. Zu ihrem Vortrag am Theban, bei dem sie sich nicht lange aufhielt, sagte er kaum etwas. Aber dem Bericht über die Begegnung mit der unbekannten Frau lauschte er gespannt. »Ich kann mir nicht vorstellen, was sie von dir wollte, und ich verstehe nicht, warum du ihr überhaupt zugehört hast.« Er klang gereizt, und Kate ließ das Thema fallen.

»Komisch«, meinte Reed dann später, als sie zu Bett gingen. »Nach meinen Vorlesungen kommt nie jemand zu mir gestürmt, will mich unbedingt kennenlernen und unter den sonderbarsten Umständen mit mir reden. So was passiert nur dir.«

»Das liegt daran, weil ich, im Gegensatz zu dir, eine Amateurdetektivin mit beneidenswertem Ruf bin«, antwortete Kate. Und danach fühlten sich beide viel besser.

Am folgenden Sonntagmorgen briet Reed Speck in der Pfanne, als Kate in die Küche kam. Sie blieb im Türrahmen stehen und betrachtete ihn: groß, die Stirn gerunzelt, die Brillengläser leicht beschlagen, während er sich darauf konzentrierte, die Speckscheiben in der Pfanne zu trennen und zu wenden. Sie fand, er sah äußerst liebenswert aus. Sie lachte leise.

»Ich weiß, ich weiß«, schmunzelte er. »Ich sollte den Speck grillen, aber bei manchen Dingen bleibe ich eben lieber den einfachen, altmodischen Methoden treu.«

Kate setzte sich auf den Barhocker, der für genau solche

Momente in der Küche stand. Die Küche war groß, und Kate hatte sich schon oft vorgenommen, einen bequemen Sessel hineinzustellen, war aber nie dazu gekommen.

»Ich lache nicht über deine Bratmethode, von der ich ganz begeistert bin, sondern weil ich gerade an die Raumbeschreibungen in modernen Romanen denken muß. Da kann niemand mehr einen Raum betreten, selbst wenn er den Bewohner ermorden oder verhören will, ohne daß vorher jedes Detail beschrieben wird. Ich finde, das ist eine neue Form literarischen Wahnsinns. Stell dir vor, wie ich in einem Roman in diesen Raum komme und dich Speck braten sehe.«

»Apropos Speck«, unterbrach Reed, »möchtest du ihn nur mit Toast oder mit Eiern dazu? Wie besorgt bist du um deinen Cholesterinspiegel?«

»Überhaupt nicht.«

»Gut. Dann mach weiter mit deiner Beschreibung.«

Kate machte es sich auf dem Hocker bequem und nahm einen Schluck von der Bloody Mary, die Reed für sie beide vorbereitet hatte. Ihr Sonntagmorgen-Trankopfer, wie sie es nannten. »Also«, begann sie, »als erstes würde ich *dich* beschreiben: ›Am Herd stand ein gutaussehender Mann, dessen warme braune Augen mit einem Ausdruck durch die Brillengläser schauten, als sähen und verstünden sie alles sofort‹ – oder so ähnlich. ›Dichte Brauen, sexuelle Ausstrahlung‹ und so weiter. Und nachdem ich den Leser über dich ins Bild gesetzt habe, kommt die Küche dran: ›Ein Raum mit großzügigen Dimensionen, rechteckig, ungefähr zwanzig Quadratmeter und offenkundig die Kulisse vieler intimer Gespräche und Mahlzeiten.‹«

»Wenn das eine Beschreibung dieser Küche sein soll«, warf Reed ein, »hast du einen Knall. Sie ist nie im Leben zwanzig Quadratmeter, höchstens fünfzehn, und auch nicht annähernd rechteckig. Zu meinen dichten Brauen«, fügte er hinzu, während er die Speckscheiben wendete, »und sexuellen Ausdünstungen schweige ich lieber.«

»Ausdünstungen! Schon verdrehst du mir das Wort im Mund, dabei habe ich noch gar nicht richtig angefangen. Vergiß nicht, es geht um irgendwelche Verwicklungen, auf die wir vorbereitet werden sollen. ›An der Nordseite des Raums befand sich der Arbeitsbereich, ausgestattet mit einer Reihe von Hängeschränken, darunter ein Brett, an dem viele funkelnde Kupfertöpfe hingen, und einer großen Spüle mit Ablaufbrett ...‹«

»Kate«, unterbrach Reed erneut. »Ich hab das Bild vor mir. Und zu welchen Verwicklungen gibt es die Kulisse ab?«

»Ich weiß nicht; wahrscheinlich ziemlich schrecklichen. Soll ich weitermachen?«

»Nein. Ich ziehe meine dichten Brauen zusammen und dünste Gereiztheit aus. Möchtest du deine Spiegeleier von beiden Seiten gebraten?«

»Ja. Unbedingt. Aber laß mich noch den altmodischen Herd beschreiben, an dem du mit einem Ausdruck entspannter Konzentration in deinen männlichen Zügen arbeitest.«

Reed, der die Eier in Butter briet, hob drohend die Pfanne. Die Speckscheiben hatte er inzwischen auf einen mit Küchenpapier bedeckten Teller gelegt.

»Schon gut, schon gut«, rief Kate. »Um die Wahrheit zu sagen, ich sterbe vor Hunger. Kein Toast?« frage sie dann und sah sich um.

»Verflixt«, murrte Reed. »Du und deine Beschreibungen!« Er stand auf, um den Toast zu holen.

Kate warf ihm einen Kuß zu, und sie begannen ihr Frühstück.

»Also«, sagte Reed, als sie fertig waren. »Was ist los? Was zum Teufel hast du, Kate?«

»Ich mache eine Phase durch.«

»Was?«

»Das sagte meine Mutter immer, wenn ich schwierig war. ›Kate macht eine Phase durch.‹«

»Und – stimmte es? Stimmt es im Augenblick?«

»Ja. Ich glaube, ja.«

Reed schnaubte. »Allmählich hab ich das Gefühl, wir reden wie in einem Parker-Roman. Nicht so clever, natürlich, aber genauso einsilbig und schnippisch.«

»Aber Parker läßt sich nie auf Beschreibungen ein, außer der Kleidung des männlichen Protagonisten. Was Spenser gerade anhat, verrät er einem immer.«

»Welche Phase?«

»Laß es mich Midlife-crisis nennen.«

»Nein, laß es uns nicht so nennen«, widersprach Reed. »Diesen Ausdruck habe ich schon immer gehaßt. Menschen machen ihr ganzes Leben lang Krisen durch, zumindest denkende Menschen, und die Krisen der Lebensmitte, also des längsten Lebensabschnittes, kann man nicht mit einem so simplen Ausdruck beschreiben.« Er lächelte sie an. »Mir ist klar, daß man die Lust verlieren kann, zum hundertsten Mal ›Middlemarch‹ zu behandeln. Ich weiß nicht mal, ob ich das Buch zweimal lesen könnte, ohne die Geduld zu verlieren. Aber das ist der Preis des Lehrens, oder nicht? Wieder und wieder muß man sich anhören, wie den Studenten etwas aufgeht, was einem selbst schon vor einer Ewigkeit klar geworden ist. Doch wenn man das nicht will, warum dann lehren? Man kann sein Leben auch auf andere Arten verbringen.«

»Es hat nicht unbedingt mit ›Middlemarch‹ zu tun oder sonstwelchen Vorlesungen, die ich halte. Auch mit den Studenten nicht, obwohl das dem Problem schon näherkommt. Ich meine, hat man je eine Studentengeneration erlebt, eingeschlossen der immerhin motivierten Doktoranden, die so abgrundtief unvorbereitet, ahnungslos und uninformiert war? Und sag mir jetzt nicht, ich klinge wie eine reaktionäre Gegnerin der Studienreform. Die Studenten wissen vieles, was ich nicht weiß, und ich würde gern von ihnen lernen. Aber herumzusitzen und über ›Middlemarch‹ zu diskutieren – laut Virginia Woolf der letzte für Erwachsene geschriebene Roman –

trägt absolut nichts dazu bei, eine gemeinsame Basis zu finden. Keine Angst, ich werde mich nicht den Rechten anschließen, deren Ansichten ich erst neulich nachmittag am Theban attackiert habe, denn dafür liegen mir meine ignoranten jungen Leute viel zu sehr am Herzen.«

»Fertig?« fragte Reed.

»Ja. Entschuldige, daß ich dich langweile. Entschuldige meinen Wortschwall. Früher verstanden wir uns. Jetzt bringen wir höchstens noch eine ziemlich verwässerte Toleranz füreinander auf. Weißt du, was Adrienne Rich zu einer Freundin sagte? ›Sosehr wir es auch möchten, es gelingt uns nicht, über Liebe zu schreiben, ohne gleichzeitig über Politik zu schreiben.‹ Dasselbe gilt fürs Miteinanderreden, fürchte ich. Machen wir uns nichts vor, Reed, früher fandest du meine Kritteleien immer amüsant, meistens sogar überzeugend. Was es auch war, wir haben es verloren. Genau wie meinen Seminaren etwas verlorengegangen ist.«

»Erstaunlich, mit welcher Geschwindigkeit wir von der universitären Situation bei unserer Ehe angelangt sind.«

»Stimmt, aber spiel nicht den Unschuldigen. Hättest du nicht so überheblich ›fertig?‹ gefragt, wäre ich nie auf unsere Ehe zu sprechen gekommen. Schließlich sind wir verheiratet, und du hast davon angefangen.«

»Ich entschuldige mich. Kleinmütigst. Ich hatte nur das Gefühl, du würdest dich auf deine übliche hintergründige Art auf ein einzelnes, kleines Problem kaprizieren, das in Wahrheit Teil eines viel größeren ist. Ich meine, können wir nicht darüber sprechen, was dich *wirklich* bewegt?«

»Wenn ich es wüßte, würde ich es dir sagen, ehrlich. Kannst du mir nicht auf die Sprünge helfen?«

»Wenn du es genau wissen willst, du benimmst dich wie eine Frau, die eine Affäre hat.«

Kate starrte ihn an. »Du meinst wohl eher, daß ich mich wie jemand verhalte, der sich nicht mehr ganz so glücklich – nein, sagen wir lieber, nicht mehr ganz so selbstverständlich –

verheiratet fühlt. Aber das Ganze«, fügte sie hinzu, ehe er etwas einwenden konnte, »ist wahrscheinlich allein mein Problem. Ich bin ruhelos, fühle, daß etwas zu Ende geht, aber einen Neuanfang sehe ich nicht. Im Grunde hat es gar nichts mit uns beiden zu tun.«

Welch kühne Worte, dachte Kate. In Wahrheit war sie viel näher dran, eine Affäre zu haben, als sie sich, oder gar Reed, eingestehen wollte. Seit einiger Zeit hatte sie einen angenehmen und irgendwie beruhigenden Flirt mit einem jüngeren Kollegen; angefangen hatte es mit gemeinsamen Mittagessen, dann Nachmittagsdrinks, und schließlich waren sie – seine Frau war gerade verreist – in seinem Apartment gelandet, wo es zu einem leidenschaftlichen, wenn auch »nicht vollzogenen« Zwischenspiel kam. Kate, die seine Frau kannte, kam sich schrecklich dabei vor und ging nie wieder in seine Wohnung; sie hatten von einem Hotel gesprochen. Kein Zweifel, so konnte es endlos weitergehen. Es hatte andere Gelegenheiten gegeben, bei denen Kate »gestreunt« war, doch sie maß dem wenig Bedeutung bei. Sie hatte nie mit Reed darüber gesprochen und hatte es auch jetzt nicht vor. Wie eine Figur aus einer Geschichte von Sylvia Townsend Warner hielt Kate Beständigkeit für das Wichtigste in einer Beziehung, Treue weniger. Es hatte viele Männer gegeben, denen Kate zugetan war, und gelegentlich hatten diese Freundschaften zu einer »Affäre« geführt. Und immer war der Sex die Würze, aber nicht die Basis der Freundschaft gewesen, die meistens fortdauerte, wenn die Leidenschaft erloschen war. So war Kate, so sah sie sich, und wie sie fürchtete, sah auch Reed sie so.

Was ihr im Augenblick zu schaffen machte, war nicht die Möglichkeit einer Affäre, auch nicht Reeds Anspielung darauf. Seine Bemerkung war zwar höchst untypisch für ihre Beziehung und verhieß nichts Gutes, aber das war auch nicht das Problem. Das Problem war, daß irgend etwas eigenartig schief lief in ihrer Ehe, und die Möglichkeit einer Affäre, vollzogen oder nicht, bekam ein übergroßes Gewicht, weil es um

Ernsteres ging als Ruhelosigkeit, günstige Gelegenheiten und wechselseitige Faszination.

»Dann laß es mich eine Dürreperiode nennen«, schlug Kate vor, nur um irgend etwas zu sagen. »So was fällt mich offenbar an wie andere Leute der Heuschnupfen.«

»Und auf welche Weise hat diese Dürre mit uns zu tun? Mit mir?« fragte Reed. Plötzlich fühlte Kate, wie sie vor Liebe zu ihm überströmte, zu seiner Ehrlichkeit, seiner Ernsthaftigkeit, der Tatsache, daß seine Zuneigung größer war als sein Wunsch, darüber zu argumentieren.

Sonderbar – nun, so sonderbar auch wieder nicht in einer im Grunde gefestigten Ehe – erkannte sie plötzlich einen Teil des Problems und konnte es benennen.

»Als ich dich kennen und lieben lernte, warst du Bezirksstaatsanwalt. Natürlich hast du dich dauernd über deinen Job beschwert, die knappen Geldmittel, die inkompetenten, jungen Anwälte und die Polizei mit ihren eingeschränkten Handlungsbefugnissen, alles. Aber du hast dich engagiert, und manche Fälle gingen dir wirklich nahe.«

»Und jetzt bin ich bloß noch Juraprofessor.«

Kate nickte. »Es hört sich albern an, ich weiß, und anmaßend aus dem Mund einer Professorin für englische Literatur. Aber du kommst mir nicht mehr so lebendig vor wie früher. Irgend etwas ist dir verlorengegangen, Reed. Du bist so liebenswert wie immer, aber du sprühst nicht mehr.«

»Aber ich starte doch gerade ein Projekt an einer Law School, an der es noch nie eines mit wirklichem Praxisbezug gegeben hat«, entgegnete Reed. »Und da du auch dort lehrst, werden wir gemeinsam Neuland entdecken. Willst du noch mehr? Ich gebe meinen Lehrstuhl ganz auf, wenn du willst. Ich beantrage frühzeitige Pensionierung. Ich nehme ein Urlaubsjahr. Was kann ich tun, damit ich wieder sprühe für dich?« Er nahm seine Brille ab und putzte sie. Kate war erschrocken, als sie sah, wie bewegt er war. Sie streckte die Hand über den Tisch nach ihm aus.

»Du hast natürlich recht«, meinte er. »Ich will es wohl nur nicht wahrhaben. Alle beschweren sich über die Zustände an den Universitäten in diesem Land, auch wenn die wenigsten dabei die juristischen Fakultäten im Auge haben. Aber ein ganz anderes Problem ist doch, daß ein Professor es einfach satt haben kann, jeden Tag im Hörsaal zu stehen. Ich glaube, das ist der Grund, warum sie sich ab und zu ein Urlaubsjahr gönnen, nicht nur, um Bücher zu schreiben, wie sie vorgeben. Deshalb fahren sie ständig auf irgendwelche Kongresse in fremde Städte – weil ihnen nach ein bißchen Abenteuer ist. Und weil auch mir danach ist, war ich einverstanden, dieses Projekt zu übernehmen. Aber in Wahrheit, liebe Kate, war dich zu heiraten und mit dir zu leben mir immer Abenteuer genug.«

»Das ist die großherzigste und freundlichste Feststellung, die ich je von einem Menschen gehört habe«, sagte Kate. Plötzlich ging es ihr viel besser. »Du sollst natürlich nichts überstürzen. Wir, das heißt du mußt herausfinden, welche Veränderung, wenn überhaupt eine, du möchtest. Vorläufig hast du ja dein Projekt an der Schuyler. Und was mich betrifft, so entdecke ich vielleicht, wie sich Rechts- und Literaturwissenschaft miteinander verbinden lassen. Jedenfalls hast du eine wichtige Aufgabe vor dir, und darüber sollten wir uns freuen.«

Reed ging um den Tisch, zog sie hoch und hielt sie im Arm, als wolle er Walzer mit ihr tanzen. »Ich glaube nicht, daß mein Job allein das Problem ist und auch nicht unsere Ehe«, erklärte er. »Übrigens, was weißt du überhaupt über juristische Fakultäten? Meinst du nicht, du brauchst außer dem Kollegen, mit dem du das Seminar halten wirst, einen gut informierten Berater? Wir lassen uns zusammen auf ein neues Abenteuer ein. Kate, meine Liebe, jeder intelligente und sensible Mensch – und wenn es einen auf der Welt gibt, dann dich – hat Phasen, in denen ihm das Alte wertlos erscheint und sich nichts Neues am Horizont zeigt. Wie du selbst sagst, ist es nicht das erste Mal, daß du dich niedergeschlagen und mutlos fühlst. Bitte, Kate, laß uns versuchen, die Sache gemeinsam durchzustehen. Vielleicht gibt es ringsherum Aufregenderes, das dich lockt, aber laß uns nicht verlieren, was wir haben.«

»Irgend jemand hat mal gesagt, daß du zu gut bist, um wahr zu sein.«

»Ich bin nicht gut. Wütend bin ich, wenn du's wissen willst, und kurz davor, aus der Haut zu fahren. Ich liebe dich nur zufällig, also bemühe ich mich, vernünftig zu sein, obwohl mir nicht im geringsten danach ist. Um die Wahrheit zu sagen, ich fühle mich beschissen.«

»Ich auch«, gestand Kate. »Ich auch. Aber nach dem Speck und den Eiern ist mir schon viel besser. Wir werden zusammen alt, Reed, und unsere Arterien werden mit der gleichen Geschwindigkeit verkalken.«

»Aber nicht unsere Ideen, unser Geist und unser Herz, das hoffe ich zumindest«, murmelte Reed. »Das hoffe ich wirklich.«

2

> Wenn ich überhaupt etwas bedaure, dann
> auf welche Art wir unsere Zeit und Fähig-
> keiten vergeudet haben. All diese Sackgas-
> sen, diese falschen Freunde, diese Ver-
> schwendung unserer Energie. All die
> Selbsttäuschungen, denen wir uns hinge-
> geben haben. *John le Carré,*
> ›*Der heimliche Gefährte*‹

Einige Abende später geschah etwas, das beiden einen ziemlichen Schreck versetzte. Sie waren zum Abendessen ausgegangen und hatten dabei wieder eins ihrer diffusen Gespräche geführt. Kate hatte bemerkt: »Ich glaube, wir überschätzen die Bedeutung von Sex.« Reed hatte sie alarmiert angesehen. In letzter Zeit gab sie öfter solche Aussprüche von sich, und wie jedesmal zeigte sich auch diesmal die Unsicherheit auf Reeds Gesicht, wie er darauf antworten sollte.

»Ach, im Grunde meine ich gar nicht Sex«, war Kate ziemlich verworren fortgefahren. »Ich meine, wenn Sex als Ersatz für alle möglichen Dinge herhalten muß, die nicht stimmen. Und ich fürchte, wenn etwas nicht stimmt, dann zählt nur noch Freundschaft – aus dem einzigen Grund, weil Freunde sich durch Gespräche aneinander herantasten und sich gegenseitig entdecken können.«

»Dann tu doch so, als sei ich ein Freund. Tu so, als hätten wir uns gerade kennengelernt und du hättest beschlossen, dich mir anzuvertrauen, weil ich so ein verständnisvolles Gesicht habe.«

»Du hast wirklich ein verständnisvolles Gesicht und ich nicht die leiseste Ahnung, wovon ich überhaupt rede, also wird uns dein verständnisvolles Gesicht auch nicht weiterhelfen. Ich wollte wohl bloß sagen, daß ich mir eigentlich nicht viel aus Sex mache, noch nicht mal daran denke. Er gibt einem nur die Möglichkeit, nicht über andere Dinge nachzudenken. Das allgemeine Unzufriedenheitsgefühl, das man hat. Du weißt schon, was ich meine.«

Reed lächelte. »Das sagen meine Studenten auch immer: *Sie wissen schon, was ich meine.* Und mit Vorliebe sagen sie es, wenn sonnenklar ist, daß ich es nicht weiß und sie selbst wahrscheinlich ebensowenig.«

»Aber in diesem Fall *weißt du*, was ich meine: daß es nichts mit dir zu tun hat und basta. Ich bin einfach mit mir selbst nicht im reinen. Zum Teufel mit mir! Erzähl mir von dem Projekt, das du an der Schuyler übernimmst.«

Reed sah sie lange an. Dann begann er: »Wie wir neulich schon feststellten, kam das Angebot, dieses Projekt zu leiten, gerade im rechten Moment. Blair Whitson, ein junger Juraprofessor – der, mit dem du das Rechts- und Literaturwissenschaftsseminar halten wirst –, hat sich offenbar zu einem kleinen Revolutionär entwickelt. Als ich ihn kennenlernte, war er das jedenfalls nicht. Er schlug mir vor, das Projekt an der Schuyler zu übernehmen, und ich sah darin eine willkommene Abwechslung. Kurz davor hatte ich den Dekan und einige andere Leute an meiner Uni angesprochen, um sie zu bewegen, ein Häftlingsbetreuungsprojekt einzurichten, vielleicht in Verbindung mit einem Projekt für geschlagene Frauen. Aber meine erlauchte Institution kann es wohl nicht mit ihrem Elitebewußtsein vereinbaren, dergleichen zu unterstützen. Vielleicht wollten sie auch einfach kein weiteres Projekt, zumindest keins, das ich als ordentlicher Professor leite. Jedenfalls lehnten sie meinen Vorschlag ab. Deshalb war mir das Angebot der Schuyler doppelt willkommen: Ich helfe einem Freund und erlebe ein neues Abenteuer – hört sich an wie ein Werbespot.«

Kate lächelte ermutigend.

»An der juristischen Fakultät der Schuyler«, fuhr Reed

fort, »wird es also demnächst unter meiner Leitung ein Projekt zur Betreuung Strafgefangener geben. Es soll denjenigen helfen, die berechtigte Zweifel an ihrer Verurteilung oder ihrem Strafmaß haben; außerdem Häftlingen, die sich über Mißhandlung durch das Gefängnispersonal beschweren, und solchen, die zu Unrecht in Haft sind oder es zumindest glauben.«

»Wieso zu Unrecht?«

»Dafür kann es viele Gründe geben. Leute ohne die amerikanische Staatsbürgerschaft zum Beispiel, die ihre Strafe abgesessen haben und festgehalten werden, weil sie illegal eingewandert sind und nicht in ihre Heimatländer abgeschoben werden können. Dann gibt es die vielen Frauen, die Hilfe brauchen. Manche haben ihre schlagenden Männer umgebracht und wurden verurteilt, ehe das Geschlagene-Frauen-Syndrom anerkannt wurde, oder weil ihre Anwälte nie davon gehört hatten.«

»Was du vorhast, klingt zweifellos edler als meine Vermischung von Rechts- und Literaturwissenschaft. Was brachte deinen Freund Blair denn bloß auf den Gedanken, das sei eine gute Idee?«

»Ich war es, der ihn dazu überredet hat, denn während deines Freisemesters geht es dir, wie mir aufgefallen ist, viel besser, wenn du eine zwar nicht überfordernde, aber regelmäßige Verpflichtung hast. Ihn zu überreden, war allerdings nicht schwer. An vielen Universitäten gibt es inzwischen solche interdisziplinären Seminare. Außerdem bin ich davon überzeugt, daß du es interessant finden wirst, neue Blickwinkel kennenzulernen. Wann willst du dich mit Blair über euer Seminar unterhalten?«

»In den nächsten Tagen. Ich habe ihm eine Nachricht auf seinem Anrufbeantworter hinterlassen und er eine auf meinem. Reed, nicht daß ich es allzu wichtig nehme, aber findest du es nicht auch etwas sonderbar, daß wir beide unser Freisemester an der schlechtesten Law School New Yorks, ja vielleicht der schlechtesten in den ganzen Vereinigten Staaten verbringen?«

»Es ist nicht die schlechteste der Vereinigten Staaten, auch wenn sie vielleicht nicht zu der Sorte gehört, die wir bewundern. Viele Studenten an Universitäten wie der Schuyler sind schon älter, Männer und Frauen, meist Frauen, die aus den verschiedensten Berufen an die Universität zurückgekehrt sind, weil sie mit ihrem bisherigen Leben nicht mehr zufrieden waren und beschlossen, Juristen zu werden. Solche Studenten sind oft sehr interessiert, sehr ernsthaft und hochmotiviert. Sei kein so verdammter Snob, meine Liebe.«

Als sie spät am Abend in ihre Wohnung zurückkehrten, gut gesättigt und in erheblich besserer Stimmung als sie es, einzeln oder getrennt, seit geraumer Zeit gewesen waren und Reed die Tür aufschloß, blieben beide vor Schreck wie angewurzelt stehen. Im Flur ihrer Wohnung saß eine alte Frau und strickte in aller Ruhe an einem langen, wolligen Gebilde.

Reed (wie Kate ihm später vorwarf) machte unwillkürlich einen Schritt nach vorn und stellte sich vor sie. Aber Kate hatte sich schon von dem Adrenalinstoß erholt, der, nachdem er weder Angstschreie noch Fluchtinstinkte ausgelöst hatte – was ja eigentlich seine Aufgabe war – so schnell wieder abflaute wie er aufgestiegen war.

»Das ist die Frau vom Theban, von der ich dir erzählt habe«, erklärte Kate.

»Wie, zum Teufel, sind Sie hier hereingekommen?« schrie Reed die Frau an, ganz und gar nicht in seiner üblichen höflichen Art. Die Frau hatte ihm einen schlimmen Schreck versetzt.

»Problemlos«, erwiderte sie. »Ich beweise eben gern, daß ich jedes Apartmenthaus ausrauben kann.«

»Warum?«

»Warum was?«

»Warum wollen Sie das beweisen?«

»Um zu demonstrieren, daß ich unsichtbar bin. Das ist der Punkt, verstehen Sie. Als ältere Frau bin ich unsichtbar und kann hingehen, wohin ich will, wie die Feen im Märchen.«

»Aha«, knurrte Reed. »Und heute abend haben Sie sich also unsichtbar gemacht und sind wie die Geister im Kino durch geschlossene Türen geschlüpft. Aber Sie sind kein Geist, oder doch?«

»Beinahe. Doch diesmal habe ich nicht auf meine Unsichtbarkeit gesetzt, sondern mich herkömmlicher Mittel bedient, meiner Überredungskunst gegenüber Ihrem Pförtner nämlich, den ich gleichzeitig von drei Dingen überzeugte: daß ich harmlos bin, völlig erschöpft und außerdem Ihre Tante.« Die letzten Worte waren an Reed gerichtet.

»Sie sind nicht alt genug, meine Tante zu sein«, konstatierte Reed, nicht eben logisch. Kate hatte nach nur einer Begegnung mit der Frau bereits festgestellt, wie schwierig es war, in ihrer Gegenwart logisch zu bleiben.

»Wir beide stammen aus einer großen Familie, in der ich die jüngste und Ihr Vater der älteste war. Wie ich dem Pförtner erklärte, käme ich nicht oft nach New York, und Sie hätten wahrscheinlich die Nachricht von meiner geänderten Ankunftszeit auf Ihrem Anrufbeantworter nicht abgehört. Jedenfalls sei ich völlig erschöpft von der Reise.«

»Mein Vater?« fragte Reed.

»Na ja, ich sagte, mein Name sei Amhearst, also muß mein Bruder Ihr Vater sein. Aber keine Angst, ich werde nicht auf unsere Verwandtschaft pochen. Ich wollte bloß meine Theorie und mein Geschick beweisen. Natürlich vertraute ich auf die Tatsache, daß Sie Ihre umfangreiche Familie nicht mit dem Pförtner erörtert haben. Und auch dazu gehört ein gewisses Maß an Scharfsinn, das müssen Sie doch zugeben.«

Reed gab sich einen Ruck. »Kommen Sie ins Wohnzimmer. Aber tun Sie mir das bitte nicht noch mal an. Übrigens wäre es ja jetzt kein Kunststück mehr, da der Pförtner Sie für meine Tante hält.«

»Versprochen.«

Sie gingen ins Wohnzimmer, wo Kate der Frau einen Drink anbot. Sie bat um einen Maltwhisky. Reed und Kate schlossen sich ihr an, und die Frau ließ sich in einem Sessel nieder.

»Abgesehen davon, daß ich Ihnen meine Kunststücke vorführen wollte«, sagte sie, »hatte ich noch einen anderen Grund, Sie aufzusuchen. Wirklich hervorragend, der Whisky«, unterbrach sie sich und schnalzte genießerisch mit der Zunge, wie neulich im Theban, als sie Kates Drink probierte. »Ich hielt den Zeitpunkt für gekommen, Ihnen zu gestehen, daß ich nicht ganz ehrlich war, was meine Stellung an der Schuyler betrifft.«

Reed und Kate starrten sie immer noch an, als fürchteten sie, die Frau könne sich in Luft auflösen, sowie man sie aus dem Auge ließ.

»Den Job habe ich mir unter Vorspiegelung falscher Tatsachen erschlichen. Was natürlich nicht heißt, daß ich ihn nicht zu aller Zufriedenheit ausführe. Aber ich bin nicht die, für die man mich dort hält. Ich habe mir Referenzen, Sozialversicherungsausweis, Lebenslauf und so weiter von einer Bekannten geliehen, die sich nach Nova Scotia zurückgezogen und mir die Sachen bedenkenlos überlassen hatte. Falls man an der Schuyler dahinterkommt, behaupte ich einfach, ich hätte alles gestohlen. Wenn sie nichts merken – wofür ich schon sorgen werde –, dann bekommt meine Bekannte immerhin ein bißchen mehr Rente. Sie heißt Harriet Furst, und unter diesem Namen lebe ich jetzt. Bitte nennen Sie mich Harriet.«

»Aber daß Sie das Sekretariat an der Schuyler leiten, stimmt?« Kate sprach wie durch Watte.

»Aber ja, meine Liebe, und zwar sehr gut, wenn ich das sagen darf. Falls Sie noch ein Schlückchen von diesem exzellenten Whisky haben und es Ihnen nichts ausmacht, noch eine Weile aufzubleiben, erzähle ich Ihnen die Wahrheit über mich. Nicht die ganze, aber so viel, wie ich riskieren kann, und ›je älter ich werde, desto mehr riskiere ich‹. Montaigne.«

Reed füllte ihr Glas nach, sackte in seinen Sessel zurück und saß dann da wie der behexte Hochzeitsgast in S. T. Coleridges Ballade vom alten Seemann.

Harriet nippte genüßlich an ihrem Drink. »Haben Sie je gesehen, wie der Trompetenbaum seine Blätter verliert?« fragte sie.

Kate schüttelte den Kopf, während Reed weiterhin wie hypnotisiert dasaß. »Ich glaube, ich habe noch nicht mal einen Trompetenbaum mit Blättern gesehen«, fügte Kate hinzu, nur um etwas zu sagen. Die Frage war ungewöhnlich, aber andererseits war ja alles an Harriet ungewöhnlich.

»Sie fallen alle auf einmal herab – *platsch* – einfach so. Die Leute erzählen einem oft, wie sie das letzte Blatt eines Baumes fallen sahen, aber glauben Sie mir, das ist nichts im Vergleich zu dem Anblick eines Trompetenbaumes, der meint, nun sei Winter.

Tja, genauso war es bei mir. *Platsch*. Alle Blätter fielen herab, und statt mit Anstand und Würde langsam dahinzuwelken, wie von einem erwartet wird, habe ich beschlossen, einfach zu verschwinden. Wie die Trompetenbaumblätter – ganz plötzlich. Kein Blick zurück, keine Reue, der endgültige Bruch mit allem. John le Carré brachte mich auf die Idee. Man macht's einfach wie die Spione. Wir alle sind natürlich Spione, aber manche eben mehr als andere.

Übrigens«, meinte sie zu Kate, »weiß ich mehr über Sie, als ich neulich nachmittag durchblicken ließ. Ich weiß zum Beispiel, daß Sie rauchen. Obwohl Sie es seit langem aufgeben wollen, rauchen Sie ab und zu, was für mich günstig ist, denn ich rauche auch. Darf ich mir eine anstecken? Möchten Sie auch eine?« Kate schüttelte den Kopf. »Wirklich schade. Ich bin in dem Alter, wo mir Genüsse wichtiger sind als meine Gesundheit. Mehr als noch ein paar intensive Jahre erhoffe ich mir sowieso nicht. Wie ich hörte, trinken Sie auch, konsumieren maßlos Koffein und sind der Meinung, tierische Fette seien unerläßlich für die menschliche Widerstandskraft. Deshalb habe ich mich darauf gefreut, Sie kennenzulernen. Aber auch wenn ich mich nicht darauf gefreut hätte, wäre ich entschlossen gewesen, Ihre Bekanntschaft zu machen. Und ich freue mich, sie gemacht zu haben.«

Kate nickte. Sie hatte schon sagen wollen: ich freue mich auch, unterließ es aber, denn so sicher war sie sich nicht.

»Ich habe mich in Luft aufgelöst«, fuhr Harriet fort. »Bin verschwunden, unauffindbar, einfach weg. Jetzt werde ich als vermißte Person in den Akten geführt, und die werden höchstwahrscheinlich bald mit dem Vermerk ›Unaufgeklärt‹ geschlossen. Ich dachte, wenn es le Carrés Figuren gelingt, einfach zu verschwinden und unerkannt woanders wieder aufzutauchen, kann ich das auch. Haben Sie ›Das Rußland-Haus‹ gelesen? Die Smiley-Bücher sind die besten, aber seit der Verfilmung mit Alec Guinness ist Smiley kaum noch ein Geschöpf le Carrés. Eigentlich kein Wunder. In le Carrés Büchern verschwinden alle möglichen Personen einfach, manche sogar zweimal. Und ich kam auf die Idee, das gleiche zu tun. Ich bin ein großer le Carré-Fan; ich weiß, was Frauen betrifft, ist er ein hoffnungsloser Fall, aber wenigstens ist er nicht Norman Mailer. Jedenfalls beschloß ich, Spionin zu werden. Oh, nicht für die Regierung. Verbrecher und Dreckskerle, die ganze Bande. Nein, eine moderne Spionin. Und als Betätigungsfeld suchte ich mir die Schuyler Law School aus.«

»Warum wollten Sie denn überhaupt Spionin werden?« fragte Kate.

»Weil ich der Meinung bin, daß ich mich hervorragend dafür eigne. Wer kann sich schon so gut wie eine alte Frau an allen möglichen Leuten vorbeimogeln, sogar Pförtnern mit ›Einlaß-nur-für-angemeldete-Besucher‹-Schildern an ihrer Loge? Sie wohnen in einem gut bewachten Haus, deshalb mußte ich die Tante spielen. Normalerweise nehmen die Pförtner in Apartmentblocks wie Ihrem einfach an, ich würde dort wohnen, denn natürlich gibt es viele alte Frauen unter den Mietern oder regelmäßigen Besuchern, und wir sehen uns alle ähnlich. Es funktioniert wie ein Zauber. Ich weiß gar nicht, warum ich nicht schon vor Jahren auf die Idee gekommen bin.«

»Und was haben Sie getan, ehe Sie verschwanden?« fragte Kate. »Ehe alle Blätter auf einmal abfielen?« Reed war immer noch wie betäubt, und Kate hatte das Gefühl, daß es an ihr war, die Unterhaltung in Gang zu halten. Außerdem stellte sie überrascht fest, daß es sie wirklich interessierte.

»Ich war natürlich Professorin. Was sonst? An einer Universität weit außerhalb Bostons, Cambridge also wohlgemerkt nicht. Ich hatte ein Haus wie alle anderen, einen Hund und ein Grundstück mit reichlich Platz für einen Garten. Meine Idee war, eines Tages, wenn ich Zeit hätte, mit dem Gärtnern anzufangen. Reinster Quatsch natürlich. Genau wie bei den Leuten, die behaupten, sie wünschten sich die Zeit, endlich all die Bücher zu lesen, zu denen sie nie kämen. Wenn sie die Bücher wirklich lesen wollten, würden sie es auch tun, so wie ich einen Garten angelegt hätte. Eines Tages begriff ich, daß ich nie eine Blume oder sonst etwas pflanzen würde, und als nächstes wurde mir klar, daß ich nie wieder einen Fuß in meine Universität setzen und mir all die zweitklassigen Männer und Frauen anhören wollte, die noch nicht mal genug Mumm haben, es mit einer kampflüsternen Maus aufzunehmen. Also reiste ich über die Weihnachtsferien nach London, nachdem ich mein Haus billig an eine Freundin verkauft hatte, der es schon immer gefiel, die sich den vollen Preis aber nicht hätte leisten können und die obendrein bereit war, den Hund zu übernehmen. Dann flog ich zurück und verschwand einfach. Ich ging davon aus, man würde annehmen, daß ich nie mein Haus verkauft hätte, wenn nicht in der Absicht zu sterben. Und wen hätten solche Absichten überraschen sollen angesichts meines mürrischen Wesens, das sich in letzter Zeit bedenklich verschlimmert hatte? Ich verschwand, werde für tot erklärt, nicht amtlich natürlich, aber das schert mich nicht im geringsten.«

»Aber –«, begann Kate, wurde jedoch unterbrochen.

»Ich ahne all Ihre Fragen. Warum lassen Sie mich nicht einfach die beantworten, die ich mir denken kann, dann brauchen Sie nicht so viele zu stellen. Aber wenn Sie nicht warten können – keine Scheu, fragen Sie mich, was Sie wollen. Erzählen Sie nur niemandem, daß Sie mich kennen, mich getroffen haben oder irgend etwas über mich wissen – kein Sterbenswort. Einverstanden?«

Kate nickte. Es war eine neue Erfahrung für sie, jemandem zuzuhören, der mehr redete als sie und kein einziges Wort von ihr erwartete. Sie fand das erfrischend, und es kostete sie bemerkenswert wenig Anstrengung. Nach einem leichten Rippenstoß von Kate nickte auch Reed.

»Ich hatte mir meine Pension auszahlen lassen. An meiner Universität konnte man das glücklicherweise tun, sobald man sechzig war. Meinen Mann hatte ich überredet, die Hinterbliebenen-Versorgungsklausel bei seiner Pension zu streichen und sich dafür einen höheren Betrag zu seinen Lebzeiten auszahlen zu lassen. Er starb vor fünf Jahren, und er genoß seinen Ruhestand, ohne sich als Gärtner zu betätigen, Tolstoi zu lesen oder sonstwas, wozu er nie gekommen war. Er begeisterte sich allerdings plötzlich für Computer, aber das hat eigentlich nichts mit meiner Geschichte zu tun. Wenn es einen Computerhimmel gibt, ist er bestimmt dort. Ich tauschte den Scheck, den ich für das Haus bekam, in Bargeld um, und da ich ja eigentlich nicht existiere und für tot gehalten werden will, entschloß ich mich, nur noch mit Bargeld zu operieren, was viel gebräuchlicher ist, als wir, die wir nur an Gehaltsschecks gewöhnt sind, uns vorstellen. Es ist gar nicht so schwer wie man denkt. Die Schuyler bezahlt mich natürlich per Scheck, den ich dann auf der Bank einlöse, bei der ich mit meinem hübschen, erschwindelten Ausweis ein Konto eröffnet habe, aber abgesehen von dem Schuyler-Scheck gibt es bei mir nur Bargeld-Transaktionen. Meine Zimmermiete, alles zahle ich bar. Ich bin eine Untergrundspionin in Amerika, und meine Ideen hole ich mir bei John le Carré. Das macht mir außerordentlich Spaß. Und wie ich schon sagte«, fügte sie hinzu, »ist Harriet der Name, den ich nach meiner Wiederauferstehung angenommen habe. Verschwenden Sie also keine Zeit damit, die Vorlesungsverzeichnisse aller möglichen Universitäten durchzugehen.«

»Wieso war mein Seminar an der Schuyler der Grund, daß Sie mich kennenlernen wollten?«

»Wie Sie wissen, verändern sich die Dinge unter der Einwirkung von Druck. An der guten alten Schuyler gab es einen solchen Aufruhr wegen frauen- und minderheitenfeindlicher Ansichten, daß man sich bereit erklärte, ein Seminar über Frauen in Literatur und Recht einzurichten, das von einem Juraprofessor gemeinsam mit jemand von außerhalb gehalten werden soll. Jemand, der, wie zu hoffen steht, die Diskussion über Schleichwege zu Jane Eyre führt, den Testamenten in ›Sturmhöhe‹ und den Urteilen über Orest und Billy Budd. Und dieser Jemand sind Sie, meine Liebe. Ich weiß, damit habe ich Ihre Frage noch nicht beantwortet, warum ich im Theban auftauchte. Es mußte so aussehen, als sei ich zufällig dort und hätte Sie ganz spontan angesprochen. Das sehen Sie doch ein.«

»Nein«, sagte Kate. »Tue ich nicht. Warum mußten Sie mich zufällig treffen?«

»Es war wichtig, daß Sie mich schon einmal gesehen hatten, ehe ich in Ihre Wohnung eindrang. Sie haben mich gleich wiedererkannt, nicht wahr? Ich wollte mit Ihnen sprechen, aber privat, und irgendwie mußte ich mich ja einführen, damit Sie bereit dazu waren. Und wie Sie sehen, sind Sie es. Ich kann es Ihnen natürlich nicht verdenken, wenn Sie jetzt das Gefühl haben, ein Kätzchen kennengelernt zu haben, das sich in einen Tiger verwandelt hat«, schmunzelte Harriet. »Ich komme mir ja selbst so vor.«

Reed war offenbar zu dem Schluß gekommen, nun sei der Punkt erreicht, sich in das Gespräch einzuschalten. »Eins verstehe ich nicht. Und ich glaube auch nicht, daß Kate es versteht. Warum mußten Sie sie unbedingt sprechen, privat oder sonstwie? Zugegeben, Sie werden beide an der Schuyler arbeiten – ebenso wie ich. Aber wenn Sie unsere Bekanntschaft machen wollten, hätte es doch gewiß weniger dramatische Wege gegeben, das zu tun.«

Harriet starrte in ihr leeres Glas und drehte es zwischen den Fingern. »Erinnern Sie sich an die Dozentin der Schuyler, die kurz nach ihrer Berufung unter einen Laster kam und starb?«

»Vage«, meinte Reed. Jetzt war Kate an der Reihe, in tiefes Schweigen zu versinken. »Ich kann mich nur ganz schwach daran erinnern. In dieser gewalttätigen Stadt hätte die Sache wohl überhaupt kein Aufsehen erregt, wenn ihre Fakultät nicht beschlossen hätte, sie nach ihrem Tod zu verspotten und eine Parodie ihrer Ideen zu veröffentlichen.«

»Sosehr ich diese Stadt liebe, aber Katastrophen erregen hier kaum noch Aufmerksamkeit«, stimmte Harriet ihm zu. »Die Frage ist: fiel sie, oder wurde sie gestoßen? Unter den Laster, meine ich. Die Polizei fand keine Beweise, daß sie gestoßen wurde, was aber nicht bedeutet, daß es nicht doch so war. Kommt es Ihnen nicht auch sonderbar vor, daß die erste Frau mit Lehrstuhl an der Schuyler eines gewaltsamen Todes starb? Ist das eine zu heikle Frage? Sehen Sie, über genau solche Fragen wollte ich mich mit Ihnen beiden unterhalten.« Sie blickte Reed an.

»Für heute abend ist sie ganz gewiß zu heikel«, meinte der. »Dazu fehlt mir eindeutig zu dieser Stunde die Puste. Aber wir kommen bald wieder zusammen, das verspreche ich.«

»Na gut.« Harriet schaute mit einer gewissen Melancholie in ihr leeres Glas. »Wenn Sie meinen.« Sie stellte ihr Glas ab und erhob sich. »Sie sind verärgert, weil ich hier eingedrungen bin. Eine etwas übertriebene Inszenierung, das gebe ich zu, und ich entschuldige mich. Aber bitte, versuchen Sie, mir zu vertrauen. Wissen Sie, was Smiley zu den Studenten am Sarratt sagte, als sie ihn fragten, woran man eine Lüge erkennt? Er sagte: ›Ach, es ist schon eine gewisse Kunst, einen Lügner zu überführen. Aber die wirkliche Kunst besteht darin, die Wahrheit zu erkennen, und das ist wesentlich schwieriger.‹«

Diesmal sah sie Kate an, die den Kopf schüttelte, um ihr zu bedeuten, daß ihr Smileys Worte neu waren.

»Also«, grummelte Reed, »bevor ihr beide anfangt, euch gegenseitig mit Zitaten zu bombardieren, verschwinde ich ins Bett. Ich finde, für einen Abend ist's nun wirklich genug, meint ihr nicht?«

»Recht haben Sie. Ich gehe jetzt, und wenn ich wiederkomme, dann nur, weil ich eingeladen und ordentlich bei dem Wachhund da unten angemeldet bin.«

Und damit begleiteten sie Harriet zur Tür.

3

»Wird Zeit, daß Sie Ihr Wissen an die Jungen weitergeben, Ned«, hatte er mir bei einem verdächtig guten Lunch im Connaught erklärt. »*Und* an die neuen *Mädchen*« fügte er mit einem ekelhaften Grinsen hinzu. »Als nächstes werden sie auch noch die kirchliche Laufbahn einschlagen dürfen, nehm' ich an.«   *John le Carré,*
›*Der heimliche Gefährte*‹

Am nächsten Tag, als Kate sich aus dem Bett gequält, gefrühstückt und gewappnet hatte, dem Tag ins Gesicht zu sehen, fand sie eine Nachricht von Blair Whitson auf ihrem Anrufbeantworter vor. Er sei der, mit dem sie das Seminar an der Schuyler halten werde, erinnerte er sie und fügte hinzu, es sei an der Zeit, daß sie sich träfen. Was sie davon halte, heute mit ihm im Oak Room des Plaza zu lunchen. Er hinterließ seine Nummer.

Kate rief die Nummer an; Blairs Anrufbeantworter meldete sich. Inzwischen hatte sich Kate an diese Kommunikation der Apparate gewöhnt und fand sogar, daß einiges dafür sprach. Termine, die einem eher lästig waren, konnte man auf diese Weise ohne lange Erklärungen und überflüssiges Geplauder verabreden, und wenn man das Ding immer eingeschaltet ließ, hatte man es sogar einigermaßen in der Hand, mit wem man sprechen wollte und wann. Außerdem blieb, zumindest für Kate, die Tatsache bestehen, daß man wichtige Dinge ohnehin am besten über den Tisch eines angenehmen Restaurants hinweg besprach, jedenfalls von Angesicht zu Angesicht und nicht am Telefon. Und daß die Apparatekommunikation es ermögliche, das eigentliche Reden zu verschieben, bis man sich traf, hielt Kate für eine glückliche Einrichtung. Sie erklärte Blair Whitsons Anrufbeantworter, zum Lunch gehe sie nie aus, aber wie es mit einem Dinner heute abend im Oak Room wäre? Wenn ja, dann solle er ihr die Uhrzeit sagen. Wenn nein, dann einen anderen Treffpunkt vorschlagen. Reed hatte den ganzen Abend zu tun, und der Oak Room im Plaza rief Kate stets angenehm in Erinnerung, was sich seit den Tagen verändert hatte, als Frauen dort nicht mit Männern zusammen dinieren durften. Von Zeit zu Zeit mußte man sich einfach vergewissern, daß manches sich wirklich veränderte und, noch wichtiger heutzutage, daß die Veränderung anhielt.

Sie machte sich auf den Weg zu einer Fakultätssitzung, zu deren Teilnahme sie sich trotz ihres Freisemesters verpflichtet fühlte. Bei ihrer Rückkehr fand sie die Bestätigung ihrer Verabredung maschinell aufgezeichnet: heute abend, 7.30 Uhr im Oak Room. Er würde sie erkennen. Wie? fragte sich Kate. Sollte er sich verspäten, der Tisch sei auf seinen Namen reserviert.

Doch er war pünktlich.

Er saß am Tisch, als Kate hereinkam, stand auf, um sie zu begrüßen, rückte ihr den Stuhl zurecht und fragte, was sie trinken wolle. Dann setzte er sich, und Kate schoß durch den Kopf, daß sie fraglos noch nie jemanden getroffen hatte, der so wenig nach einem Revolutionär aussah. Aber Reed hatte ja gesagt, Blair habe sich erst kürzlich in einen verwandelt. Und schließlich plante er ja auch keinen größeren Umsturz, als ein Praxisprojekt und ein Rechts- und Literatur-Seminar an seiner Universität einzuführen. Wollte man Harriet glauben, reichte das an der Schuyler jedoch schon aus, jemanden zum Revolutionär zu stempeln.

Doch wenn sie sich schon aufs Typisieren verlegte, sah Blair mehr wie ein Admiral aus, der bereits jung den Höhepunkt seiner Karriere erreicht hatte. Nein, dachte Kate, eher wie ein Kapitän in den alten Filmen über den zweiten Weltkrieg, der sein Schiff übers Nordmeer steuert.

Kate senkte den Blick und nahm einen Schluck von ihrem Drink. Eine höchst unfeministische Frage und unfeministische Gedanken gingen ihr durch den Kopf: da saß sie und fragte sich allen Ernstes, warum ein so, nun, ein so *männlicher* Mann sich mit Dingen wie der Verknüpfung von Literatur und Recht abgab, gar mit Frauen und Recht. Eines Tages würde sie ihn das fragen. Wie jemand aussah, gemahnte sie sich dann streng, bedeutete schließlich überhaupt nichts.

»Ich kam ziemlich spät zur Juristerei«, sagte er, als habe er ihre Gedanken gelesen. »Davor habe ich mich nur mit Schiffen abgegeben. Kommt ein ähnlicher Satz nicht in irgendeinem Buch vor?«

»In ›Der Wind in den Weiden‹, glaube ich. Die Ratte sagt es, wenn ich mich nicht täusche. Der Maulwurf war der mit dem Nachlaß einer unverhofft verstorbenen Tante. Das ist *meine* Lieblingsstelle.«

»Herrlich, sich so gut auszukennen. Eines Tages wurde mir jedenfalls klar, daß ich mich besser von den Schiffen verabschiede, wenn ich helfen will, dieses Land aus dem Schlamassel zu ziehen, und mich statt dessen lieber mit seinen Gesetzen befasse. Vielleicht hatte ich auch einfach die Nase voll von der Hierarchie in der Marine und wollte lieber die im Rechtswesen kennenlernen. Wie auch immer, jetzt sitzen wir hier und bereden, wie wir die Schuyler Law School ein bißchen in Schwung bringen können. Denn die ist so festgefahren in ihren alten Denkweisen und so selbstzufrieden in ihrer Borniertheit, daß ich den schweren Verdacht habe, sie würde am liebsten alle, die Ärger machen und etwas an den geheiligten Riten ändern wollen, aus dem Weg räumen. Das heißt, wenn Lächerlichmachen und andere Schikanen versagt haben. Prost.«

»Prost«, antwortete Kate. »Würden Sie mir wohl verraten, warum Sie sich so sicher waren, mich zu erkennen?«

»Kein Problem. Wirklich erfreulich, das einmal bedenkenlos sagen zu können, denn meistens *gibt* es ein Problem.

Ich hörte mir eine Vorlesung meines alten Freundes Reed Amhearst über die neuesten Kniffe im Strafrecht an, zu dem Sie auch gekommen waren, und nachher flüsterte man mir zu, Sie seien seine Ehefrau und hätten's mit der Literatur. Daran erinnerte ich mich, als ich jemanden suchte, der mit mir gemeinsam dieses Seminar hält. Ich hoffte, wegen Ihres Mannes wären Sie vielleicht eher geneigt, sich auf ein Abenteuer an einer Law School einzulassen. Und da Ihr Mann zufällig dieses Projekt an der Schuyler leitet, dachte ich mir, ein bißchen Vetternwirtschaft bei unserer kleinen Revolution kann nicht schaden. Möchten Sie noch einen Aperitif, oder wollen wir bestellen?«

»Bestellen wir!« entschied Kate ziemlich atemlos. Zuerst Harriet und jetzt Blair. Reed würde ein Projekt an der Schuyler leiten, sie ein Seminar dort halten, und beide Schuyler-Leute, die sie bisher kennengelernt hatte, waren eine Überraschung. Ob das ein gutes Zeichen war?

Als sie bestellt hatten, saß Kate wie gebannt da, bewunderte sein Haar, das glatt war, mit ersten grauen Fäden und dicht wie der Pelz eines Tiers; seine lebhaften Augen, blau, zweifellos vom vielen Aufs-Meer-Gucken, sahen sie lächelnd an. Demnächst schreibst du noch Liebesromane, dachte sie.

Ohne aufs Essen zu warten, entschuldigte sich Blair, daß er gleich mit der Tür ins Haus falle und auf ihr geplantes Seminar zu sprechen komme. »Die Sache ist nur«, legte er dann los, »wenn wir dieses Seminar halten wollen, dann müssen wir gestern mit der Planung anfangen. Tut mir leid, Hektik zu verbreiten, aber so ist das Leben, zumindest das akademische, nun einmal. Zuerst heißt es, immer mit der Ruhe, das hat noch Zeit, dann plötzlich, Beeilung, Beeilung, die Sache hätten wir gestern gebraucht. Ich bin sicher, Sie wissen, was ich meine«, fügte er hinzu, ehe Kate etwas erwidern konnte, obwohl sie ausnahmsweise noch nachdachte und zu keiner Antwort gekommen war. »Ich setze Sie unter Druck, ich weiß. Aber das neue Semester beginnt nächste Woche. Beim ersten Mal können wir uns mit dem Verteilen von Literatur- und Anwesenheitslisten und der Besprechung von Referatsthemen durchmogeln. Aber danach werden wir etwas Handfestes von uns geben müssen, Sie das Literarische, ich das Juristische.«

»Gleichzeitig?« fragte Kate. Sie lehnte sich in ihrem Stuhl zurück und ließ die Umgebung auf sich wirken. Wenn man's genau bedachte, war der Oak Room im Plaza ein recht sonderbarer Ort, die Revolution zu planen, gar die interdisziplinäre Vermischung von Literatur- und Rechtswissenschaft! Albern, fand Kate, daß ihr gerade jetzt eine Geschichte über Marlene Dietrich einfiel, die sie einmal gehört hatte. Mit weißem Schlips und Smoking war die Dietrich in ein elegantes Restaurant wie dieses spaziert. »Damen in Hosen haben keinen Zutritt«, hatte der Oberkellner verkündet. Worauf die Dietrich die Hosen auszog und auf den Boden warf. Ein Vorteil war natürlich, wenn man herrliche Beine hatte.

»So gleichzeitig wie möglich«, antwortete er. »Ich meine, natürlich reden wir nicht im Chor, aber es sollten jedesmal beide Aspekte behandelt werden, der literarische und der rechtliche. Sind Sie damit einverstanden?«

»Klingt nett«, meinte Kate.

»Schwingt da eine ironische Note mit?« fragte er. »Wie ich gehört habe, verströmen Sie Ironie wie andere Frauen Parfüm.«

Er flirtete mir ihr, ein jüngerer Mann begann einen Flirt mit einer Frau, die genau die richtige Anzahl von Jahren älter war!

»Ironie ist eine gute Abwehrstrategie«, sagte sie. »Gegen viele Dinge. Komisch, aber das einzige, wobei es mir schwerfällt, ironisch zu sein, ist der Mißbrauch von Wörtern ohne triftigen Grund.«

»An welche Wörter denken Sie denn, obwohl ich mich kaum zu fragen traue. Wahrscheinlich benutze ich alle falsch.«

»Da Sie mich fragen, *desinteressiert*, wenn man *gleichgültig* meint; *es ging vonstatten* statt *es geschah*; und neuerdings in Mode: *unerwartet* statt *zufällig*. Und da ich nun als Pedantin entlarvt bin – haben Sie schon bestimmte juristische Materialien, oder Fälle sagt man wohl, für unser Seminar in petto?«

»Ja, habe ich«, erwiderte er leicht zerstreut, als denke er darüber nach, ob er selbst gerade irgendwelche Wörter mißbraucht hatte; genau in dem Moment dann, als der Kellner den ersten Gang servieren wollte, legte er einen Stoß Papiere auf den Tisch, so daß es um ein Haar zu einem Zusammenstoß gekommen wäre. »Das sind die Akten von Fällen, die wir meiner Meinung nach benutzen könnten. *Michael M. gegen Superior Court* zum Beispiel, ein Notzuchtfall, zu dem es vielleicht eine Parallele in dem einen oder anderen Roman gibt? Es geht um das Recht von Frauen, nein zu sagen und nein zu meinen.«

»Dazu fiele mir Thomas Hardys ›Im Dunkeln‹ ein. Ich glaube, das wäre eine Möglichkeit. Aber ist es nicht ein ziemlich gewaltiges Vorhaben, ganze Gerichtsakten zu lesen – wie dick sind die eigentlich? – und dazu noch ganze Romane?«

»Genau das ist die Frage. Ich hatte gehofft, Sie seien eine Expertin auf dem Gebiet dem Kurzprosa. Oder noch lieber: einzelner Romankapitel, wenn man eine so unliterarische Praxis vorschlagen darf.«

»Lassen Sie mir ein bißchen Zeit«, bat Kate. »Ich bin sicher, wir werden zu einem sinnvollen Konzept kommen, aber können wir vorher nicht kurz einen Blick auf den Gesamtrahmen werfen, womit ich die juristische Fakultät der Schuyler meine, die wir mit diesem faszinierenden Seminar beglücken werden?«

»Natürlich. Soll ich am Anfang beginnen, das heißt da, wo ich die Szene betrete?«

»Mit dem Anfang zu beginnen ist meist kein schlechter Anfang«, erklärte Kate feierlich. »Irgendwie hat sich der Eindruck bei mir festgesetzt, daß die Schuyler Law School nicht gerade das Gelbe vom Ei ist, obwohl ich im Grunde so gut wie nichts über sie weiß, nur, daß sie nicht Harvard oder Yale ist. Ein paar nüchterne, ungeschminkte Fakten wären mir also lieb.«

»Was nur recht und billig ist. Ich bin wirklich begeistert, daß Reed dieses Projekt für uns leitet. Und daß Sie zur Mitarbeit bereit sind, ist ein größerer Glücksfall, als ich ihn zu erhoffen wagte. Daß uns die Schutzengel der Frauen und Minderheiten so gnädig gesinnt sind, hätte ich nicht geglaubt.«

»Lassen wir die Engel vorläufig aus dem Spiel. Beginnen wir lieber da, wo Sie die Schuyler-Szene betreten. Obwohl ich sicher bin«, fügte Kate vorsorglich hinzu – sie glaubte zwar nicht an Engel, wollte aber auch keinen beleidigen, falls doch irgendwo einer herumschwebte –, »daß es Sie einige Mühe gekostet hat, die Schuyler zu Reeds Projekt zu bewegen, und wenn die Engel Ihnen dabei behilflich waren, um so besser. Aber fahren Sie bitte fort.«

»Beginnen wir mit der Dozentenschaft: Ausschließlich Männer und alle der Auffassung, daß das, was sie nicht wissen, auch nicht wissenswert ist. Damit sind die Herren hinreichend beschrieben. Hinzufügen sollte ich wohl nur, daß sie allmählich die Gefahr neuer Ideen wittern und ihre Truppen sammeln. Oder, wie man da, wo ich herkomme, sagt: ein Sturm braut sich zusammen.«

»Bisher hatte ich eigentlich nicht das Gefühl, daß die Schuyler in dem Rufe steht, elitär zu sein«, sagte Kate zwischen zwei Bissen. »Oder handelt es sich etwa um die gleiche Dynamik wie an den schrecklichen Schulen in englischen Romanen – je schlimmer die Schule, desto grausamer die Lehrer?«

»Da könnte etwas dran sein. Als ›Nicholas Nickleby‹ am Broadway lief, habe ich mir das Stück gleich zweimal angesehen. Aber ein wenig anders geht es an juristischen Fakultäten doch zu. So wenig elitär die Schuyler auch sein mag, die meisten unserer Professoren haben in Harvard, Yale oder Chicago promoviert und sich seither auf diesem Lorbeer ausgeruht. Vielleicht veröffentlichen sie hin und wieder über einen Präzedenzfall, aber ansonsten nichts. Meiner Meinung nach sind sie überhaupt nicht mehr fähig zu *denken*, sondern bewegen sich einfach in den alten, ausgefahrenen Gleisen weiter, die so lange funktioniert haben und die ihrer Ansicht nach in einer intakten – was für sie heißt: weißen, männlichen – Welt weiter funktionieren sollten. Aber fast die Hälfte der Studenten sind natürlich Frauen, und viele Studenten gehören Minderheiten an, was für die Professorenschaft um so mehr ein Grund ist, ihnen die alten Praktiken einzuimpfen.«

»Hat es viel Protest von seiten der Frauen und Minderheiten gegeben?« fragte Kate, als der Hauptgang serviert wurde. »Erheben sich die Massen?«

»Bei weitem nicht. Unsere Studenten sind nicht die verhätschelten Schätzchen von Harvard und Yale, keine Prinzen, denen die ganze Welt offen steht. Sie haben sich ihre jetzige Position hart erkämpfen müssen, und sie denken nicht daran, ihren Abschluß und ihre berufliche Zukunft aufs Spiel zu setzen, was man ihnen wohl kaum verübeln kann. Deshalb bin ich der Meinung, es ist Sache der Dozenten, die Initiative für Veränderungen zu ergreifen. Was Nellie Rosenbusch und ich auch getan haben.«

»Nellie Rosenbusch?«

»Die Professorin, die von einem Laster überfahren wurde. Harriet und ich haben allerdings so unseren Verdacht.«

»Ach ja, natürlich. Ich habe davon gehört. Ich wußte nur ihren Namen nicht.«

»Nellie war dem Lehrkörper ein Dorn im Auge. Sie hatte einige Studentinnen auf ihre Seite gezogen, und die empörten Professorenkollegen machten ihr das Leben schwer, wo sie nur konnten, ließen keine Gemeinheit aus, angefangen von sexueller Belästigung bis hin zu den Schikanen, die, wie ich gehört habe, in West Point üblich sind – Außenseiter wie Luft zu behandeln zum Beispiel.«

»Aber sie hatte einen Lehrstuhl?«

»Ja. Das hätte ich erwähnen sollen. Sie wurde im selben Jahr berufen wie ich, und sie bekam ihren Lehrstuhl meinetwegen. Wir beharrten darauf, daß sie genauso qualifiziert sei wie ich, wenn nicht qualifizierter, und wir machten dem Dekanat klar, daß ich sie dabei unterstützen würde, ihre Berufung auch vor Gericht durchzusetzen. Die Schuyler kam dann wohl zu der Ansicht, der beste Ausweg sei, uns beide zu berufen. Ob Sie es glauben oder nicht, Nellie Rosenbusch war die erste Frau mit Lehrstuhl an der Schuyler. Man dachte wohl, wenn sie erst einmal in den erlauchten Club aufgenommen sei, würde sie den Mund halten und sich fügen. Aber das tat sie nicht.«

»Und Sie glauben, sie wurde umgebracht? Man stieß sie unter den Laster, spuckte in die Hände und sagte sich: ›Das Problem hätten wir vom Hals‹?« Kate ließ die Gabel sinken. »Gibt es irgendwelche Hinweise, daß es so war, abgesehen von Motiven, günstiger Gelegenheit und Ihrem tiefen Verdacht?«

»Nichts, was man Indizienbeweise nennen könnte. Sie landete vor dem Laster, einem dieser hohen Dinger, und der Fahrer sah sie überhaupt nicht. Sie war nicht sehr groß.« Er hielt inne.

»Deutet irgend etwas darauf hin, daß sie gestoßen wurde?« wiederholte Kate.

»Die Leute, die mit ihr vor der Ampel warteten, glauben, sie muß gestoßen worden sein, weil sie ganz plötzlich stolperte und hinfiel. Aber niemand bemerkte etwas Verdächtiges. Alle starrten auf Nellie und den Laster, und das einzige, woran sich die Leute erinnern, sind die quietschenden Bremsen. Die Polizei hat ihr Bestes getan, fand aber verdammt wenig heraus, abgesehen von der Tatsache, daß es keinen Grund auf der Welt gab, warum sie plötzlich hätte fallen sollen. Sie machten die übliche Autopsie und stellten keinerlei körperliche Ursachen fest – wie Herzanfall, Alkohol, Drogen, nichts dergleichen.«

»Ich hoffe nur, man erwartet jetzt nicht von Reed und mir, die Wahrheit über ihren Tod herauszufinden. Ich weiß, ich habe mich von Zeit zu Zeit detektivisch betätigt, aber ich möchte klarstellen, daß wir an die Schuyler kommen, um ein Seminar zu halten und ein Projekt zu leiten. Oder hofft man doch, daß wir uns mit dem Fall befassen?«

»Ganz bestimmt nicht. Meine einzige Hoffnung ist, daß es uns mit dem Kurs gelingt, ein bißchen Basis-Feminismus zu verbreiten und deutlich zu machen, daß, wenn Recht und Literatur sich etwas zu sagen haben, dann auch die Rechtsprechung und das Leben. Das wirkliche Leben, meine ich, nicht, wie es in den abgedruckten Urteilen erscheint. Deshalb möchte ich bei den Fällen, die wir in unserem Seminar behandeln, noch einmal ganz zum Anfang zurückkehren, mir die ursprünglichen Aussagen und die Lebensgeschichte dahinter ansehen, nicht nur die Schriftsätze und Plädoyers. Vielleicht können wir uns in einer Woche einen Fall vornehmen und in der nächsten einen Roman. So ungefähr.«

»Also«, rezitierte Kate, »›Ich bin mehr denn je davon überzeugt, daß eine anständige menschliche Existenz nur an den Rändern der Gesellschaft möglich ist.‹ Hannah Arendt sagte das, genauer, schrieb es an Jaspers. Ich bin geneigt, ihr zuzustimmen. Und weiter, als eine Revolution an der Schuyler anzuzetteln, kann ich mich wohl nicht in Randbezirke vorwagen, wenn ich die akademische Welt nicht ganz verlassen will.«

»Vielleicht sollten wir auch über den Zeitplan sprechen. Welcher Wochentag wäre Ihnen am liebsten?«

»Das überlasse ich Ihnen, da Sie unser Seminar ja mit Ihrem übrigen Stundenplan in Einklang bringen müssen. Ich kann eigentlich jeden Tag, solange es nachmittags ist oder wenigstens am späten Vormittag.«

»Gut. Wie wäre der Mittwoch?«

»Genau der Tag, der mir am liebsten ist«, sagte Kate. »Mittwoch ist so ein hübscher, mittlerer Tag, so schön im Gleichgewicht mit Anfang und Ende der Arbeitswoche.«

»Gut. Dann also Mittwochnachmittag. Wenn Sie einverstanden sind, lege ich die Uhrzeit und den Raum fest. Und noch was: sollen wir die Studenten am Schluß des Seminars einen Test machen lassen oder wollen wir lieber Referate verlangen?«

»Ich plädiere für den Test«, meinte Kate. »In meinem Fach werden nie Tests geschrieben, dafür muß ich Unmengen von Referaten durchlesen. Außerdem, wenn wir die Fragen sorgfältig formulieren, können wir vielleicht feststellen, was sie von uns gelernt haben.«

»Ich warne Sie: das könnte ein Schock werden.«

»Ich habe meine Gebete gesagt. Jetzt ist es zu spät, sich vor Schocks zu fürchten. Haben Sie vor, mir den ganzen Stoß mitzugeben?«

»Wenn Sie die Last nicht erdrückt. Es sind Akten von Fällen, die sich meiner Meinung nach für unseren Zweck eignen, und um die Sie dann, wie ich hoffe, die passenden literarischen Texte herumdrapieren. Sekundärliteratur ist zulässig, solange sie ohne französisches Wörterbuch lesbar ist.«

»Na gut.« Kate nahm den Aktenstoß entgegen. »Ich will mein Bestes versuchen. Wie wollen wir das Seminar nennen?«

»›Frauen in Recht und Literatur‹ schlage ich vor. Das ist einfach und direkt und schränkt die Diskussion in keiner Weise ein.«

»Und ist weniger dazu angetan, die Spießbürger zu verschrecken, als irgendwas mit *Feminismus* im Titel.«

»Ich seh schon, Sie sind im Bilde.«

Kate lehnte sich in ihrem Stuhl zurück und sah ihn offen und direkt an. Er erwiderte ihren Blick mit seinen hellen, blauen Augen. Keine Sorge, versprachen sie, wir tun nichts Gefährlicheres, als die abgestorbenen Hirne einer kleinen juristischen Fakultät ein wenig aufzurütteln. Und Ihr Mann wird auch an der guten alten Schuyler sein; also nicht der geringste Grund zur Sorge.

Das blieb natürlich alles unausgesprochen, aber Kate hörte es trotzdem. Das Dumme ist, sagte sie sich, daß ich so verletzlich geworden bin und so leicht meine eigene Mitte verliere – daß ich mich viel zu schnell mitreißen lasse und mich nicht mehr frage, was zum Teufel ich überhaupt tue.

»Haben Sie was, wo ich das ganze Zeug reintun kann?« fragte sie und hob die Papiere hoch.

»Entschuldigung. Natürlich. Darf ich Ihnen ein Taxi rufen?« Er winkte dem Kellner wegen der Rechnung. Gott weiß, dachte Kate, was er an der Schuyler verdient und ob er sich dieses Dinner wirklich leisten kann. Aber der hochelegante Oak Room war ja seine Idee gewesen; vielleicht ließ er die Schuyler dafür zahlen. Na, schließlich wollte er sie anwerben, und wenn ihm daran lag, einen guten Eindruck zu machen, warum nicht? Ihr wäre zwar auch alles recht gewesen, was eine Kategorie besser als MacDonald war, sogar irgendein Büro, aber das konnte er ja nicht wissen.

»Ich glaube, ich laufe lieber«, sagte sie, als sie darauf warteten, daß der Kellner Blairs Kreditkarte zurückbrachte. »Auch wenn ich das Ganze hier schleppen muß.« Sie wog das Papierbündel in der Hand. »Anwälte haben einen enormen Papierausstoß, wie mir scheint. Aber nach dem Essen laufe ich gern. Das lüftet die Nebenhöhlen.«

»Meinen Sie nicht, es ist zu gefährlich?«

»Alles ist gefährlich. Aber die Neunundfünfzigste und der Broadway sind ziemlich sicher um diese Uhrzeit. Ich gehe nur durch Straßen, die ich kenne und denen ich traue, was ich von den Leuten, mit denen ich mich auf gemeinsame Seminare einlasse, nicht behaupten kann.« Ihr Lächeln milderte ihre Worte ab.

Zusammen traten sie auf die Neunundfünfzigste. Kate hoffte, er würde nicht anbieten, sie zu begleiten. Er tat es nicht, und das sprach für ihn. Er wußte, der Abend hatte alles gebracht, was zu erhoffen war, und jede weitere Unterhaltung wäre nur ermüdend. Apropos ermüdend, sie hörte Reed schon sagen, daß es doch bestimmt eine angenehme Abwechslung sein müsse, Gerichtsakten zu lesen statt ›Middlemarch‹.

Reed sagte es nicht, als sie nach Hause kam, weil sie ihm zuvorkam.

»Natürlich«, fügte sie hinzu, »könnte man ebensogut damit beginnen, Susan Glaspells ›A Jury of Her Peers‹ zu lesen, einen der grundlegenden feministischen Texte, der jahrelang ignoriert wurde, in dem aber eigentlich schon alles gesagt ist.«

»Den Text kenne sogar ich«, sagte Reed. »Die Männer schwadronieren herum, und die Frauen finden heraus, was wirklich geschah, weil sie den Dingen auf den Grund gehen und die Hinweise richtig interpretieren. Es geht um überhebliche männliche Selbstgefälligkeit kontra bescheidene weibliche Beobachtungsgabe. Stimmt's?«

»Höre ich da einen abfälligen Unterton heraus?« fragte Kate. »Fang jetzt bloß nicht an, mich zu ärgern. Wie steht's denn mit deinem Projekt?« lenkte sie ihn geschickt ab.

»Wir haben uns endgültig für ein Häftlingsprojekt entschieden. Aus meinen Tagen in der Bezirksstaatsanwaltschaft habe ich noch einen guten Draht zur Strafvollzugsbehörde, die mir, wie ich hoffe, den Zugang zu den Gefängnissen erleichtern wird. Aber egal wie, mit oder ohne Beziehungen, das Gefängnis auf Staten Island ist unser Ziel. Die Hälfte der Insassen sind Frauen, und ungefähr ein Zehntel davon hat seine Ehemänner umgebracht. Weißt du Kate, erst seit mir – dank dir – klarwurde, wie festgefahren ich war, kann ich in der Leitung dieses Projekts eine faszinierende Aufgabe sehen.«

»Wenn du es sagst. Und was genau wirst du in deinem Projekt an der guten alten Schuyler tun?«

»Zuerst werden die Studenten in alle Kniffe des Strafrechts eingeweiht, damit sie die Häftlinge vertreten können. In einigen Fällen wollen wir Haftprüfungen erwirken, in anderen Beschwerden über die Zustände im Gefängnis überprüfen, wie unzureichende medizinische Versorgung und mangelnde Sicherheit. Zum Schluß treten die Studenten dann vor Gericht auf und verhandeln mit verschiedenen Behörden wie der Kommission für bedingte Haftentlassungen zum Beispiel. Natürlich werden wir das alles vorher proben, in simulierten Gerichtsverhandlungen.«

Mit gespieltem Amüsement ließ Kate die Augenbrauen hochschnellen.

»Wirklich, Kate, wenn du dich schon darauf einläßt, an einer juristischen Fakultät zu lehren, dann mußt du dich auch ein bißchen mit dem Jargon vertraut machen. Simulierte Gerichtsverhandlungen, um die Studenten fit zu machen, meine Liebe, sind ein geheiligtes Ritual in der Ausbildung von Juristen. Ich vermute, selbst die gute alte Schuyler verzichtet nicht darauf.«

»Wie viele Studenten sind an deinem Projekt beteiligt?« Kate widerstand der Versuchung zur Flachserei. Spott war zwar die Würze ihrer Ehe, und Kate genoß ihn, aber früher oder später mußte man zur Sache kommen.

»Ich habe um höchstens zehn Studenten gebeten, aber wahrscheinlich werden sie mir zwölf zuteilen, um sicherzustellen, daß ich überlastet bin. Das sähe denen ähnlich.«

»Willst du damit sagen, die einzige Chance für diese armen Häftlinge, juristischen Beistand zu bekommen, sind zehn oder zwölf Zweitsemester-Jurastudenten?«

»Viertsemester«, korrigierte Reed. »Ohne diese Studenten und das Projekt hätten sie überhaupt keine Chance. Natürlich gehe ich mit den Studenten zusammen vor Gericht; meistens halten sie sich zwar großartig, aber manchmal ist es doch nötig, daß sich ein Professor, in diesem Fall ich, einschaltet und sagt: ›Lassen Sie mich etwas hinzufügen.‹ Nicht oft allerdings, wenn alles gut läuft.«

»Erklär es mir noch mal. Wer genau sind diese Häftlinge?

Abgesehen von geschlagenen Frauen und illegalen Einwanderern. Wie du siehst, habe ich gut zugehört.«

»Oft wird Angeklagten empfohlen, sich schuldig zu bekennen, was aber von Nachteil für sie sein kann. Oder es unterliefen gravierende Fehler bei ihrem Verfahren. Die meisten Häftlinge haben sich irgendwas zuschulden kommen lassen, aber ihr Urteil und Strafmaß sind nicht unbedingt gerecht.«

»Warum?«

»Weil die ihnen zugeteilten Anwälte viel zu viele Fälle übernehmen, nicht findig genug sind und sich nicht angemessen um sie kümmern. Manche haben keine Ahnung von Tuten und Blasen, oder sie engagieren sich nicht, nehmen sich nicht die Zeit, alle Möglichkeiten auszuschöpfen. Viele Pflichtverteidiger sind großartig, andere nicht. Du mußt nicht glauben, daß alle ignoranten Anwälte aus den Reihen der Pflichtverteidiger stammten, auch wenn ich dieses Vorurteil in meinen Tagen als Staatsanwalt vielleicht verbreitet habe. Viele Pflichtverteidiger sind verdammt gut, oft sogar besser und engagierter als die Leute von der Staatsanwaltschaft, denn Pflichtverteidigung ist keine Stufe auf der Leiter zu höheren Würden. Kaum verwunderlich also, daß John F. Kennedy junior Staatsanwalt wurde und nicht Pflichtverteidiger.«

»Bisher kann ich dir folgen.«

»Das wäre so ungefähr alles. Natürlich wirst du mehr Einzelheiten hören, wenn unser neues, gemeinsames, juristisches Leben beginnt. Wir werden mit allen möglichen Problemen zu tun haben, zum Beispiel, daß Häftlingen aus irgendeinem ungesetzlichen Grund – etwa weil die Ehefrau vorbestraft ist – Besuche verweigert werden.«

»Eins verstehe ich trotzdem noch nicht. Wenn dich dieses Projekt so sehr interessiert, warum machst du es dann nicht an deiner eigenen Universität?«

»Dort habe ich von Zeit zu Zeit bei verschiedenen Projekten mitgewirkt – gegen Rassen- oder Geschlechterdiskriminierung beispielsweise, für die Rechte Homosexueller und das Recht auf Versammlungsfreiheit. Aber, wie ich dir schon sagte, für ein Gefängnisprojekt war meine Universität nicht zu gewinnen. Die schreckliche Wahrheit ist wohl, daß ich mir zu fein war, wirklich darum zu kämpfen. Offenbar bedurfte es Blairs Einladung, damit ich in Gang kam. Ich hätte den Kampf getrost wagen können, denn schließlich bin ich ein angesehenes Mitglied der Professorenschaft. So angesehen, daß sogar die Schuyler bereit ist, mich für ein Projekt anzuheuern, dem sie im Grunde alles andere als wohlgesonnen ist. Du siehst, ich bin dabei, mich zu ändern. Und wie recht du hattest mit deiner Bemerkung, daß ich eingerostet war.«

»An welchem Tag läuft dein Projekt? Blair und ich halten unser Seminar Mittwoch nachmittags.«

»Also wirklich, Kate, so ein Projekt ist doch kein Seminar, das man auf einen bestimmten Tag legen kann. Wenn das Verfahren läuft oder man einen Termin mit einem Häftling oder Richter hat, dann saust man los. Man ist jederzeit auf dem Sprung.«

»Na, dann kannst du mir ja in Zukunft über Gefängnisse berichten, und ich erzähl dir von meiner feministischen Rebellion. Dann geht uns wenigstens nicht der Gesprächsstoff aus.«

»Kate, du willst doch nicht allen Ernstes behaupten, wir hätten uns sonst nichts mehr zu sagen.«

»Angeblich ist das doch das unausweichliche Schicksal verheirateter Paare, wie man in jedem Restaurant beobachten kann.«

»Noch nie, keine Sekunde, ist uns in einem Restaurant der Gesprächsstoff ausgegangen.« Er klang wirklich wie vor den Kopf gestoßen.

»Im Augenblick habe ich nur ein Problem«, meinte Kate und streichelte seinen Arm, »welche Literatur Blair und ich zu den verschiedenen Fällen behandeln sollen. Glaubst du, was die Rechte von Frauen betrifft, ist die Gesetzgebung der Literatur voraus?«

»Nein, meine liebe Kate, das ist sie nicht. Aber beginnt doch mit ›A Jury of Her Peers‹ und befaßt euch dann mit dem Fall der Frau in Florida, die ihren Mann im Nachthemd erschlug – das heißt, sie war im Nachthemd, nicht er –, weil er sich mit einer anderen Frau eingelassen hatte und sie verlassen wollte. Sie wurde von einer nur aus Männern bestehenden Jury verurteilt.«

»Erfindet du das?«

»Du überschätzt mich. *Hoyt gegen Florida.* Sie legte Berufung gegen das Urteil ein, weil die Jury rein männlich war, kam aber nicht damit durch. Das Recht, Frauen in der Jury zu haben, wurde später von einem Mann aus Louisiana durchgesetzt, der sein Urteil anfocht, weil nur Männer in der Jury saßen. Es ist immer ein geschickter Schachzug, wenn Männer für die Gleichbehandlung der Geschlechter eintreten. Frag deinen Blair Whitson, der muß es wissen.«

»Na hoffentlich. Übrigens ist er nicht mein Blair Whitson, sondern deiner.«

Sie hoffte, Reed machte sich keine Sorgen wegen Blair Whitson. Warum denke ich denn, er sorgt sich seinetwegen, wenn er das doch vorher nie getan hat, fragte sich Kate. Weil ich mir Sorgen wegen Blair Whitson mache, gestand sie sich reuig ein. Und ich weiß nicht einmal, ob er verheiratet ist. Bitte, lieber Gott, laß ihn verheiratet sein. Oder noch besser: schwul.

Da Harriet ihn mit solcher Begeisterung zitiert hatte, kam Kate der Gedanke, ihren le Carré wieder hervorzukramen. Sie begann ganz vorn, mit Smileys ersten Abenteuern. Über eine Stelle in einem seiner späteren Fälle stutzte sie amüsiert: »Was natürlich nicht hieß, sie hätte irgend etwas gewußt – aber welche Frau hat sich je durch Unwissen aufhalten lassen?« Das sitzt, George, dachte sie, besonders im Augenblick.

4

> Zum erstenmal hatte sie Angst, sich lächerlich zu machen. Angst, in unwahrscheinliche Auseinandersetzungen mit steifen, argwöhnischen Leuten verwickelt zu werden.
> *John le Carré,*
> ›*Ein Mord erster Klasse*‹

»Und dies«, sagte Blair, »ist der Raum, in dem wir unser Seminar halten werden. Tut mir leid, daß er im Souterrain liegt, aber Seminarräume sind knapp in diesem Etablissement. Unser Kurs wird für den Laden hier mal eine nette Abwechslung sein: Wir sitzen alle um einen Tisch, Sie am einen Ende, ich am andern und dazwischen die eifrigen Studenten. Etwa zwanzig haben übrigens unser Seminar belegt.«

»Und wie kamen sie dazu?« fragte Kate nüchtern.

»Weil sie glauben, bei uns müßten sie weniger arbeiten als in den meisten anderen Wahlseminaren. Außerdem mögen sie mich, nicht wegen meiner blauen Augen, sondern weil ich mir manchmal ihre Namen merke, ohne in die Liste zu gukken. Und ich rufe keinen auf, der nicht die Hand hebt. Sie dagegen«, fügte er mit leicht ironischer Galanterie hinzu, »sind ein Objekt der Neugier, jedenfalls soweit unsere Studenten sich dieses zeitraubende Gefühl leisten können. Einige davon gehören übrigens zu den wenigen wirklich guten Studenten, die meist voller Elan aus irgendwelchen Berufen an die Uni zurückkehrten und sich weiter tapfer halten.«

»Danke«, meinte Kate, »das klingt wirklich ermutigend.«

Es war Kates erster Tag an der Schuyler, in der es Sitte war, zu Beginn jedes Semesters eine Cocktailparty, im Grunde eher einen Empfang, für die Studenten zu geben. Blair hatte Kate und Reed gedrängt, teilzunehmen. »Angeblich soll es eine Party für die Studenten sein«, hatte er erklärt, »daher ist die Anwesenheit der Professoren Pflicht. Aber in Wirklichkeit geht es eher zu wie auf einer Zusammenkunft alter Kumpel, diesen Treffen, die bei Armeeveteranen oder Exkorporierten so beliebt sind, wenn sie die Fünfzig überschritten haben. Es kommen auch tatsächlich viele Studenten, weil sie das Gefühl haben, ihre Abwesenheit könnte gegen sie verwandt werden, aber die höheren Semester drücken sich meist und schieben andere dringende Verpflichtungen vor.«

Kate war früh gekommen, um sich den Seminarraum und Blairs Büro zeigen zu lassen, das sie mit ihm teilen würde. »Gastdozentinnen, auch noch so angesehene, bekommen an dieser Institution kein eigenes Büro«, hatte Blair entschuldigend gesagt. »Ich hoffe, es stört Sie nicht.«

»Sie sind es, der sich daran stören sollte. Ich bin doch der Eindringling. Empfinden Sie das nicht als Überfall?«

»Einen Tag in der Woche ist jeder Überfall zu ertragen, und in diesem speziellen Fall kann ich ihn gar nicht abwarten.« Sie gingen vom Souterrain hoch zum oberen Stockwerk, in dem die Büros lagen. Blair öffnete schwungvoll eine Tür, hielt sie auf und winkte Kate hinein. Dann schloß er die Tür, setzte sich auf einen Stuhl und bat Kate mit einer Handbewegung, auf dem gegenüberstehenden Platz zu nehmen.

»Mein Büro«, verkündete er.

Kate setzte sich und sah sich mit unverhohlener Neugier um. Ihre Augen wanderten über die Bücher, zum Fenster und blieben dann auf dem Foto einer Frau auf seinem Schreibtisch haften.

»Ihre Frau?« fragte sie. Das schien ihr der direkteste und beste Weg, wohin, wußte sie allerdings nicht.

»Ja. Aber wir sind geschieden. Sie zog einen Anwalt mit einem etwas höheren Jahreseinkommen vor – na, einem beträchtlich höheren. Ihr Foto habe ich immer noch da stehen, damit es mich von irgendwelchen impulsiven Schritten in Richtung Wiederverheiratung abhält. Wir sind nach wie vor recht gut befreundet. Sie gibt sogar zu, daß ich interessanter bin als ihr gegenwärtiger Ehemann, und ich verkneife mir den Hinweis, daß es wohl schwierig wäre, jemand weniger Interessanten als ihren Gegenwärtigen zu finden. Aber genug davon. Wollen wir jetzt zu der Party gehen? Wenn wir dort möglichst früh erscheinen, könnte das auf einen gewissen Enthusiasmus Ihrerseits deuten, und diesen Eindruck zu erwecken, ist vielleicht die Mühe wert.«

»So viel kann man hier doch gar nicht gegen mich haben, oder?«

»Nur aus den pursten sexistischen Motiven hat man etwas gegen Sie. Reed und sein Projekt sind viel bedrohlicher. Denn erstens macht es deutlich, daß man sich hier bislang nie zu einem Projekt aufgerafft hat, bei dem die Studenten mit der wirklichen Praxis zu tun haben, und zweitens wird die Schuyler-Professorenschaft immer nervös, wenn die Studenten Gefahr laufen, neue Einsichten zu gewinnen.«

»Ich hoffe nur, uns gelingt es tatsächlich, die Studenten in diese Gefahr zu bringen«, sagte Kate steif.

»Hoffen wir's.«

»Blair«, meinte sie dann, »ich bin mir nicht sicher, ob Sie oder sonst jemand hier sich überhaupt vorstellen kann, wie ignorant ich bin, was juristische Fakultäten betrifft. Ich weiß nicht einmal, worüber Sie sonst Vorlesungen halten. Reed lehrt Strafrecht, aber auch darüber weiß ich im Grunde nur, was ich in den täglich öder werdenden Zeitungen lese.«

»Ah«, Blair lehnte sich zurück. »Wo beginnt die strafrechtliche Verantwortung? Das ist, wie jemand sagte, des Pudels Kern. Sie wissen es nicht, ich weiß es nicht, Reed hat wahrscheinlich eine Vorstellung, aber ich versichere Ihnen, kein einziger unserer Juraprofessoren hat die leiseste Ahnung; sie begnügen sich damit, Rehnquist und Scalia in allen Punkten zuzustimmen, eingeschlossen des sofortigen Vollzugs der Todesstrafe.«

»Daß die Dozenten hier nicht gerade die Vorhut progressiven Denkens sind, habe ich mir fast gedacht. Aber ehe ich ihnen begegne, wäre es mir doch lieb, Sie gäben mir einen kurzen Überblick, mit welchen Figuren die Bühne besetzt ist.«

»Wie am Anfang von einem dieser altmodischen Filme mit Erzähler?« schnaubte Blair.

»Ich mag solche Filme. Sie sind zwar nicht mehr in Mode, aber ich fand sie immer sehr britisch und interessant; viel besser als diese Avantgardefilme, wo man erst ganz am Schluß, und oft nicht mal dann, dahinterkommt, was gespielt wird.«

»Also gut«, gab sich Blair geschlagen, »denn wir befinden uns hier eindeutig in einem altmodischen Film. Beginnen wir mit den Verträgen.«

»Unseren Verträgen? Sie gelten ja Gott sei Dank nur für ein Semester.«

»Nein. Ich meine den Grundkurs Vertragsrecht. Hat Reed Ihnen nichts über die Lehrpläne an juristischen Fakultäten erzählt?«

»Nein. Er hätte es bestimmt getan, aber ich habe ihn nie gefragt. Wahrscheinlich habe ich nie von Vertragsrecht gehört, weil er das nicht lehrt, sondern Strafprozeßrecht, und ab und zu hält er Vorlesungen über Beweisrecht.«

»Lehrt er überhaupt keine Erstsemester-Themen?« fragte Blair.

»Nur gelegentlich. Wenn ich recht verstanden habe, gibt es einige Kollegen, die sich darum reißen, die anderen kommen nur alle paar Jahre an die Reihe.«

»Beneidenswerter Reed. An der Schuyler muß jeder Grundkurse übernehmen.«

»Die da wären?« fragte Kate bestimmt. »Ich warte auf Ihre Stimme aus dem Off.«

»Außer dem Vertragsrecht gibt es die folgenden Grundkurse«, dozierte Blair, »– und ich gehe davon aus, Sie haben ihren Stift gezückt, denn ich werde es keinesfalls wiederholen: Verfassungsrecht, Strafrecht, Eigentumsrecht, Verfahrensrecht und Schadenersatzrecht.«

»Na, jetzt kommen wir zur Sache«, meinte Kate gutgelaunt. »Also, in die sechs Grundkurse bin ich nun eingeweiht und habe nicht die Absicht, Sie nach den Fortgeschrittenen-Kursen zu fragen. Die heben wir uns für ein andermal auf.«

»Ein Moment, dem ich voll Ungeduld entgegensehe. Von den Kursen für die höheren Semester sind einige Kernkurse, andere nicht. Das heißt, die Kernkurse müssen von allen Studenten belegt werden, unabhängig von ihren speziellen Interessen, während ihnen daneben Kurse angeboten werden, die sie je nach Interesse belegen können.«

»Was genau geschieht in einem Projekt? Und warum gab es an der Schuyler bisher kein einziges mit Praxisbezug, sondern nur die simulierten Gerichtsverhandlungen?«

»Seien Sie kein Snob. In den simulierten Verhandlungen kann man genausoviel lernen wie in wirklichen. In beiden geht es darum, daß die Studenten ihr Geschick als Anwälte beweisen. Aber in Reeds Projekt – hinsichtlich dessen ich offengesagt ein noch größerer Snob bin als Sie – geht es um materielles Recht, denn die Studenten werden mit Mandanten und Behörden zu tun haben und schließlich vor Gericht auftreten. Die simulierten Verhandlungen sind natürlich viel begrenzter, eignen sich zwar zu Übungszwecken, helfen aber niemandem, der in Not ist.«

»Genau das hat Reed auch gesagt. Aber weiter mit diesen spannenden juristischen Grundkursen an der Schuyler.«

»Also, zunächst das Vertragsrecht«, Blair machte eine Pause, in der er (offenkundig) eine möglichst komprimierte Beschreibung entwarf. »Das Vertragsrecht regelt die Übereinkünfte im Bereich von Handel und Gewerbe und befaßt sich außerdem damit, wie der Staat die Einhaltung von Verträgen durchsetzt. Das ist eine Menge Stoff, der nur in zwei Semestern bewältigt werden kann. Das gleiche gilt fürs Verfassungsrecht.«

»Nichts verraten«, rief Kate. »Lassen Sie mich selbst draufkommen. Es beschäftigt sich mit der Verfassung.«

»Ausgezeichnet!« lobte Blair. Er fand allmählich Spaß an dem Spiel. »Außerdem befaßt es sich mit dem Problem der gesetzgebenden und der richterlichen Gewalt, dem Verhältnis von Staat, Regierung und Individuum.«

»Kurz«, warf Kate ein, »Rhenquist gegen Brennan, oder Marschall gegen Thomas.«

»So könnte man es ausdrücken, ja. Wobei die Frage Vorsatz oder Fahrlässigkeit trotzdem immer eine sehr knifflige bleibt.«

»Entschuldigen Sie die unqualifizierte Bemerkung.«

»Schon verziehen. Ich tue halt mein bescheidenes Bestes.«

»Sie halten sich großartig«, erklärte Kate und meinte es. »Womit sich allerdings das Schadenersatzrecht befaßt, kann ich mir beim besten Willen nicht vorstellen.«

»Auch darüber habe ich Grundkurse gehalten, was uns aber im Augenblick auch nicht viel nützt. Also ganz kurz: es hat mit Verstößen zu tun, die nicht durch das Strafrecht abgedeckt sind. Außerdem befaßt es sich mit dem Prinzip der Haftbarkeit.«

»Und welche Kurse halten Sie im Augenblick noch, außer unserem über Recht und Literatur? Diese Frage hätte ich schon längst stellen sollen. Wäre Ihr Fach die Literatur, hätte ich Ihr Spezialgebiet im Oak Room schon vor dem Aperitif in Erfahrung gebracht. Es gibt viel zu wenig Austausch zwischen den verschiedenen Gebieten.«

»Ein Mißstand, den wir mit unserem Literatur- und Rechts-Seminar ja beheben wollen«, sagte Blair galant. »In diesem Semester lehre ich Verfahrensrecht. Wer kann wen anklagen? Wann? Was ist die Aufgabe der Gerichte? Welche Regeln gelten, was ist die Rolle der Anwälte, wer trägt die Kosten? Die Details können wir vielleicht ein andermal erörtern, bei einem Drink.«

»Aber gerne. Also, welcher Grundkurs fehlt uns jetzt noch? Nein, sagen Sie's mir nicht; ich muß selbst draufkommen. Eigentumsrecht! Wie konnte ich das nur vergessen.«

»An einer juristischen Fakultät in Amerika kann und darf man das nie. An einigen fortschrittlichen Universitäten betrachtet man das Eigentumsrecht auch unter ökologischen, historischen und ökonomischen Aspekten. Aber an der Schuyler sieht man es hauptsächlich im Kontext von mein und dein. Wie verteidige ich meine Rechte an Land und Wasser – vor allem gegen den Staat. Apropos Schuyler, meinen Sie nicht, wir sollten uns jetzt zu dem Empfang aufmachen? Folgen Sie mir.«

»Wird auch was Alkoholisches gereicht, um die Räder der sozialen Interaktion zu schmieren?« fragte Kate, die an ihren kürzlichen Besuch im Theban dachte.

»Wenigstens damit dürfen Sie rechnen. Bourbon ist das Getränk der Stunde.«

»Hätte ich mir denken können«, murrte Kate. »Das paßt. Reed und ich trinken Scotch.«

»Für Sie und Reed hält man wahrscheinlich eine kleine Ration bereit. Ich selbst trinke auch Scotch.« Er führte sie aus dem Büro und schloß die Tür ab.

Der Empfang erwies sich als längst nicht so quälend wie erwartet, wohl vor allem dank des Alkohols. Trotz ihrer Frage an Blair beschloß Kate, nichts zu trinken, da sie es für ratsam hielt, die Namen der Professoren mit den Kursen, von denen sie gerade gehört hatte, in Verbindung zu bringen. Außerdem wollte sie diese vielleicht unwiederbringliche Gelegenheit nutzen, sich einen Eindruck von dem Ganzen zu verschaffen. Kate trank nie, wenn sie arbeitete. Und anders als den Empfang in Theban betrachtete sie diesen hier als Arbeit. Warum wohl? fragte sie sich.

Blair stellte Kate Professor Zinglehoff vor, der sie auf Anhieb faszinierte. Er hatte zwei Charakteristika, die sie fesselten, in dem Sinne, wie einen Horrorfilmszenen in Bann schlagen. Erstens beendete Zinglehoff nie einen Satz, brach immer kurz vor dem ungeduldig erwarteten Schluß seiner Ausführungen ab, um zu einem anderen Thema abzuschweifen, und zweitens trug er statt Hemd und Schlips einen schwarzen Rollkragenpullover unter seiner dunklen Jacke, wodurch er genau wie eine Schildkröte aussah, eine Ähnlichkeit, die noch durch seine Angewohnheit verstärkt wurde, den Kopf weit vorzurecken, während er seine syntaktisch unvollendeten Standpunkte vertrat. Kate, die Schildkröten mochte, gab sich alle Mühe, dies zu seinen Gunsten auszulegen, aber es gelang ihr nicht. Mein Gott, dachte sie, ich will es gar nicht, aber schon beschreibe ich ihn wie eine Romanfigur. Doch irgendwie war Zinglehoff wirklich eine Beschreibung wert; man stelle sich bloß vor, was Dickens aus ihm gemacht hätte.

»Es muß für die Studenten eine ganz neue Erfahrung sein, eine Frau als Dozent zu haben«, bemerkte Zinglehoff, »nicht, daß irgendwas Anstößiges dabei wäre, wenn eine Frau an einer juristischen Fakultät lehrt, zumal eine Frau, die keine Juristin ist, und viele intelligente Frauen sind keine Juristinnen, im Gegenteil, man kann wohl behaupten, die meisten intelligenten Frauen sind keine, aber ich bin doch neugierig, wie unsere Studenten, die ein hart arbeitendes Völkchen sind, man denke nur daran, daß die meisten sich ihr Studium selbst finanzieren, und ein Großteil unserer Studentenschaft sind Frauen wie Sie selbst ...«

»Was lehren Sie?« unterbrach Kate ihn schroff. Wie mochte es seiner Frau, falls vorhanden, gelingen, sich mit ihm zu unterhalten? Vielleicht schrieb sie ihm Zettel. Vielleicht war er zu Hause ja auch ein verbissener Schweiger. Man konnte nur raten. »Geben Sie Grundkurse?«

»Grundkurse sind natürlich das Herzstück jeder juristischen Fakultät, anders als all der Firlefanz, den die Studenten später wählen können, nun, einiges davon ist durchaus nützlich, das will ich nicht leugnen, auf seine Art eben, und ich selbst habe sogar schon Seminare über Grundstückstransaktionen gehalten – von Zeit zu Zeit, wenn es nötig war, was in kleinen Universitäten wie unserer dank Urlaubssemester oder anderer Verpflichtungen der Kollegen eben zuweilen vorkommt, und ich darf wohl sagen, daß ich nichts davon halte, außerordentliche Professoren anzuheuern, damit sie ...«

»Lehren Sie Eigentumsrecht?« fragte Kate. Sie empfand den überwältigenden Drang, ihn anzuschreien: »Antworten Sie mit ja oder nein!« Und wirklich, ein Ja, das einen endlosen Satz im Schlepptau zu führen drohte, war ihm gerade über die Lippen geschlüpft, als Reed zu ihrer Rettung eilte: »Kate, Professor Abbott möchte dich gern kennenlernen. Er ist dort drüben, ich stelle dich ihm vor.«

»Entschuldigen Sie mich«, sagte sie zu Zinglehoff.

»Du sahst aus, als müßte dich dringend jemand erlösen«, raunte Reed zu ihr, »und Abbott will dich wirklich kennenlernen. Sei tapfer.« Er grinste und schob sie in Richtung Professor Abbott, der in der Tat bemerkenswert war; abgesehen davon, daß er die einzige nichtweiße Person im Raum war, hatte er eine große, stattliche Statur und sah blendend aus.

»Sie sind keine Juristin«, bemerkte er nüchtern und schüttelte Kate die Hand. »Blair Whitson hat sich alle Mühe gegeben, mir zu erklären, warum wir an unserer Law School unbedingt eine Nicht-Juristin brauchen, aber ich fürchte, ganz habe ich es trotzdem nicht verstanden. Können Sie mir nicht auf die Sprünge helfen? Ich wäre Ihnen dankbar.«

»Gewiß.« Kate betrachtete ihr leeres Glas.

»Ich hole Ihnen was zu trinken«, erbot sich Abbott. »Was hatten Sie? Gin?«

»Nein, ich möchte nichts mehr«, lehnte Kate ab, »aber danke für das Angebot. Ich habe wohl nur so tief in mein Glas geguckt, weil ich auf eine Inspiration zur Beantwortung Ihrer Frage hoffte, nicht weil ich durstig bin.«

»Ich weiß«, war Abbotts überraschende Antwort, »Sie halten mich für einen ›alten Reaktionär‹, wie meine Tochter alle Akademiker meines Alters nennt. Und es stimmt, ich bin konservativ, und ich bin stolz darauf. Denn für mich ist es ein Privileg, hier zu sein, an dieser gediegenen Institution, und mir liegt in der Tat daran, das Lehrangebot auf dem gleichen Niveau zu halten, das mir geboten wurde, als ich vor vielen Jahren studierte.«

»Statt dessen wird jetzt die Sorte Unsinn angeboten, die ich lehre. Ich verstehe Ihren Standpunkt, wirklich.«

»Nicht nur das!« ereiferte sich Abbott. »Das Problem sind auch die Erwartungen der Studenten heutzutage. Sie kommen nicht her, um zu lernen, sie kommen her, um zu diskutieren, ehe sie wissen, worüber sie überhaupt reden. Sie verstehen sich bestens darauf, alles in Frage zu stellen, sind aber nicht bereit, das Wissen zu erwerben, das ihnen das Recht dazu gäbe. Sehr altmodische Ansichten, nicht wahr?«

»Nein«, widersprach Kate, die recht angetan von Professor Abbott war. »Das Ganze ist zu weit gegangen, das sehe ich sehr wohl. Sogar in meinem Fach, der Literatur, wollen sich viele Studenten nicht mehr mit Texten oder, wie man früher sagte, mit Literatur befassen, sondern über die sozialen, kulturellen, geschlechtsspezifischen und ökonomischen Bedingungen diskutieren, die einen Text umgeben und in ihn eingegangen sind. Man kann nicht dagegen an, sich ab und zu über diese völlige Interessenverschiebung zu ärgern, aber ich neige doch dazu, darin ein zwar extremes, aber notwendiges Korrektiv der jungen Generation an der alten zu sehen.«

»Das ist sehr großherzig ausgedrückt. Aber warum muß dieses extreme Korrektiv ausgerechnet jetzt sein? Generationen von Jurastudenten akzeptierten die Curriculi, wie sie waren – und die Literaturstudenten wahrscheinlich ebenso. Warum sollten plötzlich so dramatische Veränderungen nötig sein? Wollen Sie wirklich nichts mehr trinken?«

»Ein Tonic vielleicht«, meinte Kate und ging in Richtung Bar.

»Erlauben Sie.« Abbott nahm ihr Glas. »Ich bin gleich zurück, rühren Sie sich nicht von der Stelle. Wirklich nur pures Tonic?«

»Bitte.« Seine Galanterie gab ihr einen Moment Zeit, ihre Antwort vorzuformulieren, wofür sie dankbar war.

»Ich habe über Ihre Frage nachgedacht«, begann sie, als er mit dem vollen Glas zurückkam. »Ich glaube, keine Revolution geschieht allmählich oder in gemessenen, wohlüberlegten Schritten, und wir leben mitten in einer Revolution. Für uns Lehrende gibt es zwei Möglichkeiten, darauf zu reagieren: sie zu bekämpfen oder sich ihr anzuschließen – in der Hoffnung, daß es einem in ihrem Verlauf gelingt, die Dinge nicht nur voranzutreiben, sondern auch zu Zurückhaltung und Vorsicht zu mahnen. Bei genau diesem Versuch bin ich allerdings zu der Einsicht gekommen – ich spreche ganz offen und wohlgemerkt nur über die Literatur –, daß Behutsamkeit meist fehl am Platze ist, denn die an der Macht, diejenigen, die in den alten, ausgefahrenen Gleisen verharren, rühren sich nicht, solange man ihnen keinen Tritt versetzt. Aber wenn man erst einmal begonnen hat zu treten – wie weit und wohin die Stoßkraft führt, das kann niemand genau absehen.«

»Ja«, bestätigte Abbott. »Das ist mir auch aufgefallen. Deshalb bin ich ja gegen die Treter und verteidige mit all meiner Kraft, was wir haben. Den Stand zu erreichen, den wir heute in der Rechts- und Literaturwissenschaft haben, hat uns schließlich viele Jahre Mühe und Anstrengung gekostet und verdient gewiß Respekt.«

»Auch die Tatsache, daß es ausschließlich Weiße waren, die diese Leistungen vollbrachten und auf dem Weg dahin einige Lügen verbreiteten und Verbrechen begingen? Seit wir das wissen, neigen wir Revolutionäre dazu, alles in Frage zu stellen, vielleicht mehr als nötig.«

»Sie wollen also das Kind mit dem Bade ausschütten?«

»Nein«, sagte Kate. »Wir wollen das Kind nur mit neuen Augen betrachten und das Badewasser wechseln. Aber auf Klischees kann man schlecht bauen, finden Sie nicht?«

»Auf Klischees vielleicht nicht. Auf Weisheit meiner Meinung nach schon.« Jetzt verschanzt er sich wieder hinter seinem pomphaften Gehabe, dachte Kate und bemerkte, wie Abbott über ihre Schulter in den Raum blickte. Als sie sich umdrehte, sah sie Blair mit einem weiteren Mitglied der Dozentenschaft auf sie zukommen. »Darf ich Ihnen Augustus Slade vorstellen«, sagte er zu Kate. »Kate Fansler, die mit mir zusammen das Rechts- und Literatur-Seminar hält«, erklärte er Slade überflüssigerweise. Offenbar ahnte er aber doch, wie schwer es ihr fiel, all diese Männer voneinander zu unterscheiden, und klärte sie auf: »Professor Slade lehrt Strafrecht.« Kate begrüßte Slade enthusiastischer als ihr zumute war; man konnte den Appetit auf weitere Gespräche mit dieser erlauchten Fakultät verlieren. Vage fragte sie sich, ob Harriet auch gemeint hatte, sie müsse sich dieses traurige Beispiel geselligen Verkehrs antun. Offenbar nicht; weise Harriet.

Kate unterdrückte einen Seufzer. Oft, wenn sie sich, wie im Augenblick, auf einem Empfang oder einer Cocktailparty dahinquälte, dachte sie an Shaws Reaktion auf die Bitte, fürs Parlament zu kandidieren: »Ich fände es leichter und angenehmer, mich zu ertränken«, hatte er geantwortet. Kate war sofort klar, daß Professor Slade genau wie die anderen entschlossen war, ihr zu verstehen zu geben, daß sie an dieser Law School nichts zu suchen hatte. Slade konnte natürlich nicht ahnen, was Kate mit ihm vorhatte. Von Reed wußte sie, daß eine beträchtliche Anzahl der Frauen in dem Gefängnis, dem sein Projekt galt, wegen Mordes an ihren sie mißhandelnden Männern einsaß. Und Kate hatte sich Slade auserkoren, ihn über das Geschlagene-Frauen-Syndrom zu befragen. Sie war neugierig, was der Alte-Garde-Vertreter von dieser Neuerung in der Rechtsprechung hielt, obwohl sie meinte, es schon im voraus zu wissen.

»Wie fühlen Sie sich in der Gesellschaft von uns Juristen?« fragte Slade. »Oder sind Sie durch Ihren Gatten schon an uns gewöhnt?«

»Durchaus nicht«, erwiderte Kate, »und ich freue mich über die Gelegenheit, einmal über Recht zu sprechen statt über Literatur. Stört es Sie, wenn ich Ihnen ein paar Fachfragen stelle? Blair sagte, Sie lehren Strafrecht.«

»Wie Ihr Gatte. Und es gibt doch gewiß keine Fragen, die Sie ihm nicht auch stellen könnten?«

Das saß. »Ach, wissen Sie«, flötete Kate und setzte ihr einfältigstes Lächeln auf, das bei frisch kennengelernten Professoren und anderen selbstzufriedenen und mächtigen Männern nie seine Wirkung verfehlte, »ich belästige ihn nicht gern mit Fragen, wenn er nach einem anstrengenden Arbeitstag heimkommt. Man nimmt zwar Anteil an seinem Beruf, aber man will ihm ja nicht auf die Nerven gehen.«

»Bewundernswürdige Einstellung. Ich wünschte, Sie könnten sie an meine Frau weitergeben. Sie glaubt offenbar, ich müßte ihr alle juristischen Drehungen und Wendungen erklären, von denen sie in der Zeitung liest. Und was wäre Ihre Frage an das hier versammelte Fachpublikum?«

»Na ja«, fuhr Kate fort und lächelte ihn weiter einfältig an, »als Frau bin ich natürlich an den neuen Gesetzen interessiert, die Frauen betreffen. Die alten Gesetze haben die Belange der Frauen ja offenbar nicht berücksichtigt.« Sie hoffte, ihn damit zum Geschlagene-Frauen-Syndrom gebracht zu haben, und falls er nicht darauf ansprang, mußte sie eben deutlicher werden.

Aber offenkundig hatte sie den richtigen Knopf gedrückt. »In neun Zehntel aller Fälle sind diese Gesetzesänderungen einfach absurd«, erklärte er. »Frauen das ausschließliche Recht über ihren Körper zu geben, ohne an den Fötus zu denken, ist schon schlimm genug, aber wenn man das Gesetz so verbiegt, daß eine Frau ihren Mann ermorden darf und aufgrund bestimmter Klauseln, die für Männer nicht gelten, freigesprochen wird, dann betritt man ein hochgefährliches Terrain.«

»Aber dergleichen wird doch wohl nie geschehen«, warf Kate ein, riß die Augen auf und hob beschwörend die Hände.

»Es geschieht bereits, meine Liebe. Praktisch jeden Tag. Es

hätte auch meinem ältesten Freund, Fred Osborne, passieren können, aber das einzig Tröstliche an seinem grausamen Tod ist, daß seine Frau verurteilt wurde, ehe dieser Geschlagene-Frauen-Unsinn aufkam. Sie sitzt im Staten-Island-Gefängnis, wo sie hoffentlich verrotten wird. Meiner Meinung nach hätte Betty Osborne die Todesstrafe verdient, aber im Gegensatz zu Ihrer eben geäußerten Meinung ist das Gesetz Frauen gegenüber milder.«

Kate verkniff sich den Hinweis, daß im Staat New York die Todesstrafe abgeschafft war, außer für Mord an Polizisten. »Ich kann mir gar nicht vorstellen, daß die Frau eines Ihrer Freunde tatsächlich ihren Mann umgebracht hat.«

»Sie hat ihn kaltblütig im Schlaf ermordet. Als wäre er ein Tier. Wie bei einer Banden-Hinrichtung, genau so. Entsetzlich.«

»Warum haßte sie ihn so?«

»Aus gar keinem Grund, nicht dem geringsten. Sie war einfach übergeschnappt – eine verrückte, undankbare, unausgeglichene Frau.«

»Hat er sie geschlagen? Ist das nicht der Grund, warum man von einem Geschlagene-Frauen-Syndrom spricht?«

»Er hat sie nicht geschlagen – wo denken Sie hin? Er war Professor an dieser Universität, kein Rohling aus der Unterschicht. Aber natürlich behauptete sie es. Ich versichere Ihnen, er hat nichts Schlimmeres getan, als hin und wieder einen über den Durst zu trinken; mag sein, daß er sie ab und zu ein bißchen hart angefaßt hat, wenn er unter Alkohol stand, aber geschlagen hat er sie nie, das dürfen Sie mir glauben. Sie hatte ein schönes Heim und zwei Kinder. Sie war eine Lügnerin und eine Verrückte, mehr ist dazu nicht zu sagen. Aber wenn Sie mich jetzt bitte entschuldigen.« Und ohne weitere Höflichkeitsfloskel drehte sich Slade auf dem Absatz um. Er optierte fürs Nichtdiskutieren.

Kate stand einen Moment da, und während seine Worte noch in ihrem Kopf nachhallten, wurde ihr bewußt, wie isoliert sie in dem Stimmengewirr ringsherum war. Sie gehörte nicht dazu, und plötzlich fühlte sie sich wie eine Spionin im feindlichen Lager. Sie hatte kaum begonnen, über diese sonderbare Erfahrung nachzudenken, als an ein Glas geklopft wurde und ein großer, geschniegelter, gutaussehender Mann um Aufmerksamkeit bat. »Willkommen« begann er, als Ruhe eingekehrt war, »Willkommen bei unserem traditionellen Treffen. Wenigstens einmal jedes Semester kommen wir zusammen, wir alle, die an dieser großartigen Fakultät lehren, um uns ins Gedächtnis zu rufen, wer wir sind und was unsere Mission ist: die Gesetze, so wie unsere Vorväter sie konzipierten, an die junge Generation weiterzugeben, die dann für sie einstehen wird, wenn wir gegangen sind. Und die Notwendigkeit, unsere Gesetze zu verteidigen, wird von Jahr zu Jahr dringlicher. Ich hebe mein Glas in Respekt vor all jenen, die zu ehren wissen, was Zeit und Erfahrung als das Richtige für das Schicksal unseres Landes gelehrt haben.«

Kate entdeckte Blair an ihrer Seite. »Wer um Himmels willen ...?« wisperte sie.

»Der Dekan, unser Boß«, war Blairs geflüsterte Antwort. »Sie hätten ihm eigentlich vorgestellt werden müssen, ehe Sie angeheuert wurden, aber er war unterwegs, Spenden auftreiben. Offen gesagt habe ich mich beeilt, Ihren Vertrag vor seiner Rückkehr durchzudrücken. Er glaubt nämlich nicht, daß Recht etwas mit Literatur oder sonst etwas, eingeschlossen Gerechtigkeit, zu tun hat.« Der Dekan schwadronierte weiter, pries seine Law School, weil sie »an Prinzipien festhält, die an anderen sogenannten Elite-Universitäten so leicht fallengelassen werden. Dort betreibt man deren Ausverkauf, und zwar im Interesse marginaler Gruppen unserer großartigen Kultur, zum Wohle von Minderheiten, die keinen Anteil an der Entstehung unserer Gesetze hatten und sie nie gegen unsere Feinde verteidigten. Ich trinke auf das Wohl unserer Verfassungsväter.«

»Betrachtet er die Bill of Rights überhaupt als Teil der Verfassung?« fragte Kate.

»Das würde mich wundern. Gäbe es heute eine Abstimmung darüber, wäre er bestimmt dagegen. Er glaubt, der zweite Verfassungszusatz gibt ihm und jedem Amerikaner das Recht, sich ohne Waffenschein eine Knarre in den Schrank zu stellen.«

»Mein Gott, Blair, worauf haben wir uns da bloß eingelassen, Reed und ich? Und was haben *Sie* sich eigentlich dabei gedacht, sich diesem Mob anzuschließen?«

»Ich wollte in New York leben, einer Stadt, die ich liebe. Natürlich hatte ich keine Ahnung, wo ich hineingerate. Aber statt zu gehen, beschloß ich, von innen zu bohren. Daher Sie und Reed.«

Der Dekan schloß seine Ansprache unter enthusiastischem Beifall. Alle hoben die Gläser, um auf ihre feine Universität zu trinken. Kate fürchtete ernsthaft, ihr würde gleich schlecht. Sie und Blair bahnten sich ihren Weg durch die Menge und, schließlich, aus dem Gebäude. Kate atmete tief durch.

»Sich nur vorzustellen, daß ich beinahe mit ihnen getrunken hätte«, stöhnte sie. »Ich bin sehr heikel, mit wem ich trinke, und diese erstaunliche Fakultät gehört ganz bestimmt nicht dazu. Wissen Sie, daß Slade mir erzählte, einer seiner noblen Kollegen sei im Schlaf von seiner Frau erschossen worden? Stimmt das? Wie eine Banden-Hinrichtung sei es gewesen, sagte er.«

»Banden schießen in den Hinterkopf. Sie schoß ihm in die Brust. Mehrere Male. Ja, natürlich weiß ich davon, und es stimmt. Er scheint ein Monster gewesen zu sein, aber wenn man seinen Kollegen glauben will, war er das unschuldige Opfer einer haßerfüllten Frau.«

»Ich habe allmählich das Gefühl, überhaupt nichts von Verbrechen zu verstehen. Hat sie nicht versucht, die Waffe zu verstecken oder Einbruch vorzutäuschen, nichts in der Richtung?«

»Nichts. Sie rief um Hilfe. Als die Polizei eintraf, hatte sie die Waffe noch in der Hand. Sie leugnete nie, ihn getötet zu haben; er starb, ehe der Notarztwagen kam.«

»Kannten Sie sie?«

»Nein. Offen gesagt habe ich mir alle Mühe gegeben, meinen Kollegen nach Dienstschluß aus dem Weg zu gehen; ihren Frauen bin ich also nie begegnet. Aber Nellie Rosenbusch kannte Betty Osborne. Sagte, sie hätte oft blaue Flecken und Schwellungen gehabt und dauernd geweint. Wie Nellie mir erzählte, hätte sie nie geglaubt, daß Betty dazu in der Lage sei. Ihn zu verlassen, brachte sie jedenfalls nicht fertig. Aber da waren natürlich die Kinder.«

Kate seufzte. Reed, der in diesem Moment auf sie zukam, schlug Kate vor, aufzubrechen. Wie sie, schien auch er es eilig zu haben, der Schuyler-Szenerie schnell zu entfliehen. »Kommen Sie mit?« fragte er Blair.

Aber Blair hielt es für besser, zur Party zurückzukehren. »Ich gehöre schließlich mit zum Verein und kann nicht einfach auftauchen und verschwinden wie Sie beide. Wir sehen uns am Mittwoch«, sagte er dann an Kate gewandt. Sie und Reed machten sich auf den Weg zur U-Bahn.

»Wollen wir bis zur nächsten Haltestelle laufen?« fragte er.

»Ich bin immer zum Laufen aufgelegt«, stimmte Kate zu. »Erzähl mir mehr von deinen angehenden Geschlagene-Frauen-Mandantinnen, die ihre Männer umgebracht haben. Nein, warte.« Sie blieb plötzlich stehen. »Ich glaube, ich gehe zurück und rede mit Harriet, die wahrscheinlich noch im Sekretariat ist. Ich will meine Eindrücke von dieser gruseligen Versammlung noch mal mit ihr durchgehen, ehe ich vergesse, wer wer ist. Macht es dir etwas aus, allein weiterzugehen?«

»Es macht mir immer etwas aus, ohne dich zu sein«, sagte Reed, »aber für ein paar Stunden schaffe ich es wohl.«

Nach einigem Suchen und Öffnen verschiedener falscher Türen entdeckte Kate beim Eintreten in einen großen Raum

Harriet gleich vorn am ersten Schreibtisch. Hinter ihrem Tisch stand eine Reihe weiterer Schreibtische, an denen junge Frauen vor Computern saßen, und am hinteren Ende des Raums waren, wie ein Schutzwall, mehrere Kopiermaschinen nebeneinander aufgereiht.

»Sie sehen überrascht aus«, meinte Harriet anstelle einer Begrüßung.

»Das bin ich auch. Wir armen Literaturprofessoren bekommen keinen solchen Service. Zwei traurige überarbeitete Frauen gibt es bei uns für die ganze Fakultät. Ich tippe meine Briefe selbst, womit ich zwei Fliegen mit einer Klappe schlage: ich beweise meinen Edelmut, und meine Briefe sind korrekt.«

»Juristen sind reich und verhätschelt«, erklärte Harriet. »Wie Blair Whitson mir erzählte, gab es eine Sache, die Nellie Rosenbusch immer besonders in Rage brachte. Jedesmal, wenn sie ins Sekretariat kam, um etwas zu kopieren, hielt jeder männliche Professor im Raum sie automatisch für eine Sekretärin und bat sie, ›das da doch bitte gleich für ihn mitzuerledigen‹.«

»Ich bin noch ganz erschlagen von dem Empfang, von dem ich gerade komme, und kann mich nur an die Hoffnung klammern, daß es hier wenigstens einen Menschen geben muß, der einen mit dem Rest versöhnt.«

»Zeige mir einen Aufrechten, wie der Engel sagte, ehe er Sodom zerstörte. Oder war es Gomorrha? Wir haben Blair. Und das ist schon Wunder genug.«

Sie wurden von einem Mann unterbrochen, der offensichtlich von dem Empfang befreit war. Er bat um eine saubere Kopie hiervon und achtzehn Kopien davon. Kate trat beiseite, während Harriet sich seiner annahm.

»Sie machen sich gut in Ihrem Job«, sagte Kate.

»Natürlich mache ich mich gut; jeder mit einem Minimum an Intelligenz und der Geduld einer Griselda wäre gut. Wir nehmen den hohen Herren hier allen lästigen Kleinkram ab, weshalb ich, ganz nebenbei, zu der Auffassung gelangt bin, reiche Männer sollten nie in Führungspositionen aufsteigen, weil sie keinen Schimmer vom Leben haben und nicht im entferntesten ahnen, mit welchen Alltagskämpfen sich die meisten von uns abplagen. Kann ich übrigens etwas für *Sie* tun, außer mit Ihnen zu plaudern? Möchten Sie etwas für Ihr Seminar getippt haben?«

»Das nicht, aber etwas anderes hätte ich gern. Plump ausgedrückt: ein paar Insider-Informationen«, meinte Kate. »Können Sie eine Teepause machen?«

»Wir machen jetzt sowieso Feierabend hier.« Als Kate aufblickte, sah sie die Frauen ihre Computer ausschalten und ihre Taschen aus den Schreibtischschubladen holen. »Schlagen Sie mir ein Scotch-Päuschen vor, und ich bin dabei.«

»Einverstanden. Bei mir oder bei Ihnen?«

»Bei Ihnen. Sie haben besseren Scotch. Außerdem, wie jemand über Smiley sagte: ›Warum, ist mir bis heute nicht ganz klar, aber wenn man Georges Aufenthaltsort weitergab, bekam man unweigerlich Schuldgefühle.‹«

Sie betraten das Foyer von Kates Haus, wo Kate amüsiert beobachtete, wie Harriet den Pförtner als alten Bekannten begrüßte. Reed hatte ihr eine Notiz hinterlassen, er sei in seinem Büro, um die Post zu holen.

»Ich bin einfach neugierig«, sagte Kate, als sie sich, beide ihren Scotch in der Hand und die Flasche auf dem Tisch, gesetzt hatten, »ob Sie ein bißchen Klatsch aufgeschnappt haben, seit Sie über das Sekretariat regieren.«

»Na sicher doch. Um eine andere Figur le Carrés zu zitieren, nicht den guten George Smiley: ›Männer haben kein Talent dafür. Nur Frauen sind eines so leidenschaftlichen Interesses am Schicksal anderer fähig.‹«

»Das klingt nicht, als sei es als Kompliment gemeint.«

»Aber es stimmt. Und welcher Mann spricht sich nicht gerne aus, ob nun mit ein bißchen Ermutigung oder ohne? Da wir uns soweit einig sind, hinter welcher Sorte Klatsch sind Sie her?«

»Eben auf dem Empfang erzählte mir Professor Slade, daß einer seiner Kollegen von seiner Frau erschossen wurde. Sie ist im Staten-Island-Gefängnis inhaftiert, mit dem sich Reeds Projekt befaßt. Ich dachte, wenn Sie Näheres darüber wissen, könnte man ihn vielleicht überreden, sich den Fall genauer anzusehen. Das heißt, wenn sie wirklich eine geschlagene Frau war.«

»Und ob sie das war!« rief Harriet. »Ein Heer von Sekretärinnen sah die Beweise; und Nellie ebenso. Sie alle sagen, er war ein unglaubliches Schwein.«

»Aber zweifellos geliebt und geachtet von seinen Kollegen?«

»Worauf Sie sich verlassen können! Wie ich gehört habe, sagten sie bei der Verhandlung zu seinen Gunsten aus. Das ist ein enger Klüngel hier. Ist es nicht wundervoll, wie die Kleingeister zusammenhalten? Dabei weiß ich nie genau, ob aus Angst vor allem, was nicht mittelmäßig ist, oder weil sie den Unterschied nicht kennen.«

»Die meisten Menschen kennen den Unterschied nicht«, konstatierte Kate.

»Ich ja«, schnaubte Harriet, »denn schließlich bin ich eine mutige alternde Frau. Und wie Donald Hall in seinem letzten Gedichtband schrieb, ›Ängstlichkeit ermutigt den Tod und verhindert das Sterben nicht.‹ Gut ausgedrückt! Das ist genau meine Devise.«

»Für ältere Menschen mag diese Devise ja gut und schön sein, doch für einen jugendlichen Großstadtbewohner scheint es mir kein guter Rat zu sein.«

»Ich hasse Leute, die immer eine schlagfertige Antwort parat haben«, murrte Harriet und griff nach der Flasche. »Kate, das Problem bei Ihnen ist, daß Sie noch nie mit Männerclans zu tun hatten, denen die Mittelmäßigkeit aus allen Poren quillt und die entschlossen sind, ihr Revier zu verteidigen. Vielleicht lesen Sie ab und zu von ihnen in der Zeitung; es gibt sie in der Marine, es gibt sie im Senat, bei IBM und anderen

Firmen. Haben Sie zufällig von der ermordeten feministischen Anwältin gelesen, nach deren Tod sich die Kerle von der ›Harvard Law Review‹ einen Spaß daraus machten, sie auf gemeinste Weise zu parodieren? Auf ähnliche Weise wurde Nellie von der Schuyler verspottet. Einzelne Frauen, tot oder lebendig, und den Feminismus zu diffamieren, darum geht es. Man wirft mir immer vor, ich übertreibe; aber solche Männer sind so in Abwehrhaltung, daß sie nicht sehen können, wo sie irren, geschweige denn zugeben wollen, daß sie vielleicht Fehler machen. Ich weiß nicht, wieviel Schaden sie bei den Anglisten an meiner früheren Universität anrichteten, aber ich glaube, ich kann einschätzen, welches Unheil sie über eine juristische Fakultät bringen können.«

»Das Leben im Sekretariat muß brutal sein, um Sie so wütend zu machen. Ich fürchte, ich finde diese Sorte Männer eher bemitleidenswert als bedrohlich. Und nicht alle Konservativen sind mittelmäßig«, fügte Kate hinzu, obwohl es ihr schwergefallen wäre, jemandem zu erklären, warum sie Harriet widersprach. Daß Harriet recht hatte, lag beängstigend klar auf der Hand.

»Ich glaube, mit mir sind die Gäule durchgegangen.« Harriet lächelte. »Mag sein, daß die Bewahrer der ehrwürdigen Vergangenheit nicht unbedingt mittelmäßig sind, aber sie fühlen sich bedroht, und verunsicherte Männer sind gefährlich. Sie hatten so lange die Macht, waren so lange an der Spitze der Hierarchie, daß sie nicht glauben können, beim Verlust ihres behaglichen Plätzchens könne so etwas wie Gerechtigkeit im Spiel sein.«

»Und wie und wo«, fragte Kate, »lesen Sie Donald Halls neueste Gedichte?« Sie wollte es wirklich wissen.

»In der öffentlichen Bibliothek. Da kann man ungestört sitzen und lesen. Es dauert natürlich eine Weile, bis man an die Bücher kommt, aber ich fülle immer gleich mehrere Bestellscheine aus. Ich kann keine Bücher mit heimnehmen, denn dazu braucht man eine Leihkarte, und ich hielt es für ratsam, meinen geliehenen Namen und Ausweis nur einmal zu benutzen. Außerdem lese ich gern in Bibliotheken, sogar in den verarmten Bibliotheken, mit denen die New Yorker gestraft sind. Vor kurzem las ich A. N. Wilsons Biographie über C. S. Lewis, in der er beschreibt, wie Lewis' Oxford-Kollegen ihn haßten, weil er nicht nur brillant war, sondern auch populäre Bücher schrieb. Sogar er, ein Mann, stellte also eine Bedrohung für die Kleingeister in ihren bequemen Nischen dar. Darüber habe ich mir eine Notiz gemacht.«

Kate sah lächelnd zu, wie Harriet in ihrer Tasche nach dem Notizbuch kramte. Sie strömte plötzlich über vor Zuneigung für diese Frau, nicht zuletzt, weil es sich so herrlich mit ihr streiten ließ. Mit einem zufriedenen Brummen zog Harriet das Notizbuch heraus und blätterte. »Hier«, sagte sie. »Wilson schreibt, daß Lewis' Arbeiten ›weit interessanter und brillanter waren als alles, was seine Mitbewerber um den Job je produziert hatten. Diese waren jedoch sichere Kandidaten, ehrwürdige Langweiler, genau die Kategorie Akademiker, die nach dem Geschmack der meisten Collegeleiter ist.‹ Englische Collegeleiter und amerikanische Professoren, Recht oder Literatur, es ist überall das gleiche.«

»Muß man Blair also auch zu den Langweilern zählen?«

»Gute Frage. Ich weiß es nicht. Manchmal irren sie sich bei der Berufung junger Männer. Sie glauben, wenn einer die richtige Hautfarbe, Religion, sexuelle Orientierung, Herkunft und Bildung hat, sei das ein Garant dafür, daß er ins Bild paßt. Und in neunzig von hundert Fällen, wenn nicht sogar mehr, behalten sie recht. Doch Blair gehört vielleicht wirklich zu den zehn Prozent. Schließlich war er mit Nellie befreundet, hat Reed für das Projekt gewonnen, und mit Ihnen, einer wegen ihrer Verdrehtheit berüchtigten Frau, hält er ein Seminar, noch dazu über Recht und Literatur. Aber er könnte jederzeit zu dem Schluß kommen, daß er nicht zu viel riskieren will. Denken Sie an A. N. Wilsons Worte: ›Wo Mittelmäßigkeit die Norm ist, dauert es nicht lange, bis sie zum Ideal wird.‹«

Und so nahm das Semester seinen Lauf. Reed, so schien es Kate, arbeitete beträchtlich mehr für sein Projekt als sie für ihr Seminar. Die Vorbereitung für nur einen Kurs in der Woche war ein Kinderspiel verglichen mit ihrem gewohnten Arbeitspensum; trotzdem stellte das Seminar Kate vor Schwierigkeiten, mit denen sie nicht gerechnet hatte. Blair gab ihr eine präzise Erklärung dafür: »Wir ermutigen die Studenten, über ihre Erfahrungen innerhalb und außerhalb der Universität zu sprechen, und diese Gelegenheit wurde ihnen bisher nie geboten. Also lassen sie ihre Wut logischerweise an uns aus, wie Pubertierende an ihren Eltern, so stelle ich es mir zumindest vor. Und wie die Eltern würden wir sie manchmal am liebsten rausschmeißen.«

Kates Reaktion auf die Studenten war jedoch weniger die einer geplagten Mutter als die einer verzweifelten Akademikerin. Den alten Knaben, die hier nach sokratischen Methoden lehren, dachte sie verdrossen, bleibt es jedenfalls erspart, daß fast jede ihrer Äußerungen von den Studenten erst einmal grundsätzlich in Frage gestellt wird.

Es dauerte nicht lange, bis etwas Bedenkliches geschah.

Blair und Kate hatten ihr Seminar beendet. Wie immer blieben viele Studenten im Raum, um miteinander oder den Professoren zu reden, aber es gab ein paar, die stets im frühestmöglichen Moment zur Türe eilten. Aber heute war sie verschlossen. Kein Klopfen und Rütteln nutzte, sie ging nicht auf.

Der Raum im Souterrain hatte nur eine Tür und zurückgesetzte, vergitterte Fenster. Der Student, der hatte gehen wollen, warf sich gegen die Tür, und im nächsten Moment trat er dagegen. Nachdem Blair und Kate selbst vergeblich auf die Klinke gedrückt hatten, schlugen sie, nicht ohne gewisses Vergnügen, vor, alle sollten so laut schreien wie sie konnten. Kate wandte sich an Blair.

»Kommt nicht jeden Abend die Putzkolonne?«

»Kann sein. Ich habe nie darauf geachtet, um welche

Uhrzeit sie anrückt. Aber wer weiß, ob sie bis zum Souterrain vordringt.« Als er sich umblickte, merkte er, daß die Studenten inzwischen entweder wütend oder ängstlich aussahen, eine gefährliche Mischung.

»Werden die Putzmittel vielleicht hier unten aufbewahrt?« fragte Kate.

»Nein«, warf ein Student ein. »Die stehen in einer Kammer neben dem Eingang zur Bibliothek. Das habe ich mitgekriegt, als ich mal vor die Tür ging, um eine zu rauchen. Na, wie ich den Laden hier einschätze, wird das Kellergeschoß nur einmal in der Woche geputzt, wenn überhaupt.«

»Oder einmal im Monat«, rief ein anderer Student.

Kate, die spürte, wie eine leichte Panik in ihr aufstieg, die sie jedoch schnell in den Griff bekam, sorgte sich, daß es den anderen ebenso erginge, sie sich aber vielleicht nicht so gut kontrollieren könnten. Als sie Blairs Blick auffing, erkannte sie, daß seine Gedanken in die gleiche Richtung gingen.

Und dann, so plötzlich wie der Schlamassel begonnen hatte, klärte er sich. Eine der Studentinnen zog ein Mobiltelefon aus der riesigen Tasche, die sie mit sich herumschleppte. »Wen soll ich anrufen?« fragte sie.

»Neun-eins-eins«, antwortete ein Stimmenchor.

Danach starrten alle durch die schmutzigen, vergitterten Scheiben und warteten auf die Polizei. Sie kam und versuchte, die Tür mit einem Brecheisen aufzuzwingen; als das mißlang, probierten die Beamten, sie aus den Angeln zu heben. Kate kam der Gedanke, man hätte vielleicht lieber einen Schlosser rufen sollen. Aber die Polizei war zweifellos geeigneter, Panik zu verhindern. Die Beamten hatten ein Megaphon dabei.

»Entfernen Sie sich alle so weit wie möglich von der Tür. Wer trägt hier die Verantwortung?«

»Ich«, rief Blair, nachdem er mit Kate einen Blick gewechselt hatte. Schließlich gehört er hierher, dachte Kate, und offiziell trägt er die Verantwortung. Aber sie würdigte Blairs kurzes Zögern, ehe er die Rolle des Leittiers übernahm. Sie sah ihn so lange und versonnen an, daß sie die verschlossene Tür einen Moment ganz vergaß.

»Also«, fuhr die Megaphonstimme fort, »Sie, der Verantwortliche hier, sorgen Sie dafür, daß sich alle – ich sage: alle! – vor der Wand aufstellen, die am weitesten von der Tür entfernt ist. Verstanden?« Blair schrie zurück, ja, er habe verstanden, aber es war zweifelhaft, ob sie ihn hören konnten. Da nicht alle nebeneinander vor die Wand paßten, bildeten sie zwei Reihen, und die Art, wie die vordere sich dicht gegen die hintere drängte, verlieh dem ganzen Abenteuer fraglos eine gewisse Würze. Überhaupt schienen die Studenten seit der Ankunft der Polizei in dem Ganzen eher einen Ulk zu sehen.

»Fertig?« dröhnte das Megaphon.

»Fertig«, brüllte Blair, ob die Polizisten ihn nun verstanden oder nicht. Kate jedenfalls meinte, er müsse bis Staten Island zu hören sein. Dann trat ein Moment absoluter Stille ein, niemand schien zu atmen, und dann, auf völlig undramatische Art, gab die Tür einfach nach und sprang auf. Die Polizei trat triumphierend ein, und das Abenteuer war zu Ende.

Noch nicht ganz, wie sich bald herausstellte. Gut gelaunt strömten die Studenten durch die Tür – »das Seminar war von Anfang an voller Überraschungen«, bemerkte einer – dann kamen die Beamten zu Kate und Blair und fragten noch einmal, wer die Verantwortung trage.

»Wir beide«, sagte Blair diesmal und zeigte auf sich und Kate. »Wir beide.«

Als die Polizei nach umständlicher Protokollaufnahme endlich ging, waren Blair und Kate bester Laune. »Kommen Sie mit hoch in mein Büro«, forderte Blair sie auf. »Ich hab's Ihnen noch nicht gestanden, aber für genau solche Momente habe ich eine Flasche dort. Natürlich sind die meisten Situationen«, fuhr er fort, als sie auf die Treppe zugingen, »in denen einem nach starkem Alkohol ist, nicht so amüsant und leicht zu klären.«

»Ich frage mich, ob die Sache wirklich geklärt ist«, meinte Kate, als sie sich, jeder ein Glas in der Hand, lachend zuprosteten. »Irgend jemand hat die Tür abgeschlossen. Vielleicht sollten wir lieber aufpassen, daß man uns hier nicht auch einschließt«, fügte sie hinzu und stand auf, um die Tür zu öffnen.

»Nicht«, bat Blair, griff nach ihrer Hand und hielt sie fest. »Bitte nicht die Tür aufmachen, nicht jetzt. Feiern wir unser glückliches Entrinnen!« Er zog sie an sich, so sanft, daß es beinahe zufällig hätte sein können.

»Ich gehe«, verkündete Kate und ging. Dann mußte sie natürlich umkehren, um Mantel und Tasche zu holen.

Blair lächelte liebenswürdig. »Okay. Keine Sorge.«

Aber Kate sorgte sich. Und nicht wegen verschlossener Türen. Nun, sagte sie sich streng, deswegen natürlich auch.

5

> Spionage ist etwas Ewiges ... Solange
> Schurken Führer werden können, treiben
> wir Spionage.
> *John le Carré,*
> *›Der heimliche Gefährte‹*

Reed, der mittlerweile die Richtlinien für die Studenten seines Projektes ausgearbeitet hatte, war es gelungen, eine Assistentin zu finden. Sie studierte im dritten Jahr Jura an seiner Universität, hatte bereits ein Angebot von einer der großen Kanzleien für Wirtschaftsrecht in der Wall-Street und war glücklich, zwischenzeitlich Reed bei seinem Projekt zu unterstützen. Sie habe ihm erzählt, mit inhaftierten Frauen zu arbeiten würde ihr Gewissen besänftigen, meinte Reed zu Kate, aber egal, was ihre Motive seien, sie sei jedenfalls ein Göttergeschenk. Klug, gut organisiert und in der Lage, die Studenten auf ihre Aufgaben festzulegen, ohne sie zu beleidigen.

Reed lud sie zu einem gemeinsamen Essen mit ihm und Kate in ein Restaurant ein – woanders bewirteten sie nicht –, und Kate war hingerissen von der jungen Frau: mit beiden Beinen auf dem Boden und voller Energie, offenbar eines dieser unglaublichen Geschöpfe, die joggten und an Maschinen zogen, um ihren Oberkörper zu kräftigen. Sie war offen und quirlig, mit einem jungenhaften Charme und einem mädchenhaften Kichern. Barbara hieß sie, »aber alle nennen mich Bobby.«

»Eigentlich sehen Sie nicht wie die typische junge Frau aus, die unbedingt in eine Kanzlei für Wirtschaftsrecht einsteigen will«, bemerkte Kate. »Nicht, daß ich die leiseste Ahnung hätte, wie die aussehen. Aber ich stelle sie mir konventioneller vor – Frauen, die Kostüme mit langen Jacken und kurzen

Röcken tragen und sich die Haare stylen, als wäre gerade ein Windstoß durchgegangen.« Bobbys Haare waren ziemlich lang, an beiden Seiten mit Kämmen festgesteckt, die sich gelegentlich lockerten und ihr Strähnen ins Gesicht fallen ließen.

»Oh, ich werde mich anpassen müssen«, gab sie zu. »Mag sein, daß man mich wegen meines Verstandes angeheuert hat, aber behalten wird man mich nur, wenn ich ihren Vorstellungen entspreche. Und warum ich unbedingt in eine Kanzlei für Wirtschaftsrecht einsteigen will – dafür gibt es drei Gründe: Geld, Geld und Geld. Darlehen sind zurückzuzahlen und so weiter. Da ich außerdem hoffe, eines Tages für den Präsidenten zu arbeiten, einen demokratischen natürlich, dachte ich mir, es kann nicht schaden, wenn ich weiß, wie unsere Wirtschaft funktioniert.«

»Ich hätte nicht fragen sollen. Es ist freundlich von Ihnen, daß Sie so offen geantwortet haben.«

»Gern geschehen.« Bobby schien das ehrlich zu meinen.

Kate erzählte Bobby die Geschichte von ihrer Gefangenschaft im Seminarraum, die, angesichts der undramatischen Befreiung, beträchtliche Heiterkeit auslöste. Dann begannen Reed und Bobby, über ihr Projekt zu reden, in dem sie schon mitten drin steckten. Kate widmete sich ihrem Essen und war es zufrieden, den beiden still zuzuhören.

Als sie später am Abend über das Seminar, über Blair und seine Gründe, es in die Wege zu leiten, nachdachte, beschloß sie, ihn am Morgen anzurufen und ihn um ein Treffen zu bitten. Zu vieles an ihm war ihr immer noch ein Rätsel, und sie fand, ein paar direkte Fragen könnten nicht schaden. Am nächsten Morgen fand sie die Idee immer noch gut. Sie rief ihn an, und er bat sie, am Nachmittag in sein Büro zu kommen. »Ich hätte vorgeschlagen, daß wir uns irgendwo in der Stadt treffen, aber heute ist eine Fakultätssitzung, an der ich teilnehmen muß – sehr zu meinem Bedauern.«

Zur verabredeten Zeit erschien Kate in seinem Büro.

»Ich weiß, ich habe die Frage schon einmal gestellt, und Sie haben sie bereits beantwortet – wie kommt es, daß Sie hier sind? An dieser drittklassigen Universität, meine ich. Reed sagt, Sie hätten problemlos an einer besseren unterkommen können. Nicht, daß wir über Sie getratscht hätten«, fügte sie hastig hinzu, »aber die Sprache kam darauf.«

»Wie es kommt, daß ich hier bin« – Blair bog eine große Büroklammer auseinander; vor Jahren hätte er sich jetzt umständlich eine Zigarette angezündet –, »ist leicht zu beantworten. Und ich habe es Ihnen tatsächlich schon erklärt. Weil ich in New York leben wollte. Die Jobs, die mir anderswo, zugegeben an besseren juristischen Fakultäten, angeboten wurden, waren nicht so aufregend oder gut bezahlt, daß sie mich wirklich lockten. Ich wollte mich schon eine Weile aus meiner Ehe befreien, und meine Frau hatte ein hervorragendes Jobangebot in St. Louis. Sie war genauso froh, mich los zu sein, wie ich sie, falls Sie sich das fragen. Aber als Frau war sie eher geneigt, unsere Beziehung zu ertragen, als den ersten Schritt hinaus zu tun. Deshalb sah ich in New York und der Schuyler die Lösung einer Menge Probleme. Kurz nachdem ich hier war, bekam ich ein Angebot von einer anderen Universität; um mich zu halten, bot mir die Schuyler einen Lehrstuhl an, und ich blieb. Sie hielten mich für einen der Ihren, und das war ich auch.«

»Was mich zu einer schwierigeren Frage bringt. Warum haben Sie sich geändert?«

Blair schob seine Hand über den Tisch und hielt Kates einen Moment. Dann ließ er sie los und lächelte Kate an, als ringe er sich zu etwas durch. »Der Anfang der Antwort ist leicht. In Gegenwart meiner werten Kollegen drehte sich mir nach einer Weile einfach der Magen um. Sie wissen schon, so, als komme man dahinter, daß man von Koffein Kopfschmerzen bekommt; es dauert eine Weile, bis man sich eingestehen will, daß es am Koffein liegt und nicht an tausend anderen Kleinigkeiten. Ihre Einstellung zu den Studenten war schon in den Seminaren und Vorlesungen schlimm genug, aber was in den Fakultätssitzungen zum Vorschein kam, war unglaublich. Männer haben schon immer ihre Kommentare über das Aussehen von Frauen abgegeben, und ich sah das lange auf der gleichen Ebene wie die Bemerkungen über ›Nigger‹ und ›Itzigs‹ und ›Schlitzaugen‹ von früher. Sobald einem klar wird, was das heißt, will man nicht glauben, daß man es selbst gesagt hat, aber man hat es, genau wie alle anderen. Doch das war es eigentlich gar nicht so sehr. Was mich wirklich aufbrachte, war ihr Zynismus den Studenten gegenüber, als würden sie sie verachten und reinlegen wollen. Ich merke, ich kann mich nicht allzu gut ausdrücken.«

»Doch, doch, machen Sie nur weiter.«

»Sie müssen verstehen, das Ganze war ein ziemlich langsamer, um nicht zu sagen schleppender Prozeß. Für einen weißen Mittelschichtintellektuellen wie mich gibt es nicht viel, was man nicht schlucken kann. Es wird einem ja so entsetzlich leicht gemacht, über viele Dinge nicht nachzudenken. Und dann kam Nellie her, um hier zu lehren. Ich glaube, die Schuyler war ein bißchen nervös geworden, weil sie fürchtete, sich demnächst rechtfertigen zu müssen, warum es kein weibliches Fakultätsmitglied gab. Also heuerten sie Nellie an, damit sie erst gar nicht ins Schußfeld gerieten. Die Studentinnen haben es weiß Gott nicht gefordert. Ihren Schwarzen hatte die Fakultät schon. Er war bereit, ihrem Club beizutreten – also glaubten sie, eine Frau würde auch alles dafür tun, eine der Ihren zu werden.«

»Nahm sie am Anfang denn auch alles hin, wie es war?«

»Nicht so lange wie ich. Zum einen wurde sie von den Studentinnen bedrängt, die, gleich wie unterentwickelt ihr Bewußtsein war, eine Frau als Ansprechpartnerin haben wollten. Nellie war oft überfordert, und die Studentinnen wurden wütend, wenn sie sich keine Zeit für sie nahm, meinten, sie hätten ein Recht auf ihre Aufmerksamkeit, obwohl sie nicht im Traum daran gedacht hätten, die gleichen Forderungen an die Herren der Fakultät zu stellen.«

»Davon kann ich selbst ein Lied singen«, warf Kate ein. »Und was geschah dann?«

»Sie freundete sich mit mir an, weil ich der jüngste Mann weit und breit war und nicht ganz so festgefahren wie die anderen. Na, es begann halt auf die übliche Art. Sie fragte mich, ob sie mit mir reden könnte, und ehe wir uns versahen, waren wir im Bett. Komisch, aber heutzutage landet man offenbar erst mal im Bett, bevor man miteinander redet, als wollte man's hinter sich bringen. Durch AIDS ändert sich das natürlich. Wie auch immer, bald war uns die Freundschaft wichtiger als der Sex. Am Anfang fand ich ihre Klagen ein bißchen übertrieben, aber allmählich verstand ich sie – was es für sie hieß, hier zu lehren, wie die anderen Professoren sie behandelten, die Probleme mit den Studentinnen. Mit einigen freundete sie sich schließlich an, einigen wenigen, die sie unterstützten und sich *ihre* Probleme anhörten; es waren nicht viele, aber immerhin ein paar. Ich glaube, das Ganze beeinflußte mich mehr, als mir klar war. Und dann« – Blair hatte offenbar vor, die Büroklammer in ihre ursprüngliche Form zurückzubiegen – »hatten wir eine dieser simulierten Gerichtsverhandlungen zur Übung für die Studenten. Das habe ich noch nie jemandem erzählt«, fügte er hinzu. »Ich komme mir wie ein Idiot vor.«

»Gehörten Sie zu den Richtern?« fragte Kate, um ihm das Reden zu erleichtern.

»Nein, ich nahm als Beobachter teil. Eine der Studentinnen brillierte regelrecht. Sie war viel heller, oder vielleicht sollte ich sagen: weniger kantig als die meisten unserer Studenten. Nachher lud ich sie und einen Kommilitonen, der sich ebenfalls gut gehalten hatte, zu einem Drink ein. Die Seligkeit der Studentin über ihren Erfolg war rührend. Dann brach sie auf, der Bursche und ich hatten die gleiche Richtung, und wir gingen ein Stück zusammen. ›Sie war wirklich bei der Sache, hat sich total reingekniet‹, sagte er. Ich dachte, er bewundere sie, aber irgendwas an seinem Lachen gefiel mir nicht. ›Ihre Nippel waren ganz steif. Ich hab's gesehen. Sie war total geil.‹ Und das, meine liebe Kate, gab den Ausschlag. Bisher habe ich noch keiner Seele davon erzählt.«

Kate lächelte ihn an. »Sie haben die Grenze überschritten.«

»Welche Grenze?«

»Jene, die Männer – einige wenige – verstehen läßt, worum es bei der ganzen Frauensache geht. Sie überschreiten die Grenze in ein anderes Land, und zurück können sie nicht mehr, jedenfalls die meisten nicht. Wenn man erst einmal angefangen hat zu verstehen, ist man zum Verstehen verdammt, und auch der ganze Dreck, den man dann von anderen Männern einzustecken hat, ändert nichts daran. Es hat mich schon immer interessiert, und ich habe mich oft gefragt, ob es ein bestimmter Moment ist, der den Ausschlag gibt, so wie bei Ihnen.«

»Gab es bei Reed so einen Moment?«

»Wissen Sie, ich habe ihn nie gefragt. Vielleicht tue ich es eines Tages.«

»Aber mich haben Sie gefragt, weil Sie sich nicht sicher waren, ob ich die Grenze wirklich überschritten habe, nicht genau wußten – wie man in Harriets le Carré-Welt sagen würde – ob ich ein Maulwurf bin.«

Kate blickte auf ihren Schoß und betrachtete ihre Hände.

»Schon gut«, meinte Blair. »Behalten Sie's für sich. Ich mache Ihnen keinen Vorwurf. Es gibt Zeiten, da frage ich mich selbst, wo ich wirklich stehe. Und trotz Ihrer schönen Worte von Grenzüberschreitungen, hätte Nellie nicht diesen sogenannten Unfall gehabt, wäre ich vielleicht wieder umgekehrt. Ja, das schließe ich nicht aus«, beharrte er, als Kate den Kopf schüttelte. »An einen Unfall habe ich übrigens nie geglaubt. Wir sind oft genug zusammen gegangen. Sie war eine echte New Yorkerin und kannte die New Yorker Autofahrer. Sie wäre nicht einfach auf die Straße getappt. Aber was weiß man schon? Vielleicht war sie verstört wegen irgendwas und in Gedanken woanders. Jedenfalls konnte ich nicht die Augen davor verschließen, daß sie eine Menge Probleme an der Schuyler aufwarf. Einige Studenten, meist Frauen, aber auch einige Männer, wurden plötzlich aufsässig. Und machen wir uns nichts vor, seit ihrem Tod ist das Häufchen wieder so zahm wie früher.«

»Und ich«, schloß Kate das Gespräch ab, »darf Sie jetzt wohl nicht länger daran hindern, hübsch zahm zu Ihrer Fakultätssitzung zu gehen.« Blair schien noch etwas sagen zu wollen, aber Kate ging, ehe er dazu kam. Komisch, dachte sie, warum habe ich nur das sichere Gefühl, daß sich die Detektivin in mir wieder meldet? Aber was will ich eigentlich aufdecken? Da sie schon einmal hier war, beschloß sie, bei Harriet vorbeizuschauen.

Im Sekretariat war Hochbetrieb. Professoren standen herum und stellten Forderungen, und Frauen hasteten hin und her. Nur Harriet saß gelassen und unerschütterlich an ihrem Schreibtisch. Sie begrüßte Kate formell, um eventuellen Beobachtern den Eindruck zu vermitteln, Kate sei gekommen, sich ein Manuskript abtippen zu lassen. »Nehmen Sie Platz, Professor Fansler«, bat Harriet, ohne mit der Wimper zu zucken.

»Ich hab's nicht eilig.« Kate tat, wie ihr geheißen.

Nach und nach räumten die Männer das Feld, die Frauen gingen an die Arbeit, und Harriet beugte sich zu Kate hinüber.

»Gibt es eine Damentoilette in der Nähe?« fragte Kate.

»Aber ja«, Harriet erhob sich. »Ich zeige Sie Ihnen.« Zusammen verließen sie den Raum und gingen schweigend den Korridor entlang.

»Was gibt's?« fragte Harriet, als sie dort waren.

»Ich wollte Ihnen einige Fragen wegen Nellie stellen. Sie beide waren zwar nicht zur gleichen Zeit hier, aber ihre früheren Kollegen kann ich schlecht fragen.«

»Auch Blair nicht?«

»Nicht mehr, als ich es bereits getan habe. Ich glaube ihm.

Das tue ich wirklich. Aber ich hätte gern einen unparteiischeren Bericht. Wieviel ist zu Ihnen durchgedrungen?«

»Sehr wenig.« Harriet wusch und trocknete sich die Hände. »Wußten Sie, daß man trockene Hände bekommt, wenn man den ganzen Tag Papiere hin- und herschiebt? Das behaupten alle Sekretärinnen, und inzwischen glaube ich es. Was Nellie betrifft, eins interessierte mich: ob die Polizei Alibis überprüfte. Sie wissen schon, wo jeder einzelne der Schuyler-Professorenschaft war, als sie unter den Laster kam. Sie werden die Antwort nie erraten.«

»Lassen Sie es mich versuchen. Kein einziger Aufenthaltsort war eindeutig überprüfbar.«

»Genau. Außer bei Professor Abbott, der beim Zahnarzt war, was von diesem, der Zahnarzthelferin und der Empfangsdame bestätigt wurde. Sie hätten alle mit ihm unter einer Decke stecken können, aber auch andere Patienten erinnerten sich an ihn. Als Schwarzer in einer vorwiegend weißen Umgebung prägt er sich leicht ein, was barbarisch für ihn sein muß, in diesem Fall aber von Vorteil war.«

»Und das alles hat die Polizei Ihnen erzählt?«

»Na ja«, Harriet zwinkerte ihr zu, »ich stellte mich als Juraprofessorin einer anderen Universität vor. Sie brauchen mich gar nicht so ungläubig anzugucken. Schließlich war ich Professorin, und wenn die Umstände es erfordern, kann ich mich genauso aufgeblasen benehmen wie meine Männerkollegen. Ich sagte, an meiner Fakultät stelle man sich die Frage, ob die Alibis der Kollegen von der Schuyler überprüft worden seien und so weiter. Viel erzählte mir die Polizei nicht, nur von den Alibis, oder vielmehr deren Fehlen – was allerdings weiter keine Bedeutung habe, erklärte man mir, denn die wenigsten Menschen hätten Alibis, und der Besitz eines solchen, fügte man hinzu, verlange eine um so genauere Überprüfung.«

»Die Professor Abbott über sich ergehen ließ und bestand?«

»So ist es. Aber jetzt sollte ich besser zu meinen Pflichten zurückkehren. Die Frauen, die ihre Arbeit todlangweilig finden, arme Dinger, nutzen unbeaufsichtigte Momente gern zu einem Schwätzchen, und die Professoren, die hereinschneien, ergreifen die Gelegenheit zu dummen Scherzen und zum Flirten.«

»Hatte Nellie ein eigenes Büro?«

»Ja. Das weiß ich, weil man mir auftrug, mich darum zu kümmern, daß ihre persönliche Habe ausgeräumt wurde, obwohl das keineswegs zu meinen Pflichten gehört.«

»Und was geschah damit?«

»Steht alles im Keller, in Kartons verpackt, und wartet darauf, abgeholt zu werden. Bisher hat sich noch niemand gemeldet. Ihrer Familie liegt wohl kaum an Erinnerungsstücken an diesen schrecklichen Ort. Erwägen Sie, darin herumzuschnüffeln?«

»Ja.«

»Braves Mädchen. Es freut mich, daß Sie in Gang kommen.«

»Ich hoffe nur, ich kann solche Schnüffelei vor mir selbst rechtfertigen. Aber Nellie ist tot, und ich wüßte wirklich gern, warum. Ganz ohne Gewissenskonflikte bin ich bei der Sache zwar nicht, aber an diesem Ort kann ich sie leicht unterdrücken. Schließlich geht es niemanden etwas an, nur Nellie, und ich kann mir nicht vorstellen, daß sie etwas dagegen hätte.«

»In seinem allerersten Buch über Smiley sagt le Carré: ›Ein eigentümlicher Charakterzug Smileys war, daß es ihm während seiner ganzen Geheimdiensttätigkeit nicht gelang, die Mittel aufgrund des Zwecks zu heiligen.‹ Und falls auch Sie diesen eigentümlichen Charakterzug haben, sollten Sie ihm treu bleiben! Ich zeige Ihnen, wo das Zeug im Keller steht. Aber sehen Sie zu, daß Sie sich nicht wieder einschließen oder gar erwischen lassen, ja Kate? Wir wollen doch die alten Knaben nicht unnötig in Aufregung versetzen.«

Gemeinsam gingen sie ins Untergeschoß, das Kate durch ihr wöchentliches Seminar schon vertraut war. Harriet, der wie einer Schloßherrin aus dem Mittelalter ein riesiges Schlüsselbund vom Gürtel baumelte, öffnete einen kleinen Abstellraum, winkte Kate hinein und zog an einer Kordel, um das Licht anzuknipsen. »Bedienen Sie sich«, meinte sie. »Viel Glück. Wenn Sie gehen, lassen Sie die Tür einfach zuschnappen.«

Kate machte sich ans Werk, zog sich eine Kiste heran, auf die sie sich setzte, während sie die anderen im Lichte der von der Decke baumelnden Glühbirne durchstöberte. Fast alle Kartons enthielten Bücher und Hängeordner, vermutlich aus Nellies Aktenschrank, der zweifellos sofort einen Neubesitzer gefunden hatte. Schamloserweise hoffte Kate, zwischen den juristischen Werken einen Roman zu finden, den Nellie mit Nadelstichen markiert hatte. Einem Geheimcode, den sie sich ausgedacht hatte, um die von ihr aufgedeckten Schandtaten an der Schuyler festzuhalten. Aber sie stieß auf keinen Roman, nur mit Seminarprotokollen, Studentenreferaten und -beurteilungen gefüllte Akten, die bis ein Jahr vor Nellies Tod datierten. Wie Kate annahm, waren die Unterlagen jüngeren Datums an andere Professoren verteilt worden, bei denen Nellies verwaiste Studenten nun ihre Examen machten. Kate schimpfte über sich selbst wegen ihrer übersteigerten Erwartungen. Nellie hatte ja nicht gewußt, daß sie sterben würde; und einen Hinweis auf ihren Mörder, falls es den gab, hatte sie nicht hinterlassen. Wenn sie wirklich irgendwelchen Ungereimtheiten an der Schuyler auf die Spur gekommen war, Aufzeichnungen gab es keine, oder falls doch, hatte jemand dafür gesorgt, daß sie verschwanden.

Kate erhob sich von der Kiste, auf der sie saß, hockte sich hin und kippte den Inhalt auf den Boden. Wieder nur juristische Texte – Nellie hatte Vertragsrecht gelehrt – und ein paar an sie adressierte Briefe. Die Briefe waren alle akademischer Natur, von der Sorte, wie auch Kate sie regelmäßig an ihrer

Universität bekam, die immer gleichen Anfragen, nur verschieden formuliert. Nellie hatte eine Schreibgarnitur gehabt, die zuunterst in der Kiste gelegen hatte: ein Löscher, herübergerettet aus den Tagen, als man, kaum zu glauben, noch mit Füllfederhalter schrieb, ein dazu passender lederner Briefständer und ein eingerahmtes Foto von Nellie – Kate erkannte sie von dem Foto wieder, das sie in einem alten Vorlesungsverzeichnis der Schuyler entdeckt hatte – zusammen mit einem Mann, der ihr den Arm um die Schulter legt. Beide lachten. Sorgfältig löste Kate das Foto aus dem Rahmen, aber auf der Rückseite stand nichts. Behutsam schob sie es wieder zurück. Sie mußte herausfinden, wer dieser Mann war.

Aber sie machte sich keine Hoffnungen, daß ihr das weiterhelfen würde. Du jagst Hirngespinsten nach, sagte sie sich, reimst dir was zusammen und klammerst dich an jeden Strohhalm. Schön und gut, Nellie kannte New York. Kate und tausend andere kannten New York mitsamt seinem halsbrecherischen Verkehr, aber das hieß noch lange nicht, daß man nicht unter ein Auto kommen konnte. Daß Nellie vor die Räder eines Lasters stürzte, war wahrscheinlich genauso wenig beabsichtigt, wie man dem Fahrer eine Absicht unterstellen konnte. Deine detektivischen Barthaare zucken, Kate Fansler, aber sie wittern nichts, weil nichts in der Luft liegt.

Sie knipste das Licht aus, ließ die Tür hinter sich zufallen und machte sich auf den Heimweg. Das Foto mitsamt Rahmen hatte sie eingesteckt, versprach Nellie aber, es wieder zurückzubringen, wenn sich herausstellte, daß es sie nicht weiterbrachte.

Sowie sie zu Hause war, rief sie in Blairs Wohnung an; er war noch nicht zurück. Sie hinterließ ihm auf Band, er solle sie anrufen, und fragte sich im nächsten Moment, ob das klug war. Klug oder nicht, sie mußte sich entscheiden: entweder sie vergaß Nellie, oder sie mußte den Mann auf dem Bild aufsuchen, falls Blair wußte, wer er war.

Es dauerte einige Stunden, bis Blair zurückrief. Sie überlegte, ob sie ihm erzählen sollte, wie sie an das Foto gekommen war, und rückte dann, wie meistens, mit der Wahrheit heraus. Dem ab und zu durch die Leitung kommenden Glucksen nach amüsierte ihn ihr Bericht über die mit so enttäuschendem Resultat durchstöberte Abstellkammer.

»Typisch für Schuyler, diese Säuberungsaktion von Nellies Büro«, schnaubte Blair. »Ich bestand darauf, dabei zu sein, als die Putzkolonne über ihre Sachen herfiel. Ich war noch voller Zorn und Schmerz über ihren Tod. Nellies persönliche Habe wurde in Kartons verstaut – zweifellos die, die Sie fanden, und alles andere, was der Universität gehörte, blieb da, wo es war – Möbel, Computer, Bücherregale. Sie hatte ein Bild an der Wand hängen, und ich bot an, ihre Eltern anzurufen und zu fragen, ob sie es wollten. Sie wollten es nicht. Es war eine Reproduktion von Mary Cassatts ›Die Bootspartie‹.«

»Wie ich gesehen habe, hängt es jetzt in Ihrem Büro.«

»Ja. Ich habe lange über das Gemälde nachgedacht. Es sagt eine Menge übers Familienleben aus – Nellie wies mich darauf hin. Die Augen des Babys sind auf den Mann gerichtet, die Augen der Frau auf den Mann und das Baby, die des Mannes auf die Ruder, vielleicht auch aufs Ufer. Nellie gefiel auch die Komposition des Bildes. Jedenfalls behielt ich es als Erinnerung an sie.«

»Auf ihrem Schreibtisch stand ein Foto«, sagte Kate; daß sie es sich ausgeliehen hatte, verschwieg sie. »Ich nehme jedenfalls an, daß es dort stand, denn der Rahmen paßt zu dem Löscher. Auf dem Foto ist sie mit einem Mann zu sehen. Wissen Sie, wer er ist oder war?«

»Er war und ist ihr Bruder. So wie Nellie über ihn sprach, müssen sie sich sehr nahegestanden haben. Mich erstaunte das jedenfalls. Ich habe auch eine Schwester, aber unser Verhältnis ist höflich distanziert, und wir haben völlig verschiedene Interessen. Warum?«

»Ich würde gern mit ihm sprechen. Wissen Sie, wo er lebt?«

»Moment, da muß ich erst nachdenken. Er ist Dichter und

hält an verschiedenen Universitäten Kurse ab – damit verdient er sich seinen Lebensunterhalt. Ich meine mich zu erinnern, daß er irgendwo im Mittelwesten eine mehr oder weniger feste Stelle hatte. Verdammt, aber an Genaueres erinnere ich mich nicht.«

»Heißt er auch Rosenbusch?«

»Ja. Aber seinen Vornamen habe ich vergessen. Heute abend vor dem Einschlafen werde ich scharf nachdenken, vielleicht weiß ich ihn dann beim Aufwachen. Manchmal funktioniert das. Ich gebe Ihnen Bescheid, wenn er mir einfällt, aber falls Sie irgendwelche Dichter kennen, die können Ihnen vielleicht weiter helfen als ich.«

»Danke, Blair.«

»Wissen Sie, Kate, vielleicht war Nellie wirklich nur zerstreut, als sie unter den Laster kam. Und ich halte es für keine gute Idee, den Bruder ...«

»Ich werde ihm schon nicht zu nahe treten«, beruhigte ihn Kate. Wenn ich ihn überhaupt finde, fügte sie insgeheim hinzu, als sie auflegte.

Blairs nächtliche Kontaktaufnahme mit seinem Unterbewußtsein stellte sich als enttäuschend heraus. Unter Kates einstigen Kommilitonen, die mit ihr promoviert hatten, waren einige Dichter, die bei ihrem Handwerk geblieben waren, statt Klimmzüge an der akademischen Karriereleiter zu veranstalten. Hin und wieder zogen sie sich jedoch einen Lehrauftrag an Land, um sich über Wasser zu halten. Kate beschloß, einen nach dem andern anzurufen, in der Hoffnung, einer habe vielleicht von dem Dichter Rosenbusch gehört. Natürlich war es nicht leicht, ihre Dichterfreunde überhaupt zu lokalisieren, deren Leben unstet war, und es dauerte einige Tage, bis sie den ersten ausfindig machte. Der war jedoch unerwartet hilfreich.

»Natürlich kenne ich Rosie«, polterte er fröhlich ins Telefon, nachdem er und Kate die üblichen Fragen und Antworten ausgetauscht hatten. »Schreibt gute Gedichte. Lebt in

New Hampshire. Will sehen, ob ich seine Adresse ausgraben kann, und melde mich dann wieder bei dir. Aber falls du was gedichtet haben willst – wie wär's mit meinen Diensten?«

»Wenn es darum ginge, jederzeit. Und du versuchst, Adresse und Telefonnummer herauszufinden, ja? Es ist ziemlich wichtig.«

»Geht sofort los. Ich nehme an, du hast einen dieser barbarischen Apparate, auf dem ich eine Nachricht hinterlassen kann?«

»Habe ich.« Sie gab ihm ihre Nummer.

»Wenn ich das nächste Mal nach New York komme, rechne ich mit einem luxuriösen Mahl in einem dieser schnieken Restaurants.«

»Alles was du willst«, versprach Kate. »Sogar ein schniekes Restaurant.«

Später am Tag spuckte Kates Anrufbeantworter Rosenbuschs Adresse aus, aber nicht seine Telefonnummer. »Ich hab es bei der Auskunft probiert«, hieß es in der Nachricht weiter, »aber offenbar hat er eine Geheimnummer. Schlauer Bursche. Vielleicht hast du ja einen guten Draht zur Telefongesellschaft. Übrigens, gibt es ein Restaurant namens Luchese?«

Weder sie noch Reed, den sie einspannte, konnten der Telefongesellschaft Rosenbuschs (Vorname Charles) Nummer entringen. Aber Kate war wild entschlossen, ihn aufzuspüren, auch wenn sie niemandem hätte plausibel machen können, warum. Trotzdem lehnte sie es ab, einen Familiennotfall vorzutäuschen, um an seine Nummer zu kommen. An Familientragödie hatte er bereits genug.

»Dann fahre ich eben hin und hoffe, daß er zu Hause ist«, verkündete Kate.

Reed stöhnte. »Wahrscheinlich ist er nicht da, und wenn, will er bestimmt nicht mir dir sprechen. Ich würde auch nicht mit dir reden wollen, wenn meine Schwester vor kurzem unter solchen Umständen gestorben wäre – falls ich eine Schwester hätte.«

»Vielleicht doch. Ich fahre jedenfalls hin. Manchmal ist es leichter, mit Fremden über seine Gefühle und Sorgen zu sprechen.«

»Das ist ein Klischee, an das ich noch nie geglaubt habe.«

»Egal, ich fahre. Ich fliege nach Boston und nehme mir dann einen Leihwagen. New Hampshire, zumindest die Gegend, wo er wohnt, ist ganz nah. Und selbst wenn ich nichts erreiche, werde ich doch das Gefühl haben, ich hätte etwas vollbracht.«

»Ich hoffe, deine Batterie friert ein, du bleibst in einer Schneewehe stecken und wirst erst kurz vorm Verhungern gerettet.«

»Tust du gar nicht. Du hoffst, ich finde ihn, weil du weißt, wie wichtig es mir ist, auch wenn es noch so irrational sein mag.«

»Also gut, aber sei vorsichtig«, bat Reed, als sie am Wochenende zum Flughafen aufbrach.

6

> Wessen Geschöpf ist er? überlegte sie hilflos. Wer schreibt ihm seinen Text und gibt ihm die Bühnenanweisungen?
> *John le Carré,*
> ›*Die Libelle*‹

Charles Rosenbusch wohnte in einem kleinen Haus mitten in einem winzigen New-Hampshire-Dorf. Es gab eine Kirche, einen Friedhof, einen Dorfplatz und eine Handvoll andere Häuser. Kate klopfte am falschen Haus an, wo man ihr das richtige wies. Da sich auf ihr Klopfen an die Haustür nichts rührte, schlenderte Kate zur Rückseite und entdeckte ihn, jedenfalls einen Mann, der das Gebüsch am Rande der Wiese hinter dem Haus lichtete.

»Ich möchte zu Charles Rosenbusch«, rief Kate ihm zu, nachdem er bei ihrem »Hallo« kurz hochgeblickt und sich dann wieder seinen Büschen gewidmet hatte. »Es geht um Ihre Schwester; Nellie.« Kate kam sich inzwischen ziemlich albern vor. Wie hatte sie sich nur auf diese sinnlose Exkursion einlassen können? Falls sie je einen vernünftigen Grund dafür gesehen hatte, jetzt entschwand er ihr. Wirklich, wenn sie das nächste Mal auf eine so verrückte Idee kam, würde sie auf Reed hören.

Aber dann ließ Rosenbusch die Werkzeuge fallen, mit denen er das Unterholz traktiert hatte, und kam auf sie zu.

»Sie kannten Nellie?«

»Die Erinnerung an sie und ihr Tod beschäftigen mich«, wich Kate aus. »Darf ich mir einen Moment Zeit nehmen, es Ihnen zu erklären?«

»Sie haben sie nicht gekannt.« Es war eine Feststellung.

»Geben Sie mir zehn Minuten. Ich bleibe stehen, wo ich

bin. Machen wir einen Zeitvergleich, und wenn Sie in zehn Minuten sagen, gehen Sie, dann gehe ich.«

Er nahm sie beim Wort, blickte auf seine Uhr, und sie sah auf ihre. Ihre Uhren abzustimmen war unnötig, zehn Minuten sind zehn Minuten. Ich habe zu viele Kriegsfilme gesehen, dachte Kate. Sie standen knapp zwei Meter voneinander entfernt, er in abwehrender Was-Sie-wollen-interessiert-mich-nicht-Haltung, aber Kate nahm die Herausforderung an.

»Ich lehre in diesem Semester an der Schuyler Law School; ich bin Literaturprofessorin, und während meines Freisemesters halte ich dort zusammen mit Blair Whitson ein Seminar über Recht und Literatur. Blair war ein Freund von Nellie, und uns beiden ist einiges an ihrem Tod suspekt. Die Chancen, irgend etwas zu beweisen – ob es ein Unfall war oder nicht – sind sehr gering, aber wir würden gern mehr über Nellie wissen. Zum einen um unserer selbst willen, aber auch, weil sie vielleicht etwas wußte, das uns helfen könnte, die Leute, die sie quälten – und sie wurde gequält – zur Rechenschaft zu ziehen. Wenn nicht wegen Mordes, dann wenigstens wegen anderer Missetaten. Sie sind die einzige Person, die uns etwas über sie erzählen könnte. Ich möchte gern wissen, ob Sie ihre Schwester in den Monaten vor ihrem Tod sahen und ob sie Ihnen etwas erzählte, das uns helfen könnte zu verstehen, was sie in ihren letzten Monaten und Tagen beschäftigte.«

»Haben Sie mit unseren Eltern gesprochen? Wissen Sie deshalb von mir?«

»Nein. Ich fand ein Foto von Ihnen und Nellie zwischen ihren Sachen, die immer noch in einer Abstellkammer in der Schuyler stehen, da offenbar weder Sie noch Ihre Eltern sie haben wollen. Blair wußte, daß Sie der Mann auf dem Foto sind. Und Ihre Adresse habe ich durch einen befreundeten Dichter in Erfahrung gebracht.«

»Kommen Sie mit ins Haus. Wie heißen Sie übrigens?«

»Kate Fansler.«

»Okay, Kate. Reden wir ein Weilchen. Ich heiße Charles, werde aber von allen Rosie genannt.«

Er ging ihr voraus durch die Hintertür und führte sie an einer Art Waschküche vorbei in eine große sonnige Küche, die durch den gelben Fußboden und die mit gelbem Chintz bezogenen Sessel vor dem Kamin, gegenüber dem Arbeitsbereich, noch sonniger wirkte.

Es scheint mein Schicksal zu sein, mich in Küchen zu unterhalten, dachte Kate.

Rosie setzte sich in einen Sessel und wies ihr den gegenüberstehenden. »Und wie kann ich Ihnen helfen?« fragte er. Kate erinnerte sich, daß er auf dem Foto mit Nellie im Arm gelächelt, nein, gelacht hatte. Jetzt wirkte er so düster, daß man ihm jenes Lachen nicht glauben wollte.

»Erzählen Sie mir, worüber Nellie während ihrer Zeit an der Schuyler sprach; was sie über die Leute dort sagte. Lassen Sie nichts aus, gleich wie belanglos es Ihnen erscheint.«

»Wir sprachen über alles – schon immer. Das gibt Ihnen vielleicht ein Bild unserer Beziehung, oder unserer Liebe. Ich bin froh, daß Sie beim Wort *Liebe* zwischen Bruder und Schwester nicht zusammengezuckt sind. Sie müssen wissen, ich spreche von nichts Wagnerianischem oder von pubertären Liebesspielchen zwischen Geschwistern. Wir haben uns einfach gern gehabt und geliebt. Oft denke ich«, fügte er nach einer kleinen Pause nachdenklich hinzu – bisher hatte er Kate noch keinen Moment direkt angesehen – »daß die Bruder-Schwester-Beziehung von Psychologen, Schriftstellern und anderen dieser Gattung unterbewertet wird. Freud hat sie alle so mit dem verdammten Ödipus-Komplex vollgequatscht, daß sie für die anderen familiären Bindungen blind sind. Einfach idiotisch, finde ich.«

»Waren Sie Zwillinge?«

»Ich sagte doch – nichts Wagnerianisches. Ich war achtzehn Monate älter; achtzehn Monate, in denen ich, wie ich heute manchmal glaube, auf sie gewartet habe – darauf wartete, daß sie meine Freundin und Verbündete gegen die Eltern wird. Oh, denken Sie jetzt bitte nicht, wir hätten grausame oder schreckliche Eltern gehabt. Sie waren nur die perfekten Mittelschicht-Eltern, langweilig und durch und durch konventionell. Wie sie uns immer wieder sagten, wollten sie für uns nur das, was alle Eltern für ihre Kinder wollen: der Junge soll ordentlich verdienen und das Mädchen einen vernünftigen Ehemann finden. Natürlich stritten sie sich auch, in einer *folie à deux*, die wahrscheinlich symptomatisch für die meisten Ehen ist. Nellie und ich führten einfach ein anderes Leben.«

»Hat Ihre Schwester Sie auch Rosie genannt?« fragte Kate nach einer längeren Pause, um die Stille zu durchbrechen.

»Nein, sie sagte Charles zu mir. Ich nannte sie Nellie, weil unsere Eltern sie bei ihrem Taufnamen Elinor riefen. Irgendwo hatte sie gehört, Nellie sei die Kurzform von Elinor, und das blieb dann hängen.« Wieder hielt er inne. »Wenn Sie wissen wollen«, fuhr er schließlich fort, »ob wir über alles miteinander sprachen, ist die Antwort ja, das taten wir, bis ganz zum Schluß.«

Kate wartete. Er würde schon auf die Schuyler zu sprechen kommen. Ihr Mund war trocken, aber etwas zu trinken war nicht in Sicht. Sie hätte gern eine Tasse Tee gehabt oder wenigstens ein Glas Wasser. Aber sie wollte ihn nicht unterbrechen.

»Nellie war glücklich, als sie den Job an der Schuyler bekam. Sie wußte, es war keine renommierte Law School, nicht mal eine gute, aber ihr gefiel es, daß viele Studenten, besonders Studentinnen, schon älter waren. Sie nahmen ihr Studium ernst und hatten hart dafür gearbeitet, noch einmal an die Universität zu gehen – im Gegensatz zu den vielen verwöhnten Gören an den Eliteuniversitäten. Außerdem wollte sie in New York leben – was ich nie verstand. Ihr lag nichts an Abgeschiedenheit; sie war von Natur aus kein Einzelgänger wie ich. Wir haben uns oft gesehen – meistens kam sie übers

Wochenende her, manchmal trafen wir uns auch irgendwo außerhalb von New York, denn ich hasse die Stadt. Außerdem telefonierten wir regelmäßig, und ich schickte ihr immer meine Gedichte.«

»Ich habe vergeblich versucht, mir Ihre Gedichte zu kaufen«, warf Kate ein. »Schließlich fand ich einen Band in der Bibliothek. Wenn Sie mir sagen können, wo ich ein Exemplar bekommen kann, wäre ich dankbar. Ihre Gedichte gefallen mir.«

»Was gefällt Ihnen daran?« fragte er mißtrauisch.

»Sie haben eine Stimme. Es gefällt mir, wenn die Stimme des Dichters in seinen Gedichten zu hören ist. Klingt das altmodisch?«

»Für mich nicht. Komisch, Sie kannten sich ja nicht, aber Nellie sagte dasselbe – du hast eine Stimme.«

»Nein, ich kannte sie nicht. Aber wenn Blair von ihr spricht, ahne ich, wie sie war und was sie wollte.«

»Blair war gut zu ihr. Zuerst glaubte ich, es sei bloß wieder eine ihrer vorübergehenden Männergeschichten, aber er hat sie offenbar wirklich verstanden, wußte, womit sie sich abkämpfen mußte. Er unterstützte sie; außer ihm hatte sie weit und breit niemanden, nur die Studenten, und für die mußte sie ja da sein, nicht umgekehrt. Was genau wollen Sie denn wissen?«

»Alles über die Schuyler, über Nellies Zeit dort – ihre Eindrücke, ihre Reaktionen, ihre Pläne und ob sie irgendeinen Verdacht äußerte. Alles, was mit der Law School zu tun hat.«

»Am Anfang war sie fassungslos, und dann wütend. Ich glaube, bis dahin war sie noch nie mit Männern wie denen an der Schuyler konfrontiert worden. Sie war davon überzeugt, wenn man Menschen mit Respekt behandelt, würden sie das anerkennen und einen ihrerseits respektieren. Es klingt vielleicht naiv; aber bis Nellie an die Schuyler kam, hatte nichts diesen Glauben erschüttert. Natürlich war sie schon miesen Typen begegnet, aber von den Menschen, mit denen sie vorher zusammenarbeitete, wurde sie immer anerkannt – weil sie ihre Ernsthaftigkeit und Integrität schätzten. Das klingt vielleicht ein bißchen pompös, aber so war sie. Und sie glaubte, man würde sie auch an der Schuyler achten. Aber keine Spur. Ich sagte ihr, daß Leuten, die selbst nicht integer sind, jede Fähigkeit abgeht, Integrität bei anderen zu erkennen. Lügner trauen niemandem, was ja nur logisch ist. Und als ihr dann klar wurde, mit welchen Figuren sie es an ihrer Fakultät zu tun hatte, war sie zuerst unglücklich und dann wütend. Ich riet ihr, den Job zu schmeißen, aber sie wollte den Kampf um ihren Lehrstuhl durchfechten, bei dem ihr Blair übrigens eine großartige Stütze war. Kurz nach ihrer Berufung hatte ich den Eindruck, sie hätte endgültig genug und wollte gehen; sie hatte ihre Fühler sogar schon woandershin ausgestreckt.« Nachdenklich hielt er inne. »Inzwischen«, sagte er dann, »hatte sie wohl den Verdacht, daß ihre Kollegen nicht nur Reaktionäre waren, sondern obendrein niederträchtig.«

»Ist das keine Tautologie?«

»Nicht unbedingt. Ich gehe nicht davon aus, daß Reaktionäre zu ihren Nächsten und Liebsten gemeiner sind als andere. In der Art, wie sie Menschen behandeln, die nicht zu ihrem Kreis gehören, zeigt sich ihre Niedertracht. Und Nellie gehörte ganz bestimmt nicht zu ihrem Kreis.«

»Stand sie so weit außerhalb, daß man sie umbringen mußte?« fragte Kate. Er war ein Mann, der nicht vor Klartext erschrak, aber auch einer, das merkte Kate, dem nicht danach war, den ganzen Tag zu verplaudern.

»Sie meinen, ob sie unter den Laster gestoßen wurde? Ist das Ihre Vermutung?«

»So abwegig ist sie vielleicht gar nicht, jedenfalls nicht für die Menschen, die Nellie kannten und liebten. Und für die Polizei offenbar auch nicht, denn sie hielt es immerhin für notwendig, Alibis zu überprüfen, und stieß zufällig nur auf eins, das hieb- und stichfest war.«

»Als die Polizei die Alibis überprüfte, wußte sie noch nichts von Nellies Krankheit. Davon erfuhr sie erst später – durch mich. Hören Sie, Kate, ich weiß, Sie sind hergekommen, weil Nellies Tod Sie beschäftigt und Sie noch für sie tun wollen, was Sie können. Und Sie haben sich an die richtige Person gewandt. Ihr Instinkt hat Sie nicht getäuscht. Ich habe den Menschen verloren, der mir am meisten bedeutete, und ich hoffe, durch Einsamkeit, harte körperliche Arbeit und meine Gedichte, in denen ich von meiner Trauer sprechen kann, damit fertig zu werden. Liebend gern würde ich Nellies Tod diesen Schweinen anlasten, aber Tatsache ist, daß sie einfach ohnmächtig wurde und vor diesen Laster fiel. Der arme Fahrer tut mir ehrlich leid.«

»Ohnmächtig?«

»Müssen wir wirklich in die medizinischen Details gehen? Sie litt an einer Krankheit, die sich in den letzten Jahren verschlimmert hatte, gegen die sie aber mit Medikamenten und Entschlossenheit ankämpfte. Das größte Risiko war, daß sie das Bewußtsein verlieren und stürzen konnte. Sie, oder vielmehr ihre Ärzte, hatten das Symptom recht gut unter Kontrolle, aber trotzdem passierte es. Sie wurde ohnmächtig und fiel vor den Laster. Ich bin mir zwar verdammt sicher, daß diese Schuyler-Typen mit ihren Schikanen zur Verschlimmerung der Krankheit beigetragen haben und deshalb nicht unschuldig an ihrem Tod sind. Aber ich glaube nicht, daß man von Mord sprechen kann, falls es das ist, worauf Sie hinauswollen.«

»Ich verstehe.« Kate kam sich wie eine Idiotin vor. Da legte sie, wie Nancy Drew, Hunderte von Meilen zurück, um einen Mord aufzudecken, wo alles, was es an Beweisen gab, in New York zu finden war: daß nämlich, aufs Ganze gesehen, die Juraprofessoren der Schuyler ein unangenehmer Haufen waren, oder – warum es nicht deutlicher ausdrücken, dachte sie – ein Haufen mittelmäßiger Scheißkerle. Dieser Mann hier hat alle Mühe, sein Leben wieder zusammenzuflicken, und ich komme daher und stelle ihm blöde Fragen!

Rosie schien ihre Gedanken zu ahnen. »Machen Sie sich keine Vorwürfe, daß Sie hergekommen sind. Es hat mir gutgetan, über Nellie zu reden. Ich weiß, ich muß einen neuen Mittelpunkt für mein Leben finden, aber im Moment habe ich genug damit zu tun, das Grauen in Schach zu halten. Und danke, daß Sie nicht gefragt haben, ob ich verheiratet bin, ob ich ganz allein hier lebe oder sonstwas. Sind Sie verheiratet?«

»Ja«, sagte Kate.

»Sie tragen keinen Ring. Nellie sagte immer, sie würde auch keinen Ring tragen, wenn sie verheiratet wäre.«

»Ich trage weder einen Ring noch seinen Namen und bin finanziell unabhängig von ihm. Er ist übrigens auch Jurist, aber kein Neokonservativer; in diesem Semester leitet er ein Projekt an der Schuyler, während Blair und ich dort versuchen, Recht und Literatur zu vermischen.«

»Was für ein Projekt? Nellie sagte, an der Schuyler gäbe es keine.«

»Bisher nicht, jedenfalls keine, in der die Studenten mit der wirklichen Praxis zu tun haben. Reeds Projekt kümmert sich um Strafgefangene – solche, die ihr Urteil anfechten wollen oder zu Unrecht im Gefängnis sitzen oder dort mißhandelt werden.«

»Nellie machte sich Gedanken um eine Frau, die im Gefängnis saß, die Frau eines Juraprofessors. Ich glaube, Nellie war ihr nur einmal begegnet, aber sie sprach oft von ihr, sagte, ihr Fall müsse neu verhandelt werden, denn ihr damaliger Anwalt hätte nichts von irgendeinem Syndrom gewußt.«

»Dem Geschlagene-Frauen-Syndrom. Kürzlich, auf dem halbjährlichen Empfang der Schuyler, erwähnte einer der Professoren den Fall, und er sah die Sache so: Sie hat seinen Freund und Kollegen ermordet, und deshalb gehört sie ins Gefängnis, am besten in die Todeszelle.«

»Das muß die Frau sein. Was ist das Geschlagene-Frauen-Syndrom? Oder sollte ich mir die Antwort lieber ersparen?«

»So wie ich es verstehe – was nicht heißen soll, ich könnte

es richtig erklären – hat es damit zu tun, daß das Gesetz es als Notwehr ansieht, wenn die Täterin ihr Leben zum Zeitpunkt der Tat in Gefahr sah. Sie richten zum Beispiel eine Pistole auf mich, aber ich bin schneller und drücke vor Ihnen ab.«

»Ich sehe schon, Sie haben Ihre Jugend damit verbracht, sich Western anzugucken«, meinte er. Kate lächelte. Es war die erste annähernd entspannte Bemerkung, die er machte.

»Bei geschlagenen Frauen«, fuhr sie fort, »ist es jedoch so, daß sie meistens warten, bis der Unhold schläft oder fernsieht oder mit jemandem an der Bar schwatzt. Dann bringen sie ihn um. Um solche Frauen vor Gericht zu verteidigen, versucht die Rechtsprechung, eine Besonderheit geschlagener Frauen zu berücksichtigen: Wenn ihre Männer auf sie einschlagen, trauen sie sich nicht, sich zu wehren. Deshalb warten sie ab, bis der Mann weniger bedrohlich ist.«

»Ich verstehe. Nellie hoffte jedenfalls, jemand würde sich darum kümmern, daß es zur Wiederaufnahme des Verfahrens kommt. Und wenn Sie jetzt Ihren Mann dazu anstiften können, daß sich sein Projekt der Frau annimmt, dann wären Sie nicht umsonst den weiten Weg nach Hampshire gekommen.«

Kate verstand, daß das Gespräch beendet war. Sie erhob sich, und er ebenfalls.

»Danke, daß Sie mit mir gesprochen haben«, sagte sie.

»Danke, daß Ihnen an Nellie liegt, obwohl Sie sich nicht kannten, daß Sie die weite Reise gemacht und so offen mit mir geredet haben, ohne Fragen zu stellen oder Ratschläge zu geben. Schade, daß Sie Nellie nicht kannten. Sie hätten sich gemocht.«

Als sie zur Tür gingen, der Vordertür diesmal, sagte er: »Warten Sie einen Moment« und verschwand in ein Zimmer. Mit einem Buch in der Hand tauchte er wieder auf. »Meine Gedichte. Danke, daß Sie sich die Mühe gemacht haben, sie zu lesen.«

»Ich danke Ihnen«, erwiderte Kate und meinte es auch so.

Im Auto öffnete sie den Band in der Hoffnung, er habe ihn wenigstens signiert. Er hatte mehr getan: *Für Kate*, hatte er geschrieben, *der an Nellie lag und die nicht zu viele Fragen stellt.*

Mit einem Aufruhr von Gefühlen, der sie selbst überraschte, klappte Kate den Band zu. Sie mußte warten, bis die Tränen zurücktraten, ehe sie losfahren konnte.

Erst spät war Kate wieder zu Hause, müde von der Fahrt nach Boston, dem Flug, der Fahrt vom New Yorker Flughafen in die Innenstadt und ihren widersprüchlichen Gefühlen: einerseits war sie froh, Rosie begegnet zu sein, der so tapfer in seinem Kummer war, andererseits kam sie sich albern vor, weil sie aus einem schrecklichen Unfall einen Mord hatte machen wollen, nur weil sie gewissen Männern Mord zutraute. Sie und Reed saßen bei ihren Drinks. Kate genoß es, still neben ihm zu sitzen. Sie würde ihm von dem Besuch bei Rosie erzählen, aber jetzt noch nicht. Ihre Eindrücke mußten sich erst setzen – im Gegensatz zu ihren Erfahrungen an der Schuyler: deren Trostlosigkeit lag ihr seit Tagen wie Blei im Magen.

»Ich bin mir sicher, daß du gute Arbeit leisten wirst mit deinem Projekt, und vielleicht wird ja auch mein Bemühen, Literatur und Recht zu kontrapunktieren, für irgend jemanden Sinn ergeben, aber ich kann einfach nicht anders, als mich immer mehr zu fragen, warum wir uns dafür eine so lausige Universität ausgesucht haben. Warum mußten wir in einem so deprimierenden Laden landen? An den meisten anderen juristischen Fakultäten geht es doch bestimmt anders zu. Bitte sag, daß es so ist.«

»Du wirst es nicht glauben, Kate«, meinte Reed, »aber die Schuyler brachte mich dazu, meine eigene Fakultät mit neuen Augen zu sehen. Und auch Harvard. Dort begründet man die Tatsache, daß sie keine schwarze Frau mit Lehrstuhl haben, damit, es gäbe einfach keine, die gut genug für Harvard sei. Was, frei übersetzt, nichts anderes bedeutet, als daß die in

Frage kommenden vielleicht andere Vorstellungen davon haben, wie Recht gelehrt werden müßte. Apropos Harvard, ich habe dir ein Buch mitgebracht, das du lesen solltest.«

»Aha! Des Intellektuellen Lösung für alles. Wessen Ergüsse sind es?«

»Kate Fansler rümpft die Nase über Bücher! Das kann nur Müdigkeit sein. Du weißt so gut wie ich, daß Bücher die Welt verändert haben. Verlangst du noch mehr?«

»Entschuldige, Reed. Ich habe ein dummes Gefühl wegen meiner Reise, und wenn ich mir dumm vorkomme, werde ich streitsüchtig, dummerweise natürlich. Welches Buch hast du mir mitgebracht?«

»Es befaßt sich mit Harvards juristischer Fakultät – nein, nicht das von Scott Turow. Der Titel ist ›Broken Contract‹, und der Autor heißt Kahlenberg. Wenn du es nicht lesen und dir weitere Desillusionierungen über juristische Fakultäten ersparen willst, erzähle ich dir, worum es im wesentlichen geht. Die meisten Jurastudenten in Harvard, wie auch an vergleichbaren Universitäten, beginnen ihr Studium mit dem Ziel, später in den Staatsdienst zu gehen. In den letzten Jahren ist allerdings die Tendenz zu beobachten, daß sich immer mehr Studenten nach einigen Semestern anders orientieren. Ein Grund ist das Geld. Im Wirtschaftsrecht werden im Vergleich zum Staatsdienst riesige Gehälter gezahlt, und viele Studenten haben große Darlehen zurückzuzahlen. Ein anderer Grund ist, daß Harvards Jura-Fakultät mit großen, auf Wirtschaftsrecht spezialisierten Kanzleien zusammenarbeitet – die übrigens zu ihren reichsten Alumni und großzügigsten Spendern gehören –, und gemeinsam wirken sie dahin, die Studenten in diese Richtung zu lenken. Der Hauptgrund ist jedoch, daß die Studenten früh entdecken, daß im öffentlichen Dienst keine Macht zu haben ist, keine Jobs in der Politik winken und schon gar nicht das gute Leben, keine luxuriösen Arbeitsbedingungen und kein Platz in den Reihen der Einflußreichen. Die juristische Fakultät Harvards, wie die anderer Eliteanstalten, predigt Wasser, sorgt aber dafür, daß ihre Studenten sie nicht mißverstehen: daß es ums Weintrinken geht.«

»Der Autor scheint dich überzeugt zu haben. Vielleicht irrt er aber, kocht nur sein eigenes Süppchen oder haßt Harvard einfach, ein keineswegs seltenes Gefühl.«

»Vielleicht. Aber er zitiert eine Rede des damaligen Harvardpräsidenten Derek Bok. Zehn Jahre zuvor, in den ersten Reagan-Jahren, hatte Bok eine Rede gehalten, in der er den Ansturm der Studenten aufs Wirtschaftsrecht beklagte. Er drückte sein Bedauern darüber aus, daß die besten Studenten ihre Talente an ›Aufgaben verschwenden, die wohl kaum zum Wachstum der Nation und der Förderung kultureller und geistiger Interessen beitragen‹. Der Autor nennt Bok ›ein Musterbeispiel an Inkonsequenz‹, denn als es später darum ging, einen neuen Dekan für die juristische Fakultät zu berufen, die sich in Liberale und Neokonservative aufteilt, stellte sich Bok hinter den ultrakonservativen Kandidaten, einen führenden Sprecher der Rechten. Kurz darauf stiegen die Spenden für die juristische Fakultät um vierundsechzig Prozent.«

»Die Schuyler Law School«, sagte Kate nach einer Weile in ziemlich verzagtem Ton, »ist nicht Harvard. An der Schuyler gibt und gab es nie eine ›Linke‹.«

»Es gibt dich und Blair und mich. Und Bobby, die mir hilft. Sei nicht so fatalistisch, Kate, bitte. Sonst läßt du dich doch auch nicht so leicht entmutigen.«

»Reed, in deinem Gefängnis gibt es eine geschlagene Frau. Betty Osborne heißt sie. Erinnerst du dich, nach dem wunderbaren Schuyler-Empfang erwähnte ich sie schon einmal. Sie erschoß ihren Mann, weil er sie schlug. Er war Professor an der Schuyler. Könntest du nicht das Geschlagene-Frauen-Syndrom geltend machen und dafür sorgen, daß es zu einer Wiederaufnahme ihres Verfahrens kommt?«

»Kate, die Gefangenen müssen uns um Hilfe bitten. Wir

können nicht hinmarschieren und sie uns aussuchen; so läuft das nicht. Wie kommst du plötzlich auf sie?«

»Durch Nellies Bruder. Er sprach davon, daß Nellie sich Gedanken um sie machte. Kannst du nicht versuchen, etwas für sie zu tun? Wenn sie deine Hilfe annimmt, dann war mein überstürzter New-Hampshire-Trip vielleicht nicht ganz umsonst.«

»Du hast doch schon einen Gedichtband.«

»Ja, das stimmt.«

»Kate, wenn du aufhörst, so finster zu schauen, verspreche ich dir, mit Betty Osborne zu reden. Ich kann sie nicht dazu zwingen, uns um Hilfe zu bitten, aber ich kann sie wissen lassen, daß wir für sie da sind. Es ist ein bißchen gegen die Regel, aber ich tue es. Unter einer Bedingung: daß du sofort eine heiterere Miene machst. Tu wenigstens so, als wärst du bester Laune, damit ich mich nicht sorge. Ich will nicht schon wieder denken müssen, du machst eine Phase durch, wie deine Mutter das nannte.«

»Gut – abgemacht, Reed, aber mir ist nicht nach heiterem Geplauder. Wollen wir nicht lieber im Bett heiter sein?«

»Ich dachte schon, du fragst nie.« Reed war froh, daß er sie zum Lächeln gebracht hatte.

7

> Bilden Sie sich bitte niemals ein, daß die
> Methoden, die Sie anwenden, Ihnen selbst
> keinen Schaden zufügen. Der Zweck mag
> die Mittel rechtfertigen – wäre dem nicht
> so, dann wären Sie gar nicht hier, möchte
> ich meinen. Aber das hat seinen Preis, und
> dieser Preis ist gewöhnlich man selber.
>
> John le Carré,
> ›Der heimliche Gefährte‹

Am nächsten Tag hatte Kate wieder ihr Schuyler-Seminar. Beruhigt machte sie sich auf den Weg, denn Reed hatte ihr versprochen, soviel wie möglich über Betty Osborne in Erfahrung zu bringen. Sie berichtete Harriet, was sie in New Hampshire erfahren hatte: Nellie war nicht ermordet worden. Harriet, die Kates Bericht auf der Damentoilette lauschte, wirkte wenig beeindruckt.

»Ich bezweifle ja nicht, daß der Bruder recht hat, jedenfalls rein technisch gesprochen. Trotzdem haben diese Schweine sie umgebracht. Wie kommt es eigentlich, daß Männer mit rückschrittlichen Ansichten so schlechte Manieren haben? Sie stürmen ins Sekretariat und kommandieren mich und die anderen Frauen herum. Manchmal stecken sie den Kopf durch die Tür, weil sie einen Kollegen suchen, und wenn er nicht da ist, sagen sie: ›Ach, keiner da.‹ Ich hab den Frauen eingeimpft, im Chor zu antworten: ›Doch, es ist wer da. Unter der Heizung sitzt ein Häschen.‹ Es hat überraschend gut gewirkt.«

»Solche Männer«, widersprach Kate, »haben durchaus Manieren, wenn es um Frauen aus ihren eigenen Kreisen geht. Nur bei Frauen, über die sie Macht haben, werden sie unflätig, was auch die Erklärung für die meisten sexuellen Belästigungen ist, falls Ihnen das noch nicht aufgefallen sein sollte.«

»Wem könnte das entgangen sein? Immerhin ist es mir gelungen, im Sekretariat eine Atmosphäre zu schaffen, in der es weder Hinterngekneife noch Wangengetätschel gibt. ›Gehen Sie nach Hause und betatschen Sie Ihre Frau‹, sagte ich zu den Kerlen. Und ob Sie es glauben oder nicht, Kate, es hat etwas genützt. Inzwischen schleichen sie zur Tür herein und sind fromm wie die Lämmer. Offenbar halten sie es für das beste, sich nicht mit mir anzulegen. Und loswerden wollen sie mich auch nicht, denn ich sorge dafür, daß die Arbeit getan wird. Ich hab sie in der Zange – Hände weg und benehmt euch, Jungs, sag ich immer.«

Aufgemuntert durch Harriets Herangehensweise an die Dinge ging Kate die Treppe zum Seminarraum hinunter, wo Blair schon wartete. Auch Blair hatte offenbar das Gefühl, daß etwas ins Rollen gekommen war. Vieles von dem, was Kate und er zu vermitteln versucht hatten, schien ganz plötzlich eingesickert zu sein. Was zur Folge hatte, daß den Studenten heute nicht danach war, sich mit der Frage auseinanderzusetzen, wie Vergewaltigung in Rechtsprechung und Literatur behandelt wird, sondern Kate und Blair statt dessen mit Fragen über die Law School selbst bombardierten.

Noch im ersten Drittel der Stunde – Kate und Blair hatten alle Mühe, die Fragen zu parieren und, da vorherige Beratung ja nicht möglich gewesen war, spontan zu entscheiden, wie sie mit dieser neuen Offenheit umgehen sollten – spazierte ein Student zur Tür, holte einen Schlüssel aus der Tasche, schloß die Tür ab und pflanzte sich vor der Klasse auf.

»Keiner geht, bevor ich es erlaube«, befahl er, »und keiner telefoniert.« Er funkelte die junge Frau an, die beim letzten Mal das Telefon dabeigehabt hatte. Blair und Kate wechselten Blicke. Beiden wurde gleichzeitig klar, wer hinter dem letzten Einsperrversuch stand – nur war der schiefgegangen. Der Anruf bei der Polizei war zu schnell erfolgt. Diesmal war der Student besser vorbereitet; er hatte beschlossen, die Tür vor aller Augen abzuschließen. Jetzt stand er Blair mit herausfordernder Haltung gegenüber – in Kampfstellung gehen, nennt man das wohl, dachte Kate.

»Ich habe die Nase voll von dem Scheißdreck, den Sie hier verzapfen«, brüllte der junge Mann, »und jetzt zeig ich Ihnen mal, wie sich ein richtiger Mann benimmt. Wenn's eins gibt, was ich noch mehr hasse als Schwule, dann Heteros, die sich von Frauen herumkommandieren lassen.« Damit stürzte er sich auf Blair, schlug ihm zuerst in den Magen und dann, als sich Blair vor Schmerz zusammenkrümmte, ins Gesicht. Kate und alle anderen im Raum standen wie gelähmt da. Als Blair wie in Zeitlupe zu Boden fiel und der Student sich auf ihn warf, wurde Kate klar, daß sie bisher nur im Kino und Fernsehen Männer hatte kämpfen sehen, nie welche, die sie persönlich kannte. Das Ganze wirkte wie eine Szene aus einem der heute gängigen gewalttätigen Filme, bei dem das Drehbuch allerdings aus irgendeinem rätselhaften Grund auf Pistolen und Messer verzichtet hatte. Typisch, dachte sie, daß ich als erstes auf solche Gedanken komme, statt etwas zu unternehmen.

Die Studenten dagegen neigten vielleicht weniger zu literarischen Assoziationen, waren dafür aber praktischer eingestellt. Eine der jungen Frauen schnappte sich einen Stuhl, hob ihn hoch und ließ ihn auf Blairs Angreifer niedersausen. Die trainiert bestimmt in einem Fitneß-Studio, sagte sich Kate, im Gegensatz zu mir! Trotzdem begriffen sie und die anderen die Nützlichkeit der Strategie, nahmen ihre Stühle und traktierten den kampflüsternen Studenten damit, der immer noch auf Blair lag. Die Attacke war chaotisch, aber effektiv; der Student rollte zur Seite, und Blair schnappte ihn sich.

So wie die (für Kate unfaßbaren) unverletzlichen Männer im Film begann Blair, auf den Studenten einzudreschen, der, obwohl beträchtlich größer und schwerer als er, erstaunlich schnell zu Boden ging. Im gleichen Moment, als Blair sich über ihn beugte und ihn wieder hochzerren wollte, fiel Kate der Vorname des Studenten ein. Jake hieß er. (Blair hatte vorgeschlagen, daß sich alle mit Vornamen anredeten, und erst gegen Ende des Semesters wußte Kate, welcher Nachname zu wem gehörte.)

Als Jake wieder auf den Beinen war, stieß Blair ihn gegen die Wand, hielt ihn mit einer Hand am Kragen fest und drohte ihm mit der geballten Faust, sich ja nicht zu rühren. Entweder war Jake erschöpft, oder er wollte Zeit gewinnen. »Was, zum Teufel, hast du dir dabei gedacht?« schrie Blair ihn an und rüttelte ihn, als glaube er allen Ernstes, er könne eine vernünftige Erklärung aus ihm herausschütteln.

»Ich hab jede einzelne dieser beschissenen Stunden mitgeschnitten«, keuchte Jake und machte sich los, hütete sich aber, weitere gewalttätige Absichten zu signalisieren. »Mir reicht es jetzt mit dieser ganzen Scheißpropaganda. Wieso werden Männer wegen Vergewaltigung verurteilt, nur weil die dämlichen Ziegen nicht wissen, was sie wollen, und einen schmoren lassen, bis einem die Eier blau anlaufen? Wozu zum Teufel sind die Weiber denn da? Leute wie Sie und die verrückte Lady da vergiften nicht nur die Atmosphäre an dieser Law School, sondern im ganzen Land, und ich werde Ihnen das Handwerk legen, das zum Teufel hab ich vor!«

»Gib mir den Schlüssel«, befahl Blair und streckte die Hand aus.

Nach kurzem Überlegen rückte Jake den Schlüssel raus, wobei ihm der Haß wie Schweiß aus allen Poren zu triefen schien. Blair schloß die Tür auf, ließ sie aber zugeklinkt, und steckte den Schlüssel in die Tasche.

»Wie viele hier im Raum wußten, daß dieser Kerl das Seminar mitgeschnitten hat?« fragte er. Er bedeutete Kate, neben ihm Platz zu nehmen und setzte sich. Jake lehnte immer noch an der Wand. »Stell dich dort drüben hin«, bellte Blair und zeigte auf die gegenüberliegende Wand. »Ich will dich im Auge behalten. Oder setz dich, falls das mit deiner Würde vereinbar ist. Aber laß die Hände auf dem Tisch.«

Jake setzte sich, griff in die Tasche, und als Blair sich drohend erhob, schob er den Kassettenrecorder über den Tisch zu ihm hin. »Sie können die Kassette behalten. Ich hab genug Kopien gemacht.« Er grinste höhnisch.

Blair nahm die Kassette heraus und steckte den Recorder in seine Tasche. »Am Ende der Stunde bekommst du ihn zurück. Erinnere mich daran, falls ich es vergesse. Ich hatte übrigens eine Frage gestellt: wie viele wußten, daß dieses Seminar mitgeschnitten wird?«

Eine Weile herrschte Schweigen. Kate fragte sich, was Blair als nächstes tun würde. Als ihr gerade klar wurde, wie völlig ratlos sie selbst war, meldete sich eine junge Frau.

»Ich wußte es«, gestand sie. »Ich habe ihn sogar ermutigt, weil ich ihn für einen richtigen Kerl hielt – nicht wie die anderen sogenannten Männer in diesem Seminar –, na, jedenfalls glaubte ich das«, fügte sie hinzu und sah sich entschuldigend um. »Jake ging mit einer Freundin von mir, und sie war auch begeistert von der Idee. Inzwischen bin ich mir nicht mehr so sicher. Jedenfalls guckte ich im Gesetz über unerlaubtes Mitschneiden nach. Es ist kompliziert, aber ich fand, die Motive müßten auch eine Rolle spielen. Also, ich weiß nicht, aber ich kann mir nicht vorstellen, daß es Jake gefallen hätte, wenn ich seine Äußerungen über dieses Seminar mitgeschnitten hätte, was, Jake?« Sie drehte sich zu ihm um. Jake zischte sie wütend an, dann verstummte er.

»Aber dann hat er was gemacht, das mich wirklich schockte«, fuhr die junge Frau fort, die Tilly hieß. »Irgendwie war er an ein Foto von Kate, Professor Fansler, gekommen, schnitt ihren Kopf aus und klebte ihn auf ein Porno-Ausklappfoto von der schlimmsten Sorte, aus dem ›Hustler‹ oder sonst einem Pornomagazin. Er ließ es herumgehen; zuerst haben wir alle gelacht, aber dann fragten sich ein paar von uns doch, wie es uns gefallen würde, wenn das jemand mit uns täte, und ob es wirklich fair war. Ich meine, Kate hat sich schließlich nie als Sexualobjekt dargestellt, oder? Es ist das gleiche, als wenn man Jakes Kopf auf das Foto von einem Typen mit einem klitzekleinen Schwanz kleben würde. Versteht ihr, was ich meine?«

Das Grinsen ringsherum war Antwort genug. Doch Kate und Blair lächelten nicht. Das Ganze wirkte auf sie so geschmacklos, viel gewalttätiger und verletzender, als sie es je in einem ihrer Seminare für möglich gehalten hätten.

»Hat Jake seine kleine Fotomontage auch unter der Dozentenschaft herumgezeigt?« fragte Kate. Die Frauen am Tisch wechselten Blicke. »Ihr Schweigen«, meinte sie dann, »darf ich wohl als Ja verstehen. Seltsam, warum bin ich mir so sicher, daß die Herren es zum Schreien komisch fanden?«

Blair sah auf seine Uhr und warf Kate einen Blick zu, die ebenfalls auf die Uhr sah und nickte. »Für heute machen wir Schluß«, verkündete er. »Und falls noch jemand auf die Idee kommen sollte, diese Tür zu verschließen oder sonst eine, hinter der ich mich befinde, verspreche ich ihm, daß sich seine zukünftige juristische Karriere außerordentlich schwierig gestalten wird. Bitte gehen Sie jetzt.«

Zögernd verließen die Studenten den Raum, als hätten auch sie das Gefühl, die Sache sei nicht befriedigend gelöst. Nachdem alle gegangen waren, sahen sich Kate und Blair an und stießen, fast synchron, einen Seufzer aus.

»Es tut mir leid, daß Ihnen das zugemutet wurde«, sagte Blair. »Aber Sie nehmen es mit bewundernswerter Gelassenheit hin. Hat Ihnen die Sache auch wirklich nicht zu schlimm zugesetzt?«

Sie schwieg einen Moment. »Nein, wirklich nicht. Und ich frage mich, warum. Ich meine, so was einer Frau anzutun, ist ziemlich brutal. Aber die ekelhaften Kerle von ›Hustler‹ und ›Playboy‹ operieren schon so lange mit diesem Trick! Einer befreundeten Professorin passierte es sogar, daß eine dieser reaktionären Zeitschriften so eine Montage, und zwar eine sehr gekonnte, von ihr brachte. Das Ganze ist kein Schock mehr. Es liegt auf der gleichen Ebene wie die Behauptung, alle

Feministinnen würden Männer hassen und nie Make-up benutzen. Ich kann mir nicht vorstellen, daß Jakes kleines Werk besonders gekonnt war, und es ist auch nicht das Foto, was mich schockiert, Blair, sondern der Haß und die Angst dahinter. Das Ausmaß, in dem sich manche Männer vom Feminismus bedroht fühlen. Aber das Ganze ängstigt und verletzt mich nicht mehr, es macht mich bloß wütend – und nachdenklich. Ich frage mich, worin die Bedrohung eigentlich liegt.«

»Das ist einfach zu erklären.« Er stand auf und stellte sich hinter sie, legte ihr die Hände auf die Arme und massierte ihr dann Nacken und Schultern. »Sie haben Angst, daß ihre angestammte und nie in Zweifel gezogene Position ganz oben auf der Leiter prekär werden könnte, die Leiter zu wackeln beginnt und sie in die Tiefe stürzen.«

»Und wie kommt es, daß Sie nicht so wirken, als fühlten Sie sich bedroht?«

»Vielleicht finde ich die Gipfelluft einfach nicht so verlockend wie andere. Und die Burschen, die dort oben rumturnen, mag ich normalerweise auch nicht besonders.«

»Sie reden schon wie Harriet.« Kate stand auf. »Danke für die Massage. Ich war wirklich verspannt.«

»Besser als so wie unser Dekan zu reden. Kommen Sie!« Zusammen gingen sie zu Blairs Büro, wo Kate ihn, als sie sich an seinem Schreibtisch gegenübersaßen, anlächelte.

»Ich wußte gar nicht, daß Sie so zuschlagen können. Geht es unter Männern immer so zu? Vermutlich habe ich so viel Zeit mit Literaten verbracht, daß das wahre Leben völlig an mir vorbeigegangen ist. Reed habe ich noch nie jemanden schlagen sehen.«

»In den Straßen meiner Kindheit war ich ein berüchtigter Raufbold«, gestand Blair, »und ich habe mich in Form gehalten. Mit Jakes Schlag in den Magen hatte ich zwar nicht gerechnet, aber in weiser Voraussicht, fast automatisch, die Bauchmuskeln angespannt. Ich war schon immer ein sogenannter ›Alpha-Wolf‹, also mußte ich lernen, auf alles vorbereitet zu sein.«

»Ein Alpha-Wolf? Meinen Sie die Sorte, die sich in Schlangen vordrängelt, allen Leuten ins Wort fällt und sich um Parkplätze prügelt?«

»Mehr oder weniger. Aber wie Ihnen vielleicht aufgefallen ist, bemühe ich mich inzwischen, die Leute ausreden zu lassen, jedenfalls meistens. Die Frage ist nur, was zum Teufel machen wir mit Jake?«

»Ich habe nicht die geringste Ahnung, jedenfalls im Moment nicht.« Kate erhob sich; sie wollte plötzlich schnell weg von dem ganzen Schuyler-Szenarium, besonders aber von der verstörenden Tatsache, daß sie Blair vorhin, während dieser abscheulichen Inszenierung von Männlichkeit, außerordentlich attraktiv gefunden hatte. Wie's scheint, fliege ich neuerdings auf Höhlenmenschen, dachte sie. Was zum Teufel ist los mit mir? Dieser verdammte Laden treibt mich zum Wahnsinn, das ist mit mir los! Er macht eine Frau aus mir, der es eigentlich *gefallen* sollte, auf einem Ausklappfoto zu erscheinen. Na, jedenfalls eine, die auf Männer abfährt, die auf Klappfotos abfahren. Ach Scheiße, wie Jake sagen würde.

»Ich finde, wir sollten dafür sorgen, daß die Sache den potentiellen Arbeitgebern dieses Idioten nicht unbekannt bleibt«, sagte Blair. »Wenn die dann der Meinung sind, er hätte sich wie ein ganzer Kerl benommen, dann sollen sie ihn bitteschön einstellen. Aber Andersgesinnte sollten gewarnt werden.«

»Ich weiß nicht. Eigentlich müßten wir ihm dankbar sein, denn er hat einige Studenten so gründlich zum Nachdenken gebracht, wie wir es ohne seine Hilfe wahrscheinlich nie geschafft hätten. Ich glaube, er ist der Typ, der sich selbst der schlimmste Feind ist.«

»Das sagen Sie! Sie hat er schließlich nicht in den Magen geboxt!« schnaubte Blair. »Nicht, daß ich es ihm nicht zutrauen würde. Das Problem ist nur ...«

Es klopfte an der Tür, und was immer Blairs Problem war, blieb unausgesprochen. Er ging zur Tür und ließ eine Frau ein, in der Kate Bobby erkannte, Reeds Assistentin.

»Hallo«, rief sie. »Entschuldigen Sie, daß ich einfach so hereinplatze.« Kate stellte sie Blair vor. »Freut mich, Sie kennenzulernen. Kate, wir beide müssen sofort nach Staten Island. Sie haben doch nichts dagegen, daß ich Sie Kate nenne? Ich will unser gemeinsames Abendessen und die Zusammenarbeit mit Ihrem Mann natürlich nicht ausnutzen.«

»Sie nutzen nichts aus. Aber was soll ich in Staten Island?«

»Betty Osborne will mit Ihnen sprechen, und Reed meint, es sollte heute nachmittag geschehen. Sie könnten natürlich auch auf dem üblichen Amtsweg um eine Besuchserlaubnis bitten, aber Reed ist der Ansicht, wir sollten das Eisen lieber schmieden, solange es heiß ist. Deshalb soll ich Sie hinfahren. Wenn Sie wollen, rufen Sie Reed zu Hause an, damit er es Ihnen erklärt. Aber beeilen Sie sich, er ist nicht mehr lange da.«

Kate starrte Bobby einen Moment besorgt an; dann ging sie zum Telefon am anderen Ende des Raums.

»Ich bin's«, sagte sie, als Reed abnahm, »Du sollst mir angeblich erklären können, warum ich sofort nach Staten Island muß.«

»Betty Osborne hat darum gebeten, dich zu sehen. Heute morgen, als wir mit einigen Studenten dort waren, mußten Bobby und ich alle möglichen Leute beschwatzen, damit wir zu ihr durften, und dem Verwaltungsdirektor haben wir das Einverständnis abgeluchst, daß du sie heute nachmittag aufsuchen kannst. Morgen verreist er, und ich weiß nicht, wann er zurückkommt. Wir müssen die Gelegenheit nutzen, Kate. Gut möglich, daß die Verwaltung es sich bis morgen anders überlegt und darauf besteht, daß du durch die regulären Kanäle eine Besuchserlaubnis beantragst. Ich hab dich für heute nachmittag angekündigt.«

»Kannst du nicht mitkommen?«

»Nein, Kate. Hat Bobby es dir nicht gesagt? Ich muß mit einem Studenten vor Gericht. Bobby begleitet dich. Sie kennt den Weg und die ganze Prozedur. Sie hat einen Besucherausweis für dich. Steck ihn dir am besten ans Revers.«

»Geb ich mich etwa als Anwältin aus?«

»Natürlich nicht. Der Ausweis bedeutet bloß, daß du mit einem amtlich registrierten Juristen assoziiert bist – mit mir – und mit Bobby, von der bekannt ist, daß sie mit mir zusammenarbeitet. Alles klar?«

»Alles klar«, wiederholte Kate. »Erklär mir nur noch eins: Warum hat Betty Osborne nach mir gefragt?«

»Sie hat von dir gehört. Frag Bobby. Ich muß jetzt los. Bis heute abend.«

Kate dreht sich zu Bobby um. »Also gut. Ein Pinkelpäuschen gestatten Sie mir vorher hoffentlich noch. Wie kommen wir hin?«

»Mit meinem Wagen. Wir nehmen die Verrazano Brücke.«

»Soll das heißen, mir wird nicht mal eine Fahrt auf der Fähre geboten?«

»So geht's schneller. Kommen Sie, Kate. Wir sagten, Sie wären spätestens um halb fünf da.«

»Nicht, ehe Sie mir erklärt haben, wie Betty Osborne ausgerechnet auf mich kommt.«

»Sie hat englische Literatur studiert, an Ihrer Universität, glaube ich. Und offenbar will sie mit jemandem sprechen, der's mit der Literatur hat. Womöglich hat sie bloß vor, mit Ihnen über den englischen Roman zu diskutieren. Beeilen Sie sich, Kate!«

Kate sah Blair an, der mit den Schultern zuckte. »Wir reden später weiter«, sagte er. Kate nahm ihre Tasche und ging zur Toilette am Ende des Flurs.

»Aber bleiben Sie keine Ewigkeit«, rief Bobby ihr nach.

Kate wollte ihr die Zunge rausstrecken, sagte sich aber dann, daß Bobby sie ja nicht gängeln wollte. Die ganze Hektik galt allein Betty Osborne.

8

> So ging es weiter, ein Argument barg
> schon das nächste in sich, bis die Fiktion
> die einzige Logik war und ein Netz, in
> dem jeder sich verstrickte, der versuchte,
> es wegzufegen.
> *John le Carré,*
> *›Die Libelle‹*

Sobald sie den schlimmsten Verkehr in Lower Manhattan hinter sich gelassen hatten, wandte sich Kate an Bobby, die ganz auf ihr Fahren konzentriert war. »Ich verstehe immer noch nicht, warum wir unbedingt heute hin müssen. Wozu diese Hetze? Wieso geht es morgen nicht?«

»Sie wissen nicht, wie der Hase läuft«, erwiderte Bobby.

»Natürlich nicht. Ich weiß auch nicht, wie der Hase an der Schuyler oder sonst einer juristischen Fakultät läuft, und nur der liebe Gott weiß, wieso ich jetzt in diesem Auto sitze.«

»Tut mir leid.« Bobby sah kurz zu Kate hin. »Also: Wir besuchen das Gefängnis regelmäßig am Mittwochnachmittag; bis zum Montag davor müssen wir der Verwaltung eine Liste der Mandanten geben, die wir aufsuchen wollen. Danach können wir nicht noch irgendwen Beliebigen mit auf die Liste setzen. Daß Sie heute nachmittag hindürfen, hat uns eine Menge Überredungskunst gekostet und ist letzten Endes nur gelungen, weil man Reed einen Gefallen tun wollte. Er hat wirklich alle Hebel in Bewegung gesetzt, damit Sie Betty Osborne so schnell wie möglich sehen können. Und wenn ich recht verstehe, tat er es auf Ihren ausdrücklichen Wunsch hin. Deshalb die ganze Hetze. Tut mir leid, wenn Sie sich überrumpelt fühlen.«

Eine Weile fuhren sie schweigend durch die verstopften Straßen in Richtung Brücke. Die wenigen Male, die sich Kate über Manhattan hinauswagte, durch Queens zum Flughafen fuhr, oder, wie heute, durch Brooklyn, wunderte sie sich unweigerlich über den dichten Verkehr und die offenbar nie ausbleibenden Unfälle, die für zusätzliches Chaos sorgten. Wie Kate und Reed fuhr Bobby keinen Automatikwagen, so daß sie bei diesem Stop-and-go ständig schalten mußte und bei jedem Tritt auf die Kupplung vor Ungeduld schnaubte.

»Warum sind Sie so still, Bobby?« fragte Kate. »Stumm zu stieren, bis es weitergeht, ist ebenso öde, wie einem Topf auf dem Herd zuzusehen, der nicht kochen will.«

Bobby, die gerade die Spur wechselte, sagte nichts. Auch auf der neuen, auf der es sofort wieder zum Stillstand kam, schwieg sie weiter.

»Was wissen Sie über Betty Osborne?« fragte Kate. Es schien ihr eine vernünftige Frage.

»Nicht mehr als Sie. Sie erschoß ihren Mann; die Pistole hatte ihr jemand besorgt. Ich bin sicher, Sie wird Ihnen alles genau erzählen. Wir können ihre Akte nicht einsehen, weil sie nicht unsere Mandantin ist. Aber vielleicht können Sie ja dafür sorgen, daß sie es wird. Sie müßten sie halt dazu bewegen, daß sie Reed bittet, sich um eine Wiederaufnahme ihres Verfahrens zu kümmern. Das kriegen Sie doch bestimmt hin!«

Wieder machte sich Schweigen breit, und ehe es zu beklemmend wurde, ließ Kate ihre Gedanken wandern. Ihr fiel ein, daß sie noch nie über die Verrazano-Brücke gefahren war. Warum auch? Sie kannte ja niemand auf Staten Island. In früher Kindheit war sie einmal mit der Fähre hingefahren, aber nur wegen der Überfahrt. Außer Manhattan, dachte sie, übrigens nicht zum erstenmal, kenne ich bemerkenswert wenig von New York City, tröstete sich dann aber damit, daß sie immerhin mehr von der Innenstadt kannte als die städtischen Angestellten, Polizisten, Feuerwehrleute, Kanalarbeiter und Busfahrer, die meistens irgendwo jenseits der Stadtgrenzen wohnten, manche sogar in New Jersey. Die Polizisten in Japan, hatte sie gelesen, lebten immer mitten in ihrem jeweiligen Revier. Was für interessante Fakten man doch aufschnappt und sich später plötzlich, inspiriert durch einen fremden Ort, an sie erinnert.

Aber dann hatte Kate das Schweigen satt. Sie drehte sich zu Bobby um und sah sie von der Seite an.

»Sie haben sich in Reed verliebt, nicht wahr?« Ihre Stimme blieb so gelassen und freundlich wie möglich. »Wissen Sie, daß ich die Ähnlichkeit zwischen den Worten ›sich verlieren‹ und ›sich verlieben‹ schon immer bemerkenswert fand? Ich meine, genau das passiert doch. Im einen Moment hat man noch festen Boden unter den Füßen, im nächsten verliert man ihn.«

Bobby drehte ihr den Kopf zu und starrte sie so unbewegt an, daß Kate sich am Griff oberhalb der Tür festhielt. »Vorsicht«, rief sie. »Egal, wie Ihnen im Moment zumute ist, ein Zusammenstoß mitten auf der Verrazano Brücke ist jedenfalls keine Lösung. Achten Sie lieber auf den Verkehr, und wenn Sie unbedingt an was denken müssen, denken Sie an die Häftlinge oder die schrecklichen Leute an der Schuyler.«

»Ich konnte nicht dagegen an«, murmelte Bobby. »Er hat keine Ahnung, das müssen Sie mir glauben. Ich mache meine Verrücktheit mit mir selber aus.«

»Daß er nichts gemerkt haben sollte, würde mich sehr wundern. Aber er wird es Ihnen und sich selbst ersparen, der Tatsache ins Gesicht zu sehen. So lösen Männer die Dinge, und ich muß zugeben, wenn auch widerstrebend, daß dieser Weg manchmal nicht der schlechteste ist.«

»Es macht Ihnen offenbar nichts aus. Nicht, daß Sie sich irgendwie aufregen müßten ...«

»Sagen wir lieber, ich bin in keiner Position, mich aufzuregen.«

»Wie meinen Sie das?«

»Das weiß ich selbst nicht. Reed ist sehr attraktiv und sehr liebenswert. Fällt es Ihnen schwer, jeden Tag mit ihm zusammenzuarbeiten?«

»Ich sehe ihn nicht jeden Tag, sondern nur zweimal in der

Woche; einmal, wenn wir ins Gefängnis gehen, und einmal, wenn er ins Büro kommt, um sich einen Überblick zu verschaffen. Die meiste Zeit bin ich allein da, bearbeite die Akten, beantworte das Telefon und sorge dafür, daß die Studenten wenigstens einmal am Tag vorbeikommen, um Nachrichten abzuholen und zu gucken, wie ihre Fälle laufen.«

»Bobby, bitte«, seufzte Kate. »Behalten Sie den Verkehr im Auge, nicht mich! Sie brauchen mich nicht anzugucken, hören Sie mir einfach zu. Helfen Sie Reed, daß es mit seinem Projekt vorwärtsgeht, und Sie kommen darüber hinweg, glauben Sie mir. Passen Sie auf, daß die Sache nicht zur Obsession wird und sich nicht in Ihre Zusammenarbeit mischt. Sie werden schon sehen, am Ende des Semesters haben Sie das Ganze fast vergessen.«

»Ich will es ja selbst nicht glauben« – Bobby hatte die Augen Gott sei Dank wieder nach vorn gerichtet –, »wie ich nach dem Mann einer Frau verrückt sein kann, die ich bewundere, und der sowieso viel zu alt für mich ist. Und wenn Sie mir jetzt mit irgendwelchem Freudschen Zeug über Väter kommen, werde ich nie wieder ein Wort mit Ihnen reden. Höchstens dienstlich.«

»Bobby, warum sagen Sie mir nicht, was Ihnen sonst noch Kummer macht? Es kann nicht nur Reed sein, auch wenn Sie für ihn schwärmen.«

»*Schwärmen!*«

»Entschuldigen Sie das herablassende Wort. Ich nehme es zurück. Sie fühlen sich zu ihm hingezogen, sind gern mit ihm zusammen, Sie wollen ihn oder glauben es zumindest. Und das bringt Sie aus dem Konzept. Aber Sie haben noch andere Sorgen als ihre Gefühle für Reed, die, stelle ich mir vor, schmerzlich und angenehm zugleich sind, so, als stieße man mit der Zunge an einen schmerzenden Zahn.«

»Ja, ich mach mir Sorgen, Kate. Weil ich mich für eine Art Monster halte. Na, nicht gerade ein Monster, aber eben nicht normal.«

»*Normal* ist weiß Gott nicht mein Lieblingswort.« Kate schüttelte sich. »Es bezeichnet eine statistische Größe, ist Ausdruck konventioneller Übereinkünfte, mehr nicht. Als meine Mutter jung war, galt es als unnormal, wenn Mädchen intellektuelle Interessen hatten. Später hieß normal, bis zur Hochzeit Jungfrau zu bleiben und dann in einen Vorort zu ziehen. Normal ist, was den Verkauf von Mode, Gesichtscremes und anderen Konsumgütern fördert. Und jetzt, wo wir das klargestellt haben – was bekümmert Sie wirklich, Bobby? Ich finde Sie großartig, natürlich abgesehen davon, daß Sie hinter meinem Mann her sind.«

»Ich habe es immer gehaßt, ein Mädchen zu sein. Nicht, weil ich lieber ein Junge gewesen wäre, sondern weil mir all die Dinge zuwider waren, die Mädchen angeblich gefallen: Kleider, Mode, Gäste bewirten, Gartenarbeit, Nähen – und bei dem ganzen Zeugs auch noch zu wissen, was gerade angesagt und der letzte Schrei ist. Ich kann es einfach nicht wichtig finden, ob irgendein Vorhang zu einer Tischdecke paßt, ob man krauses oder glattes Haar hat, und es gelingt mir auch nicht, mir den Kopf über Lidschatten zu zerbrechen. Ich weiß, ich rede ziemlich konfus. Aber meine Abneigung gegen diese Dinge wurde immer stärker; manchmal traf ich Mädchen, die wie ich dachten, oder, noch besser, die mich mochten, obwohl sie anders waren. Meistens mußte ich aber irgendwelche ›femininen‹ Interessen heucheln, die ich gar nicht hatte. Das ist einer der Gründe, warum ich mich auf Wirtschaftsrecht spezialisieren will. Da werde ich mich zwar auch auftakeln müssen, aber das ist wie eine Verkleidung – als ginge ich zur Armee und müßte Uniform tragen. Ich hoffe bloß, eines Tages werde ich eine so gute Anwältin sein, daß ich mich benehmen und kleiden kann, wie ich will.« Bobby seufzte.

»Aber Sie wissen doch bestimmt, daß unzählige junge Frauen, Frauen Ihres Alters, genauso empfinden. Mein Gott, sogar in den Kriminalromanen kommen sie heutzutage vor.«

»Die allerdings meist von älteren Damen geschrieben sind, die einen Ehemann und ein gepflegtes Heim haben.«

Kate lachte. »Da mögen Sie recht haben. Trotzdem, Sie sind keine Außenseiterin. Frauen wie Sie können heute sie selbst sein. Warum sich nicht einfach damit zufriedengeben? Reed findet Sie großartig. Ich finde Sie großartig, und Vernarrtheiten, ja sogar Obsessionen, heilt die Zeit.«

»Wenn ich mich auftakeln würde, hätte Reed, nur um ein Beispiel zu nennen, vielleicht größeres Interesse an mir.«

»Warum zum Teufel«, Kate versuchte, ihre Gereiztheit nicht durchklingen zu lassen, »sollten Sie sich wünschen, daß sich ein Mann für eine Fassade interessiert, die Sie gar nicht sind? Sie können nicht beides haben, was Sie meiner Meinung nach sehr wohl wissen. Sie wollen den Segen dazu, Sie selbst zu sein, und für einen Mann wollen Sie jemand ganz anderes sein. Das ist nicht nur unlogisch, sondern funktioniert auch nicht. Glauben Sie mir, Reed würde bei Ihnen, oder jeder anderen, die wahre Frau der Fassade bei weitem vorziehen. Das ist eine seiner liebenswertesten Eigenschaften, von denen er viele hat. Bobby, Sie haben mir noch nicht alles erzählt. Es muß noch mehr geben.«

»Als junges Mädchen dachte ich, wenn man so empfindet wie ich, hieße das, man ist lesbisch. Genauso werden doch Lesbierinnen immer beschrieben, oder nicht? Aber dann stellte sich raus, daß ich keine war, daß ich mich für Männer interessierte. Ich wollte mit einem Mann zusammensein, aber nicht die ganze Zeit, nicht als sein Besitz. Ach, Scheiße, ich rede nur Unsinn.«

»Allerdings«, bestätigte Kate ziemlich streng. »Zuallererst ist Ihre Sicht von Lesbierinnen lächerlich klischeehaft. Die meisten Lesbierinnen, die ich kenne, sind leidenschaftliche Köchinnen, lieben Blumen und kleiden sich wie Wesen aus ›Vogue‹. Wenn das Problem tiefer liegt, als Sie mir vermitteln können, dann brauchen Sie vielleicht professionelle Hilfe, eine Art Therapie. Aber ich glaube, Sie sind einfach nur durcheinander, wegen Reed und vielleicht noch anderer Gründe, die ich nicht kenne.«

»Sie haben recht.« Bobby stieß einen Seufzer aus. »Es tut mir leid.«

»Und jetzt« – Kate mühte sich um einen munteren Ton – »sagen Sie mir, was mich erwartet, wenn wir ankommen. Daß Betty Osborne mich erwartet, weiß ich, aber wie wird es ablaufen? Gehen wir zu ihr in die Zelle, oder wo treffen wir uns?«

»In einem ganz normalen Raum. Sie sitzen sich an einem Tisch gegenüber. Außer juristischen Papieren darf Häftlingen nichts übergeben werden, die ihrerseits Besuchern auch nichts mitgeben dürfen, nicht einmal einen Brief für den Postkasten. Das wäre ein Straftatbestand. Aber es besteht ja kein Grund, warum Sie und Betty Osborne sich etwas übergeben sollten.«

»Kann ich mir Notizen machen?«

»Ja. Eins noch, doch das wird Reed Ihnen genauer erklären: Unternehmen Sie nichts, ohne es der Mandantin zu sagen. Ich meine, als Anwalt muß Reed seine Mandantin über alles auf dem laufenden halten. Aber noch ist sie ja nicht seine Mandantin, das Ganze ist also ziemlich verworren.«

»Sie hat offenbar Literatur studiert und stand kurz vor der Promotion. Wahrscheinlich wird sie absolut überdreht sein, wie alle, die Literatur studieren. Hätte sie wirklich ihren Doktor gemacht, würde ich den Fall als hoffnungslos aufgeben, ehe ich ein Wort mit ihr gesprochen hätte. Oje, so sieht also ein Gefängnis aus?«

Als sie zum Tor kamen und Bobby anhielt, um mit dem Wachposten zu sprechen, legte sie Kate die Hand auf den Arm. »Danke.«

»Danken Sie mir nicht«, wehrte Kate ab. »Wenn Sie es wirklich auf Reed abgesehen haben, bringe ich Sie natürlich um. Ich bin eine sehr eifersüchtige Frau.«

»Ja, nicht wahr?«

»Allerdings. Aber ich versuche mit jeder Faser meines Wesens, es zu verleugnen. Gott, ist das ein deprimierender Ort!«

Kate fand ihn nicht weniger deprimierend, als sie Betty Osborne in einem kahlen Raum, in dem der Putz von den Wänden bröckelte, am Tisch gegenübersaß.

»Sie haben nicht zufällig eine Zigarette dabei?«

»Doch, habe ich.« Kate schob ihr ein Päckchen über den Tisch. Reed hatte ihr vor langer Zeit erzählt, Anwälte, auch wenn sie selbst nicht rauchten, hätten stets Zigaretten dabei, wenn sie Häftlinge besuchten. Gefängnisinsassen waren ganz wild auf Zigaretten, und immer waren sie ihnen gerade ausgegangen. Das war Kate wieder eingefallen, und ehe sie losfuhr, hatte sie bei Harriet ein Päckchen abgestaubt. Für wen sie wären, wollte Harriet wissen. Kate erzählte es ihr. »Viel, viel Glück!« hatte Harriet gesagt.

»Behalten Sie die Packung«, meinte Kate jetzt zu Betty Osborne.

»Nur für den Augenblick. Ich will aufhören und habe es beinahe geschafft. Aber unter extremem Streß, wie jetzt, muß ich rauchen.«

»Es war doch Ihr Wunsch, mich zu sehen. Wieso sollte es da stressig werden? Ich kenne Leute, die behaupten, daß man ohne den geringsten Streß mit mir reden kann.«

»Ich habe einmal einen Ihrer Kurse besucht. Eine Vorlesung, vor ungefähr zehn Jahren, als ich gerade meinen Magister machte. Was Sie über die Frauen bei Hardy sagten, hat mich sehr beeindruckt. Daran erinnere ich mich noch genau. Später schrieben Sie ein Buch über ihn. Ich habe es mir gekauft und gelesen. Hardy faszinierte mich – warum, sehen Sie ja.« Sie lachte bitter. »Jetzt bin ich selbst eine von Hardys Heldinnen. Tess, das bin ich. Wir töten die Männer, die uns Unrecht tun. Aber Tess wurde gehängt, nicht wahr? Manchmal wünsche ich mir, sie täten dasselbe mit mir.«

»Wenn Sie vor Selbstmitleid zerfließen, gibt es nicht viel,

was ich für Sie tun kann, meinen Sie nicht? So etwas haben sich Hardys Frauen nicht gestattet.«

Betty lachte wieder. Es war ein hohles Lachen. Und zum ersten Mal wurde Kate klar, wie es zu diesem Ausdruck kam. Hohl – weil keine Freude darin war.

»Tja«, sagte Betty, »so steht's wohl im Drehbuch. Ihre Rolle ist, mir das Rückgrat zu stärken, damit ich die Wiederaufnahme meines Verfahrens beantrage. Die Sache ist nur, daß ich Anwälten gegenüber ein bißchen mißtrauisch bin – Teufel, ich verachte sie, Anwälte und Ärzte, die ganze Bagage – aber ich dachte, mit Ihnen als Vermittlerin könnte ich – na ja, vielleicht kann man wenigstens mal drüber sprechen. Ich bin nicht sehr animierend, wie?«

»Hatten Sie nicht den Plan, weiterzustudieren und zu promovieren?«

»Natürlich hatte ich den. Viele Pläne hatte ich! Aber dann lernte ich einen Mann kennen – na, wenn das kein Klischee ist –, wir heirateten, ich wurde schwanger, und er begann zu trinken, genauer: fing wieder damit an, wie ich später erfuhr, und er schlug mich. Sogar während meiner Schwangerschaften und später vor den Kindern. Die alte Leier, nicht wahr? Alt und langweilig und hoffnungslos.«

»Wo sind die Kinder jetzt?«

»Bei seinen Eltern. Sie haben das Sorgerecht und sind eigentlich ganz nette Leute. Wahrscheinlich ist es die beste Lösung so. Da ich ihren Sohn getötet habe, sind sie natürlich nicht sonderlich gut auf mich zu sprechen, aber das können Sie sich bestimmt denken.«

»Haben Sie selbst keine Familie, die hätte einspringen können?«

»Nein. Niemanden. Das hier ist jetzt mein Zuhause. So schlimm ist es gar nicht, jedenfalls nicht so schlimm wie für die Frauen, die ihre Babies im Gefängnis bekommen.«

Kate merkte, daß ihr die Worte fehlten, was ihr eigentlich gar nicht ähnlich sah, in letzter Zeit aber überraschend häufig vorkam. Wahrscheinlich einfach deshalb, dachte sie, weil man heutzutage immer öfter in Situationen kommt, wo es einem die Sprache verschlägt.

»Meinen Sie nicht«, sagte sie schließlich, »Sie sollten versuchen, Ihr Urteil anzufechten? Wenn ich recht informiert bin, stehen Ihre Chancen gut, denn inzwischen ist das Geschlagene-Frauen-Syndrom allgemein anerkannt. Warum bitten Sie Reed Amhearst nicht, Sie als Anwalt zu vertreten, und probieren es?«

»Sie würden das also an meiner Stelle tun?«

»Mein Gott«, explodierte Kate, »ich habe nicht den blassesten Schimmer, was ich tun würde. Bitte glauben Sie jetzt nicht, ich wäre uneinfühlsam. Das bin ich nicht. Aber ich kann mir nur schwer vorstellen, daß ich bei einem Mann bleiben würde, der mich auch nur ein einziges Mal geschlagen hat. Was natürlich weiter gar nichts sagt. Denn ich verstehe sehr wohl, daß geschlagene Frauen Angst haben, die Opferrolle annehmen und nicht wissen, an wen und wohin sie sich wenden sollen. Was ich damit sagen will: Ich an Ihrer Stelle würde alles, aber auch alles, tun, damit mir mein Leben nicht gestohlen wird.«

»Meine Kinder werde ich nie mehr bekommen.«

»Selbst das ist nicht sicher. Wenn Sie freikommen, muß das Gericht die Sorgerechtsregelung, oder wenigstens das Besuchsrecht, neu überprüfen. Glauben Sie, daß Sie sich inzwischen von ihm befreit haben – im buchstäblichen Sinne haben Sie das natürlich, das meine ich nicht, sondern ob Sie innerlich frei sind von solchen Abhängigkeitsverhältnissen zu Männern? Wirklich, Betty, ich finde, wenn Sie sich für eine Figur aus einem Hardy-Roman halten, müssen Sie sich das selbst fragen – und es beantworten.«

»Und würde eine Figur aus einem Hardy-Roman ihr Urteil anfechten?«

»Davon bin ich überzeugt.«

»Die Sache ist aber viel komplizierter.«

»Sagen Sie mir, warum.«

Betty steckte sich eine neue Zigarette an, lehnte sich zurück und blies den Rauch an die Decke. »Haben Sie meine Akte gelesen?«

»Nein, habe ich nicht. Tut mir leid. Ich erfuhr erst vor ein paar Stunden, daß Sie mich sehen wollten, und ich kam sofort her, weil man mir sagte, sonst müßte ich womöglich lange auf die Besuchserlaubnis warten. Hier bin ich also, mitfühlend, aber uninformiert.«

»Mein Mann war Professor, und zwar an derselben Law School, die jetzt dieses Projekt durchführt. Wirklich komisch, finden Sie nicht?«

»Ja, sehr. Erzählen Sie mir von ihm.«

»Also, ich hatte einen Job dort, an dieser Universität, als seine Sekretärin. Seine Sekretärin mußte hübsch und klug sein und in der Lage, sein Leben für ihn zu ordnen. Neben seinem Professorenjob arbeitete er mit einer Kanzlei zusammen und brauchte jemanden, der den Überblick behielt. Im Grunde brauchte er natürlich eine Ehefrau, wie wir beide schnell merkten. Er hielt es jedoch nicht für nötig, zu erwähnen, daß er ein Alkoholproblem hatte. Er war bei den Anonymen Alkoholikern gewesen, aber unter dem Streß der neuen Beziehung wurde er rückfällig. So haben sie es jedenfalls ausgedrückt.«

»Wer hat es so ausgedrückt?«

»Seine wunderbaren Kollegen von der Schuyler. Haben Sie welche von denen kennengelernt?«

»Ja«, knurrte Kate, »ein nicht gerade erfreulicher Haufen.«

»Ein widerlicher Haufen, wenn Sie mich fragen. Scheißfreundlich ins Gesicht, und hintenrum hauen sie einen in die Pfanne. Zusammenhalten wie Pech und Schwefel, das war ihre erste Devise. Und die letzte natürlich auch. Vor Gericht sagten sie aus, ich hätte ihn zum Wahnsinn getrieben, ihn betrogen – was nicht stimmt, aber sie kamen mit Indizien an, die es so aussehen ließen –, jedenfalls bezeugten sie einmütig vor Gericht, ich hätte Fred nicht nur in einen Abgrund von Verzweiflung gestürzt, sondern würde auch noch Lügen über ihn verbreiten. Ich wollte es nicht zulassen, daß die Kinder in den Zeugenstand kamen, was bestimmt nobel von mir war, aber dämlich. Freds Professorenkollegen waren es, die mich reingeritten haben. Die, und was das Gericht dauernd ›Vorsatz‹ nannte, was heißt, daß er in dem Moment, als ich ihn erschoß, nicht dabei war, mich zu Tode zu prügeln. Natürlich nicht. Ich wartete, bis das Schwein schlief, da hab ich es getan.«

»Wo hatten Sie die Pistole her?«

»Von einem Freund, den ich von früher kannte. Er studierte Politikwissenschaft, und wir hatten uns an der Universität kennengelernt. Einmal rannte ich von zu Hause weg, und er war der einzige, der mir einfiel, zu dem ich hätte gehen können. Ich kannte seine frühere Wohnung, und ich hatte Glück, er wohnte immer noch da. Er besorgte mir die Pistole. Er sagte, ›wenn er das nächste Mal auf dich losgeht, erschieß ihn.‹ Ich habe ihn nie gefragt, woher er die Pistole hatte. Aber ich nehme an, es ist nicht besonders schwer, an eine zu kommen?«

»Nein«, bestätigte Kate, »ist es wirklich nicht. Und mit ihm sollen Sie Fred angeblich betrogen haben?«

»Sie ließen mich von Privatdetektiven beschatten, Freds nette Kollegen. Ich ging oft mit den Kindern zu meinem Freund, weil es mir schrecklich gewesen wäre, sie allein zu Hause zu lassen, oder noch schlimmer, mit ihrem Vater zusammen. Weil ich ab und zu diesen Freund besuchte, dichteten sie mir eine Affäre an. Aber er war ein Freund, mehr nicht. Eine Freundin wäre wohl unverfänglicher gewesen, doch all meine früheren Freundinnen hatten geheiratet und waren fortgezogen. Ich war nur ein Jahr in der Doktorandenklasse.«

»Wo sind Sie aufgewachsen, wo kommen Sie her?«

»In Massachussetts. Aber von dort bin ich schon sehr lange weg.«

»Ich wünschte wirklich« – Kate zündete sich eine Zigarette an und verfluchte sich deswegen –, »ich könnte Sie überreden, daß Sie einen Vorführungsbefehl nebst Anordnung der Haftprüfung erwirken. Erschrecken Sie nicht vor dem Ausdruck, ich selbst hab mich auch gerade erst daran gewöhnt. Sprechen Sie mit Reed und seinen Studenten, oder nur mit einem seiner Studenten oder nur mit Reed – wie die Prozedur läuft, weiß ich selbst nicht, aber tun Sie es. Ringen Sie sich dazu durch, ergreifen Sie die Chance.«

»Ich brauche das Sorgerecht für die Kinder nicht.« Betty schien das Gespräch noch einmal zurückzuspulen und sich an einer früheren Stelle wieder einzuschalten. »Sie gehen zur Schule, und bis ich hier rauskomme, sind beide wahrscheinlich längst auf dem College. Wenn ich überhaupt je rauskomme. Es sollte ihre Entscheidung sein, ob sie mich sehen wollen. Ich stelle sie mir immer viel kleiner vor. So wie sie waren. Ich würde mich nur um mein eigenes Leben kümmern müssen. Angenommen, ich wollte an die Universität zurück und meinen Doktor machen. Würden Sie mir helfen?«

»Selbstverständlich. Das ist Ihre erste Frage, die ich eindeutig beantworten kann, denn in diesem Fall weiß ich, wovon ich spreche. Und ich glaube, wenn Sie den Wunsch äußern, daß Reeds Projekt sich Ihres Falls annimmt, wird Ihnen geholfen. Wohlgemerkt, ich sagte, ›ich glaube‹. Aber die Chancen stehen gut. Denken Sie darüber nach.«

»Das tue ich. Ich werde es mir überlegen. Könnten Sie mir noch ein Exemplar Ihres Buches über Hardy schicken?«

»Natürlich. Aber wie wär's mit Hardy selbst? Soll ich Ihnen einige seiner Romane schicken?«

»Nein. Romane zu lesen, halte ich nicht aus, jedenfalls keine guten. Lieber lese ich etwas Literaturwissenschaftliches, aber so was ist hier natürlich nicht zu haben.«

»Ich sende Ihnen eine Auswahl. Aber wirklich schade – daß Sie keine Romane lesen, meine ich.«

»Die sind zu stark für mich, machen mir meine ganze Hoffnungslosigkeit erst so richtig klar. Und die Heile-Welt-Romane, die viele Frauen hier lesen, mag ich nicht. Aber Literaturwissenschaft ist für mich wie ein Schleier, durch den ich die Romane betrachten und mir gleichzeitig fernhalten kann. Ich möchte nichts darüber lesen, wie sich Leute gegenseitig umbringen, nicht einmal von ihrem Haß will ich wissen. Oder von ihrer Liebe. Merkwürdig, nicht?«

»Eigentlich nicht. Sehen Sie fern? Dürfen Sie das?«

»Ja. Zu bestimmten Zeiten. Aber daran liegt mir auch nicht. Ich will mir mein Hirn nicht aufweichen lassen.«

»Und Sie haben niemanden, der Ihnen Bücher schickt?«

»Mein Freund packt mir ab und zu ein Paket. Doch ich wußte nie, um welche ich ihn bitten soll. Durch Sie weiß ich es wieder.«

»Ich sorge dafür, daß Sie die Bücher bekommen«, versprach Kate. »Wir bleiben in Kontakt. Falls ich keine Besuchserlaubnis mehr bekomme, lasse ich Ihnen durch das Projekt Botschaften zukommen oder schicke Ihnen Briefe mit der regulären Post. Ich denke, das ist erlaubt. Und Sie schreiben mir, wenn Ihnen danach ist?«

»Vielleicht. Danke, daß Sie gekommen sind. Ich glaube, ich habe nach Ihnen gefragt, weil ich mir sicher war, Sie würden nicht kommen. Aber ich bin froh, daß Sie gekommen sind. Ja, das bin ich. Sie hören von mir, wie ich mich entschieden habe.«

Auf der Rückfahrt sprachen sie nicht viel. Bobby heftete die Augen auf die Straße und den inzwischen noch dichteren Verkehr. »Ich glaube, sie wird sich darum bemühen, daß ihr Fall wieder aufgerollt wird«, sagte Kate, als sie fast daheim waren. »Ich hoffe es jedenfalls sehr. Es wäre bestimmt gut, wenn Sie gleich ihren Namen auf die Liste setzen und sie aufsuchen, sobald Sie den Segen der Verwaltung haben.«

»Wir versuchen es.«

Wieder herrschte Stille im Wagen, in die sich nur die

Schalt- und Bremsgeräusche mischten. Kate lehnte sich gegen die Nackenstütze und ließ, wie es ihre Gewohnheit war, den Tag noch einmal vor sich ablaufen, wie eine Filmrolle, die sie anhalten konnte, wenn etwas sie stutzig machte.

»Wie kam sie überhaupt auf mich?« fragte sie plötzlich, genau in dem Moment, als Bobby zu einem besonders heiklen Spurwechselmanöver ansetzte. »Woher wußte sie, daß Sie mich kennen?«

»Sie hörte Reeds Namen«, erwiderte Bobby, als das Manöver schließlich gelungen war. »Wahrscheinlich von irgendeiner Mitgefangenen; vielleicht sah sie Reed auch zufällig im Gefängnis und fragte, wer er sei. Und als sie seinen Namen hörte, folgte Ihrer natürlich wie die Nacht dem Tag.«

»Wieso eigentlich?«

»Weil sie sich, wie ich annehme, als Studentin so für Sie interessierte, daß sie so viel wie möglich über Sie in Erfahrung brachte. Studenten interessieren sich oft dafür, wie ihre Professoren leben, wissen Sie. Und herauszufinden, daß Sie verheiratet sind und mit wem, erforderte kaum detektivisches Talent.«

»Reed ist offenbar heute der Schlüssel zu allen Gesprächen. Ich meine, zwischen Ihnen und mir. Ich wünsche Ihnen, daß alles gut für Sie wird. Das wünsche ich wirklich.«

»Aber manchmal«, brummte Kate gepreßt, als sie schließlich am Ziel angekommen waren, »wünschte ich, wir hätten nie von der Schuyler gehört.«

9

> Ich habe mein Leben in Institutionen investiert, dachte er ohne Bitterkeit, und alles, was mir geblieben ist, bin nur ich selbst.
> *John le Carré,*
> *›Agent in eigener Sache‹*

Vor Kates Seminartermin in der folgenden Woche konnte Reed ihr die erfreuliche Mitteilung machen, daß Betty Osborne die Wiederaufnahme ihres Verfahrens ernsthaft erwog. Blair und Kate näherten sich dem Seminarraum mit dem Gefühl, auf alles gefaßt sein zu müssen, außer, wie Blair erklärte, noch mal eingeschlossen zu werden.

»Auf mein Drängen hin wurde das Schloß entfernt. Gottlob, kann ich nur sagen. Was zuviel ist, ist zuviel. Nach Ihnen«, meinte er und hielt für Kate mit ihrer Aktentasche unter dem Arm die Tür auf.

Ein Glück, daß sie beide auf Überraschungen vorbereitet waren, denn wie sich herausstellte, waren die Studenten in eine neue Phase eingetreten: mit vollem Elan stürzten sie sich plötzlich auf die Ungleichbehandlung der Geschlechter durch das Gesetz.

Für die heutige Sitzung hatten die Studenten *Bradwell gegen Illinois* gelesen, jenen Fall, in dem eine Frau zum ersten Mal beim Obersten Gericht eines Bundesstaates ihr Recht einklagte, als vollwertiges Mitglied der Gesellschaft behandelt zu werden, wie Herma Hill Kay es ausdrückte. Kate bewunderte Herma Hill Kay, die ein Nachschlagewerk über Präzedenzfälle von Geschlechterdiskriminierungen veröffentlicht hatte und jetzt Dekanin an der juristischen Fakultät der Stanford University war. Myra Bradwell hatte ihre Zulassung als Anwältin beantragt, die ihr vom Obersten Bundesgericht von Illinois verweigert wurde, weil sie eine Frau war. Nach Beendigung ihres Jurastudiums, bei dem sie von ihrem Mann voll unterstützt worden war, hatte er sie als Teilhaberin in seine Rechtsanwaltskanzlei aufnehmen wollen. Richter Miller lehnte das ab und verkündete in seiner Urteilsbegründung: »Die höchste Bestimmung und Aufgabe der Frau ist es, ihren edlen und hehren Pflichten als Ehefrau und Mutter nachzukommen. So lautet das Gebot unseres Schöpfers.« Herma Hill Kays trockener Kommentar dazu gefiel Kate ganz besonders: »Obwohl er nicht verriet, wie und wann er mit seinem Schöpfer Dialog hielt, war ›Gottes Wille‹ das Hauptargument des Richters, mit dem er diese Geschlechterdiskriminierung rechtfertigte.«

In der heutigen Stunde sollte diskutiert werden, welche Rolle die Religion bei der Diskriminierung von Frauen in Gerichtsurteilen wie diesem, verschiedenen anderen vorher behandelten Fällen und bei ›Jane Eyre‹ spielt. Wie sich jedoch herausstellte, hatten sich Kate und Betty mehr über ›Tess von den d'Urbervilles‹ zu sagen gehabt, als den Studenten zu ›Jane Eyre‹ einfiel. Ihnen brannte etwas ganz anderes auf den Nägeln – die Frage, wie Frauen und Minderheiten an der Schuyler behandelt wurden.

»Also gut.« Blair schob seine Bücher und Papiere beiseite. »Wenn man in einem Seminar nicht ab und zu über das wirkliche Leben reden kann, dann ist es kein Seminar, sondern ein leeres Ritual.« Kate schrieb schnell etwas auf einen Zettel und schob ihn ihm über den Tisch zu. *Vielleicht schneidet wieder jemand mit.* Blair blickte kurz auf den Zettel, kritzelte selbst etwas darauf und schob ihn Kate wieder zu, während er in den Raum rief: »Aber bitte nicht alle auf einmal. Schön der Reihe nach, zumindest am Anfang.«

Er hatte geschrieben: *Ich habe einen Lehrstuhl und bin unkündbar, und Sie sind am Ende des Semesters sowieso von hier weg, also …*

Von geordnetem Vorgehen konnte jedoch keine Rede sein.

Die Studenten hatten eine Sprecherin gewählt, die ihre Gedanken methodisch geordnet hatte und sie jetzt vorbringen wollte; aber offenbar war das Thema so brisant, daß sich die Unruhe im Raum nicht legen wollte. Kaum jemand saß still, geschweige denn, daß er den Mund hielt.

Immerhin ließen sie die junge Frau zu Wort kommen. »Bisher wurde nie eine Studentin als Herausgeberin der ›Law Review‹ gewählt. Sie glauben es vielleicht nicht, Kate, aber ehe Sie kamen, war das keinem einzigen hier aufgefallen. Es hieß immer, der Student mit den besten Noten würde gewählt, aber letztes Jahr behauptete eine Studentin, sie hätte die besten Noten und deshalb Anspruch darauf. Und wir, wir taten sie einfach als dumme Aufschneiderin ab. Doch inzwischen haben wir unsere Zweifel.«

Kate und die Studenten sahen Blair fragend an. Von Reed wußte Kate, daß früher tatsächlich der Student mit den besten Noten die ›Law Review‹ herausgab, dieses (in Kates Augen) nicht unbedingt intelligente Kriterium inzwischen aber durch andere ergänzt worden war: gute Noten plus Elan, Originalität, Mut und interessanten Hintergrund. An der Schuyler, so schien es, hielt man nicht nur an den alten Gebräuchen fest, sondern betrog dabei auch noch.

Aber das war noch nicht alles. Die Studentinnen hatten begonnen, ihre Erfahrungen über die Zudringlichkeiten der Professoren auszutauschen. Ehe sie darüber sprachen, hatte jede geglaubt, sie sei die einzige. »Frauen, die miteinander sprechen, sind gefährlich«, erklärte Kate, als ihr Kommentar dazu gefordert war. »Deshalb haben uns die Männer so gern isoliert und uns dazu gebracht, uns eher mit ihnen zu identifizieren als mit unseren Geschlechtsgenossinnen. Wenn Frauen ihre Notizen vergleichen, bekommen die Männer es mit der Angst. Auden sagt das irgendwo. Das ist einer der Gründe, wenn auch vielleicht nicht der wichtigste, warum von Frauen verlangt wurde, jungfräulich in die Ehe zu gehen: die Männer hatten Angst davor, sie könnten Vergleiche anstellen.«

»Manchmal habe ich das Gefühl«, warf eine andere Studentin ein, »die Profs meinen, da sie nun schon mal Frauen an die Unis lassen mußten, könnten sie sich auch an sie ranmachen.« Blair grinste Kate an und zeigte auf den Zettel. Kate zuckte mit den Schultern und lächelte zurück. Und dann redeten alle durcheinander.

»Halt, halt«, rief Blair, stand auf und hob den Arm. »Jeder kommt zu Wort. Aber wie gesagt, der Reihe nach. Beginnen wir mit Ihnen.« Er zeigte auf eine junge Frau am anderen Tischende. »Und dann fahren wir mit Ihrem Nachbarn zur Linken fort. Jeder hat eine Minute Sprechzeit, also sammeln Sie Ihre Gedanken, denn eine Minute ist länger, als Sie vielleicht glauben. Also bitte, Abigail!«

Abigail war eine selbstbewußte junge Frau. Sie machte einen kompetenten Eindruck auf Kate und schien außerdem genau zu wissen, wie sie ihre Ziele am besten verfolgte. Nicht, daß Kate die Gewohnheit hatte, auf die Ferne Charakteranalysen zu machen, aber diesem Frauentyp war sie schon oft in ihrem Leben begegnet. Frauen, die sich an die Konventionen hielten, und die heutigen Konventionen ließen es zu, daß man Anwältin wurde und trotzdem in Weiß heiratete, in den ersten Ehejahren ein Kind bekam und ihm den Vornamen des Ehemannes gab. Jegliches Hinterfragen wurde als nutzlose, alberne Kraftverschwendung abgetan. Mit den verborgenen Bedeutungen der Dinge hielten sich Frauen wie Abigail nicht auf.

»Ich bin keine Feministin«, begann sie und bestätigte Kates Vermutung. »Aber da wir Studentinnen genausoviel Studiengebühren zahlen wie Studenten, find ich, wir sollten auch genauso behandelt werden, statt daß man uns ständig das Gefühl vermittelt, man tue uns einen Gefallen. In den Vorlesungen und Seminaren werden wir von den Profs nicht ernst genommen, und nie werden wir in irgendwelche Komitees gewählt oder für irgendwelche Posten vorgeschlagen. Einige unserer Kommilitonen würden uns vielleicht wählen – nicht viele, aber ein paar – doch die Professoren reden es ihnen aus. Das können wir beweisen.«

Damit schloß sie. Sie war vielleicht nicht der Typ, der Kopf und Kragen riskierte, aber sie kannte ihre Rechte und beharrte darauf – wie Kate sich gedacht hatte.

Neben ihr saß ein junger Mann, der sich sichtlich unwohl fühlte in dem Seminar. Vielleicht war er nicht so haßerfüllt wie Jake der Türabschließer, aber er hatte offenkundig die Nase voll. Wie Blair Kate später erklärte, hatte sich der Junge bisher zurückgehalten, weil Blair sein Studienbetreuer war und ihm auf vielerlei Art helfen konnte. Doch von Kate hatte er inzwischen eindeutig genug.

»Wieso bilden Sie sich eigentlich ein, Sie wüßten mehr über Literatur als wir?« brüllte er in Kates Richtung. Blair wies ihn zurecht: schon die Frage sei ungehörig, erst recht jedoch der Ton, aber Kate winkte ab.

»Und wieso glauben Sie«, richtete sie sich an den Studenten, »daß Sie oder Blair mehr über juristische Dinge wüßten als ich?«

»Weil wir Jura studiert haben. Romane lesen kann jeder. Und zufällig hab ich 'ne ganze Menge gelesen.«

»Haben Sie ›Jane Eyre‹ für heute gelesen?«

»Natürlich hab ich das«, behauptete er, obwohl allen klar war, daß er das Buch, wenn überhaupt, irgendwann vor Jahren gelesen hatte.

»Warum endet das Buch dann Ihrer Meinung nach mit den Worten *Herr Jesus*?« fragte Kate.

Er zuckte die Schultern. »Damals waren doch alle religiös. Ist wahrscheinlich bloß eine Floskel.«

»Kann sein. Aber wie erklären Sie sich dann Janes Antwort an Mr. Brocklehurst, als er sie warnt, sie werde nach ihrem Tod in die Hölle kommen, wenn sie böse sei?«

»Ich erklär es mir überhaupt nicht, ich höre mir bloß Ihr Gequatsche darüber an.«

»Genau. Wir beide lesen und studieren Texte. Sie juristische, ich literarische. Man muß nicht unbedingt Literatur studiert haben, um literarische Texte aufmerksam und verständig zu lesen, und wenn ich recht sehe, konnte man früher Anwalt werden, indem man in einer Kanzlei arbeitete und die Gesetze durch den praktischen Umgang damit lernte. Ein Universitätsstudium war nicht nötig. Ist es nicht einfach so: Keiner von uns kann alles tun, aber wir können voneinander lernen?«

»Sie reden nur Scheiß!« blaffte er, blieb zwar sitzen, sah aber aus, fand Kate, als würde er im nächsten Moment buchstäblich an die Decke gehen.

»Du darfst verschwinden, Ted«, sagte Blair. »Bitte geh! Halt dich nicht damit auf, mich zusammenzuschlagen, und versuch auch nicht, die Tür zu verschließen. Geh einfach – und zwar auf dem direktesten Weg!«

Es war unklar, ob Ted der Aufforderung folgen oder wutschnaubend sitzen bleiben würde. Zur Erleichterung aller sammelte er aber seine Bücher ein und stampfte hinaus.

»Der nächste?« fragte Blair so ruhig, als sei nichts gewesen.

Irgendwie schien der Ausbruch die Luft gereinigt zu haben; und nachdem Ted sozusagen stellvertretend Dampf abgelassen hatte, konnten die anderen ruhig reden. Ihre Beschwerden kreisten, mit Variationen, alle um dasselbe Thema. Nach Nellie Rosenbuschs Tod hätte eine andere Frau den Lehrstuhl bekommen müssen, um sie zu ersetzen. Frauenspezifische Probleme müßten diskutiert werden. Vergewaltigung und Eheprobleme dürften nicht mehr Gegenstand von Witzeleien der Männer in der Klasse sein. Die Professoren sollten nicht mit den Studentinnen flirten und sie erst recht nicht anmachen.

Hier wurde Einspruch erhoben. »Viele Jurastudentinnen haben ihren Professor geheiratet«, bemerkte eine junge Frau in der Nähe von Kate. »Von meinen Freundinnen weiß ich, daß es an jeder juristischen Fakultät Beispiele dafür gibt, das heißt Professoren, deren Frauen früher ihre Studentinnen waren. Ich finde, das darf man nicht so eng sehen.« Alle blickten Kate an, gespannt auf ihre Antwort.

»Beziehungen sind eine Sache«, erklärte Kate. »Sexuelle Belästigungen eine ganz andere. Ich kann mir nicht vorstellen, daß jemand von Ihnen den Unterschied nicht wüßte. In den Fachbereichen für Literatur, die ich kennengelernt habe, gab es sogar Doktorandinnen, die bereits verheiratete Professoren ehelichen wollten; manchmal, oft sogar, verließen diese Professoren ihre Frauen, um die Studentin zu heiraten. Aber sobald sie verheiratet waren, stellten viele innerhalb kurzer Zeit fest, daß es eine neue Doktorandin gab, die auf ihren Platz drängte. Möglich, daß es heute nicht mehr so ist. Manchmal bin ich nicht ganz auf dem laufenden, was die gegenwärtigen Sitten betrifft.«

»Jedenfalls finde ich«, kam es von der jungen Frau, »daß wir zu viele Gesetze machen; für alles und jedes wollen wir ein Gesetz haben!«

»Der Meinung bin ich manchmal auch«, bestätigte Kate. »Aber wenn wir über Gesetze debattieren, die verhindern sollen, daß bestimmten Leuten Schaden zugefügt wird, dann machen wir uns immerhin die Möglichkeit solcher Schädigungen bewußt. Also erfüllt die Debatte ihren Zweck, obwohl ich Ihnen letzten Endes zustimme.«

Zu Kates Freude lächelte die junge Frau sie zustimmend an. Gott, dachte Kate, wieviel uns doch daran liegt, daß sie uns anerkennen und, wenn auch ohne Worte, zugeben, daß sie etwas von uns gelernt haben!

Fast alle waren inzwischen zu Wort gekommen. Als einer der letzten kam ein junger Mann an die Reihe. Kate hielt, metaphorisch gesprochen, den Atem an; sie mochte ihn und hoffte, er sei nicht so verbohrt wie die beiden anderen aufgebrachten jungen Männer. Falls doch, konnte man bei ihm wenigstens sicher sein, daß er höflich blieb.

»Die Frage, die Sie Ted über ›Jane Eyre‹ gestellt haben, finde ich sehr interessant«, sagte er. »Warum geht es im letzten Absatz des Buches um Gott? Jane haßte religiöse Heuchelei, und als sie göttlichen Rat brauchte, war es der Mond, eine weibliche Gottheit, die zu ihr sprach. Warum endet der Roman dann mit Gott?«

»Haben Sie eine Erklärung?« fragte Kate.

»Ich glaube, es war ein bloßes Lippenbekenntnis. Ein Schwindel! Charlotte Brontë hatte wohl Angst, ihr Buch sei zu revolutionär, also brachte sie zum Schluß Gott ins Spiel. Wenn man bedenkt, daß es 1874 war, kann man ihr wohl kaum einen Vorwurf daraus machen, aber schade finde ich es trotzdem.«

»Gut möglich, daß Sie recht haben. Ich selbst habe auch noch keine Antwort gefunden, die mich länger als eine Woche zufriedenstellt. Aber der letzte Absatz beginnt mit einer Anspielung auf St. John. Jane hatte eine keusche Ehe mit ihm abgelehnt und die Religion zugunsten einer Beziehung aufgegeben, die ihr Sexualität erlaubte. Und da sie nun ihre Sexualität ausleben konnte – vielleicht war es ihr ja möglich, sich der Religion wieder neu zu nähern?«

Der junge Mann lachte. »Ich glaub immer noch, daß es ein Schwindel war.«

»Na gut«, gab sich Kate geschlagen. »Wie gesagt, Sie könnten durchaus recht haben.«

Als Kate in Blairs Büro ging, um ihren Mantel zu holen – Blair war noch unten und redete mit einem Studenten – wurde sie von Harriet abgefangen. »Wie ist's im Gefängnis gelaufen?« wollte sie wissen.

»Besser, als ich erwartet hätte. Betty war dankbar für die Zigaretten. Wie es aussieht, entschließt sie sich wahrscheinlich, ihren Fall mit Reeds Hilfe wieder aufzurollen. Warum fragen Sie?«

»Weil ich mich für alles interessiere – wie Walt Whitman. Aber eigentlich habe ich Ihnen aufgelauert, weil ich finde, daß wir uns treffen sollten.«

»Wir treffen uns doch gerade. Oder ist Ihnen nach einem gemütlichen Plausch? Wollen wir uns wie gewöhnlich auf die Toilette zurückziehen?«

»Nein, Sie Witzbold! Ein Treffen mit allen meine ich – Sie, ich, Reed, Blair und Reeds Projektassistentin. Nur um sicherzugehen, daß wir alle am gleichen Strang ziehen, alle auf dem laufenden sind.«

Kate sah sie überrascht, oder eher zweifelnd, an.

»Ach, im Grunde bin ich bloß auf Ihren Maltwhisky aus«, gestand Harriet, »und ich finde, so ein Treffen ist ein guter Vorwand. Tun Sie mir doch den Gefallen. Laden Sie uns heute alle zu einem Drink ein.«

»Also gut. Ich will sehen, was sich machen läßt. Zuerst frage ich Reed, wie es mit ihm und Bobby steht, dann Blair, und wenn es allen paßt, packe ich Sie in mein Auto, fahre Sie zu mir und schütte Sie mit Maltwhisky voll.«

»Sie sind eine bewundernswerte Frau. Das habe ich schon immer gesagt«, verkündete Harriet. »Ich warte darauf, daß Sie mich einpacken.«

Wie sich herausstellte, fand Reed die Idee eines gemeinsamen Drinks verlockend und versprach, Bobby mitzubringen. Auch Blair stand der Sinn nach Geselligkeit, und da Harriet schon in den Startlöchern saß, kamen alle ungefähr gleichzeitig an. Kate holte den Maltwhisky, auf den sich alle außer Bobby, die nicht trank, geeinigt hatten. Zu ihrer Freude und Überraschung entdeckte Kate auch noch eine Flasche Ginger Ale für Bobby, dann setzten sie sich zum gemeinsamen Plausch.

»Ich nehme an, Kate hat Ihnen von den Handgreiflichkeiten und verbalen Attacken in unserem Seminar erzählt«, sagte Blair zu Reed. »Die Behauptung, an der Schuyler gehe es langweilig zu, ist damit wohl endgültig widerlegt – dank Kate.«

»An mir kann es nicht liegen«, widersprach Kate. »Von

Fußmärschen abgesehen, habe ich mich in meinem ganzen Leben noch nicht körperlich verausgabt. Und in meinem Fachbereich gehen die Leute nicht mit Fäusten aufeinander los, jedenfalls nicht in meiner Gegenwart. Sie reagieren ihre Aggression ab, indem sie mit Freunden Squash spielen; und ihre Feinde ignorieren sie schlicht, oder geben nette, belanglose Nichtigkeiten von sich, falls sich ein Gespräch absolut nicht umgehen läßt.«

»Und zu welchem Lager gehören Sie?« fragte Harriet mit einer gewissen Spitze.

»Oh, ich bin für die netten Belanglosigkeiten«, erwiderte Kate unbeirrt. »Sie wären trotzdem überrascht, wie lange ich gebraucht habe, bis ich dahinterkam, daß Zusagen nichts bedeuten. Aber man hat mich immer mein eigenes Ding durchziehen lassen, wie man heute sagt. Ich meine, niemand drang in meine Seminare ein und schrieb mir vor, was oder wie ich zu lehren hätte.«

»Ich weiß, wovon du redest«, war Reeds überraschender Kommentar. »Deshalb verließ ich die Bezirksstaatsanwaltschaft. Ich hatte dort kurz nach meinem Studium angefangen, als Hogan noch Bezirksstaatsanwalt war. Er wußte, wie er sein Amt zu führen hatte. Die Anwälte, die mit ihm zusammenarbeiteten, wurden speziell ausgebildet und überwacht. Jeder Auftritt vor Gericht wurde beobachtet und hinterher kommentiert. Er führte ein scharfes Regiment. Als Hogan 1973 aus der Bezirksstaatsanwaltschaft ausschied – er starb 1974 – blieb ich noch eine Weile. Ich versuchte, so weiterzuarbeiten wie bisher, aber der Laden verschlampte zusehends – verkam immer mehr zum Sprungbrett für ehrgeizige, junge Politicos. Es dauerte eine Weile, bis alles ganz marode war, aber die jungen Anwälte verließen sich sehr schnell nur noch auf die Aussagen der Polizei, bereiteten ihre Fälle nicht mehr richtig vor und hielten sich oft nicht mal über Gesetzesänderungen auf dem laufenden. Es wurde immer deprimierender. Wir waren zwar inzwischen soweit, nicht mehr automatisch ausschließlich weiße Männer einzustellen, sondern auch Männer und Frauen aus Minderheiten – sowohl weiße wie schwarze –, aber es gab keine Disziplin mehr, kein wirkliches Engagement für die Arbeit. Nach einer Weile kapierte ich, daß alles nur schlechter statt besser wurde, und dann ging ich. Ich stieg in die akademische Welt ein, wo zugegebenermaßen viel weniger Anforderungen an einen gestellt werden, selbst wenn man seine Arbeit ernst nimmt. Oder vielleicht sollte ich sagen, daß die Anforderungen geringer waren, ehe ich mich auf das Abenteuer an der Schuyler einließ. Wirklich höchst sonderbar, aber die Professoren an der Schuyler erinnern mich an die neue Besetzung der Bezirksstaatsanwaltschaft: nichts ist wichtig – nur was man unterm Strich rausbekommt, welche Verträge man abschließt und wie man sich absichert.«

Kate starrte ihn an. »Ich habe gar nicht gewußt, daß du so empfindest.« Er wußte genau, was sie damit sagen wollte: Du hast mit mir nie über deine Gedanken und Empfindungen gesprochen, und jetzt erzählst du mir in Gegenwart anderer davon.

Reed beantwortete den unausgesprochenen Vorwurf. »Das Eigenartige ist, daß ich meine Erfahrungen bisher nie so betrachtet habe. Ich dachte einfach, ich wäre allmählich zu alt für den Bezirksanwaltsjob und würde immer verschrobener, was beides übrigens stimmte, und als Kate und ich eine Weile verheiratet waren, ging ich einfach. Erst jetzt ist mir klargeworden, was der wirkliche Grund war. Daher meine überraschenden Worte.« Er sah Kate an, als wolle er sagen: »Verzeih mir«. Sie nickte versöhnlich.

»Es ist wie bei einer langen Ehe«, schaltete Harriet sich ein, »wo die Frau plötzlich geht, zur Verwunderung aller, einschließlich ihrer eigenen. Jahrelang wollte sie nicht wahrhaben, wie ihre Ehe lief, sich nicht eingestehen, daß sie im Grunde längst über das ganze Arrangement hinausgewachsen und inzwischen eine völlig andere Person war. Aber eines Tages wird es ihr klar, und sie geht. Wenn sie dann auf die langen Ehejahre zurückblickt, sieht sie sie in völlig anderem Licht. So wie Sie ihre Zeit in der Bezirksstaatsanwaltschaft.«

»Wenn hier über die Ehe diskutiert werden soll, dann wurde ich unter Vorspiegelung falscher Tatsachen hergelockt«, maulte Blair, »und der Art nach zu urteilen, wie sich Bobby an ihrem Ginger Ale festhält, hat sie das gleiche Gefühl. Der Scotch ist hervorragend, aber die Themenwahl irritiert mich ein bißchen.«

»Ach was, Sie wollen doch bloß darüber reden, wie Sie Ihre Studenten zusammenschlagen. Schönes Benehmen, ich muß schon sagen!« Harriet blickte erwartungsvoll auf die Flasche, und Reed schenkte ihr lächelnd nach.

»Keine Frage, meine Lieben«, fuhr Harriet fort, »die Schuyler-Professoren sind nervös, weil sich neuerdings eine Welle von Unzufriedenheit unter den Studenten breitmacht, was sie allein Kate und Reed anlasten, im Grund aber Blair, der die beiden ja herholte. Und«, fügte sie an Blair gewandt hinzu, »bekäme ich jedesmal, wenn die Herren Ihre Berufung an die Schuyler bereuen, einen Nickel, könnte ich mit der U-Bahn quer durch New York fahren und auch noch zurück.«

»Aber was genau wirft man uns denn vor?« fragte Blair.

»Na, erstens lehren Sie, oder wie die Schuyler-Dozentenschaft es sieht: Sie indoktrinieren die Studenten mit der feministischen Sicht von Gerichtsurteilen und Literatur. Dann die Sache mit der verschlossenen Tür. Natürlich haben sie den Studenten, der die Tür abschloß und sich mit Blair anlegte, nicht zur Rechenschaft gezogen. Außerdem haben sie den schweren Verdacht, Reeds Bemühungen um die inhaftierten Frauen könnten ihren Seelenfrieden stören. Das alles ist natürlich meine eigene Interpretation, denn zu hören bekomme ich nur ein allgemeines Stöhnen und Brummen, in das sich nur gelegentlich artikuliertes Fluchen mischt, was die Botschaft jedoch hinreichend verdeutlicht.«

»Das sind nur die üblichen Abwehrmechanismen so einer Fakultät«, meinte Blair. »Was Reeds Projekt betrifft, hält man es für eine Zeitverschwendung, den Studenten schon während des Studiums etwas beizubringen, was sie hinterher von ganz alleine lernen.«

»Außerdem«, fuhr Harriet fort, »sind sie nervös wegen der armen geschlagenen Frau im Staten-Island-Gefängnis, die mit einem aus ihrem Clan verheiratet war. Wie ich vermute, beten sie zu Gott, daß sie nicht mit Reed oder sonst jemandem aus seinem Projekt reden wird.«

»Da fällt mir ein«, sagte Reed, »Betty Osborne hat darum gebeten, daß Kate sie noch einmal besucht. Tut mir leid, aber ich bin noch nicht dazu gekommen, es dir zu sagen, Kate. Die Ereignisse überschlagen sich im Augenblick.«

»Das scheint mir auch so.« Kate bemühte sich, nicht allzu bissig zu klingen.

»Gegen noch etwas haben sie plötzlich Einwände«, fiel Blair ein, »gegen die große Anzahl älterer Studenten, die an ihre Law School strömen.«

»Zumeist Frauen, die nach einem unglücklichen Hausfrauendasein ihr Studium wiederaufgenommen haben«, erklärte Harriet. »Ich kenne viele von ihnen und ermutige sie, wo ich kann.«

»Im Grunde«, meinte Blair, »ist es immer dasselbe: Sie hat sein Studium mitfinanziert, bei seinem Examen unschätzbare fachliche Hilfe geleistet und dann die Kinder großgezogen; irgendwann kommt er jedoch zu dem Schluß, sie passe nicht mehr recht in sein neues, glanzvolles und erfolgreiches Leben. Also heiratet er eine andere, die zwanzig oder dreißig Jahre jünger ist als er selbst. Ein oder zwei Jahre ist die verlassene Frau völlig am Boden zerstört, aber eines Tages entdeckt sie, daß es das beste war, was ihr passieren konnte. Besonders wenn es ihr gelungen ist, Unterhaltszahlungen bei der Scheidung herauszuschlagen und wenn die Kinder auf dem Weg zur Unabhängigkeit sind.«

»Sie scheinen sich ja gut auszukennen in diesen Dingen«, bemerkte Harriet.

»Stimmt. Meiner Mutter erging es so. Übrigens bin ich in ihre Fußstapfen getreten, sie studierte auch Jura. Bei der Scheidung meiner Eltern war ich mehr oder weniger erwachsen. Meine Mutter hielt damals sehr wenig davon, wie unsere Gesetze und Gerichte Frauen behandelten. Inzwischen gebe ich ihr recht.«

Kate sah ihn mit neuem Interesse an. Sie wußte, Reed und sie hatten in letzter Zeit viel weniger miteinander gesprochen, als es ihre Gewohnheit war, und sie hatte das Gefühl, Reed erging es wie ihr, daß er das so schnell wie möglich nachholen wollte. Sie wünschte sich plötzlich, die anderen würden gehen. Aber sie hatte dem Treffen zugestimmt, und jetzt mußte sie wohl oder übel dazu stehen.

Aber wie Kate gerührt feststellte, hatte Harriet ihre Gedanken gelesen, griff demonstrativ zu ihrer Tasche, leerte ihr Glas mit einem Schluck und stand entschlossen auf. »Na prima«, verkündete sie. »Bringen wir das Ganze noch einmal auf den Punkt: Blair und Kate werden ihr wundervolles Seminar fortsetzen, möglichst ohne weitere Handgreiflichkeiten, wenn nicht, dann eben mit. Und Sie beide« sagte sie zu Reed und Bobby, »Sie lassen sich bitte nicht allzuviel Zeit, Ihre Betty-Osborne-Strategie auszuarbeiten, ja? Ich freue mich, daß ich Sie kennengelernt habe, Bobby. Warum suchen wir drei uns nicht eine hübsche Bar und erzählen uns unser Leben und unsere Geheimnisse?« Sie warf den beiden einen Blick zu wie eine englische Lady, die ihren weiblichen Gästen am Ende eines formellen Dinners den Moment zum Rückzug in den Damensalon signalisiert; dann ging sie Bobby und Blair voraus zur Tür. Der Abschied war kurz.

Kate und Reed sanken nebeneinander auf die Couch, nachdem Reed ihre Gläser nachgefüllt hatte.

»Es tut mir leid«, Reed griff nach ihrer Hand. »Meine Geständnisse über die Bezirksstaatsanwaltschaft meine ich. Aber eins mußt du mir glauben: ich war genauso überrascht wie du, als das Ganze plötzlich so aus mir heraussprudelte.

Und wenn du mir das glauben kannst, mildert es hoffentlich den Stich ein bißchen ab.«

»Es *war* ein Stich. Aber allmählich kapiere ich, daß ich, genau wie die meisten Frauen, mir selbst die Schuld an Dingen gab, die genausoviel, wenn nicht mehr, mit dir zu tun haben. Wir Frauen können noch so modern sein, emanzipiert und die tiefgründigsten Analysen des Patriarchats und all seiner Mechanismen machen, nehmen aber immer noch alle Schuld auf uns. Egal, was schiefläuft, wir fühlen uns verpflichtet, zu beschwichtigen und zu besänftigen.«

»Ich kann es dir nicht verdenken, daß du wütend bist. Du hast ja recht. Das sehe ich sehr wohl.«

»Was siehst du?« fragte Kate in einem Ton, der Zweifel durchklingen ließ.

»Daß ich dieses Projekt an der verdammten Schuyler offenbar brauchte, um meinen ganzen inneren Schlamassel ans Tageslicht zu befördern. Verstehst du, was ich damit sagen will? Vielleicht sollten wir zusammen Ferien machen, wenn wir den ganzen Ärger hinter uns haben, und einfach nur reden.«

»Mir ist nicht nach Ferien. Ich mag Ferien grundsätzlich nicht. Und wenn zwei Menschen, die sich, theoretisch zumindest, zugetan sind, es in ihrem ganz normalen Alltag nicht schaffen, darüber zu reden, was ihnen auf der Seele liegt, dann können sie es wohl nie. Ferien sollen einem angeblich Zeit für Gespräche geben, aber wenn du mich fragst, bieten sie vor allem Vorwände, Gespräche zu vermeiden. Angeblich soll die veränderte Szenerie auch das Interesse am Partner neu stimulieren und man sich weniger langweilen mit ihm, aber auch daran glaube ich nicht.«

»Zum Teufel also mit den Ferien«, sagte Reed.

Diesmal war es Reed, der Kate am nächsten Tag zum Staten-Island-Gefängnis fuhr, damit sie (zum *endgültig* letzten Mal, meinte er) mit Betty Osborne sprach. Sie entschieden sich für die Fähre, die gewiß nicht schneller war, aber eine Fährenfahrt paßte besser zu ihrer Stimmung als die Verrazano Brücke; an der Reling zu stehen und aufs Wasser zu gucken erinnerte Kate an die alten Filme, die sie sich manchmal ausliehen und spätabends ansahen. In den Tagen, als die Leute noch per Schiff reisten, standen Liebespaare an der Reling und wurden romantisch. Diese Filme hatten nichts mit der Wirklichkeit zu tun, waren Lichtjahre davon entfernt, aber wenigstens konnte man sie sich angucken, ohne hinterher unweigerlich Alpträume zu bekommen. Außerdem fand Kate Schwarzweißfilme beruhigend, vor allem die Tatsache, daß in diesen alten Filmen, im Gegensatz zu den heutigen und zum wirklichen Leben, eine Szene eindeutig zu Ende war, ehe die nächste begann.

Sowie sie also auf der Fähre waren, stiegen sie aus dem Auto und gingen aufs oberste Deck hoch. Hinter ihnen lag Manhattan, rechts die Freiheitsstatue, aber Kate mußte zugeben, daß sie das Ganze eher an die Fahrt eines Einwandererschiffs nach Ellis Island erinnerte als an ein erotisches Intermezzo auf einem Luxusdampfer; trotzdem fühlte sie sich glücklich. Später, als sie die Fahrt Harriet gegenüber erwähnte, fiel dieser ein Kommentar Smileys ein: Im Spionagemilieu waren Fährenfahrten gang und gäbe; Spione geben bessere Auskünfte, wenn sie den Blick schweifen lassen können. Aber Kate und Reed redeten nicht übers Spionieren.

»Gib mir noch eine Chance«, bat Reed. »Um dir, und mir selbst, zu erklären, was mit mir los ist. Ich stecke nicht in der üblichen Midlife-crisis, da bin ich mir ganz sicher. Ich bin nicht der Mann, der zu sich selbst sagt: ›Und das soll's nun gewesen sein?‹ Es ist auch nicht die übliche Depression bestimmter Wissenschaftler meines Alters, denen plötzlich dämmert, daß sie, wenn sie den Nobelpreis bis jetzt noch nicht bekommen haben, ihn nie kriegen werden. Du mußt verstehen, Kate, mir war gar nicht bewußt, daß ich unglücklich bin; ich glaube, ich fing einfach an zu zerbröseln – meine

Konturen zu verlieren. Ich wußte zwar nicht, was mit mir geschah, aber elend fühlte ich mich trotzdem.«

»In Gefahr, deine Konturen zu verlieren, habe ich dich am allerwenigsten gesehen.«

»Nein. Die äußere Hülle blieb unverändert. Das ist nicht der Punkt; was genau es nun ist, weiß ich selbst nicht recht, aber ich glaube, ich habe eine Idee. Ich hatte mich mit dem Status quo eingerichtet, gehörte dazu, war Teil des Establishments und für niemanden gefährlich. Na, *gefährlich* ist wohl ein zu starkes Wort. Aber ich hatte mich angepaßt, war eingetreten in die Riege der Selbstzufriedenen und Mittelmäßigen – diesen Haufen, der durch Bequemlichkeit und oberflächliche Gleichgesinntheit zusammengekittet wird. Damals in der Bezirksstaatsanwaltschaft war es anders; wir hangelten uns von einem Fall zum andern, mußten dauernd auf dem Qui-vive sein und arbeiteten bis zur Erschöpfung. Wir, jedenfalls die Engagierten unter uns, konnten einfach nicht ewig so weitermachen. Und natürlich wurden wir obendrein schlecht bezahlt. Wir hatten es nicht geschafft.«

»Ich weiß«, nickte Kate. »Das alles kenne ich auch.«

»Aber bei dir war es nicht dasselbe, verstehst du das nicht?« Reed legte den Arm um sie. »Für dich war es immer eine Herausforderung, Frau zu sein. Du bist Feministin geworden und hast versucht, das System zu verändern und es durchlässig zu machen. Du gehörst nicht zu den Frauen, die zufrieden sind, nur weil sie es geschafft haben, Karriere zu machen.«

»Ich bezweifle, ob es irgendeine Frau gibt, die damit wirklich zufrieden ist. Ich glaube es nicht.«

Sie schwiegen eine Minute, und dann, völlig überraschend, küßte Reed sie. Nicht sanft, sondern so, als seien sie auf einem Ozeandampfer, verliebt, aber von Trennung bedroht. Ich wußte gar nicht mehr, wie Küsse sein können, dachte Kate, verwundert und amüsiert über ihre Reaktion. Ich hatte ganz vergessen, was Küsse einmal waren – ehe das Kino Erotik und handfesten Sex ein für allemal aneinanderkittete. Bei Gott, ich hatte es wirklich ganz vergessen.

Das Fährenhorn tutete; sie legten am Kai an.

»Was meinst du, sollen wir das verdammte Auto einfach ins Wasser plumpsen lassen?« fragte Reed. Aber sie gingen bereits lachend die Treppe hinunter.

Betty Osborne schien sich wirklich zu freuen, Kate zu sehen, aber sie saß so stumm da, daß Kate an den Spruch ihrer Mutter denken mußte »Hat's dir die Sprache verschlagen?«, der zwangsläufig kam, wenn das störrische Kind Kate sich weigerte, Rede und Antwort zu stehen. Aber Betty war nicht störrisch, ihr fehlten nur die Worte, und Kate wußte nicht, wie sie ihr helfen konnte. Sie hatte bereits die allgemeinen Fragen gestellt, mit denen man ein Gespräch üblicherweise in Gang bringt, aber wie es schien, hatte sie weiteres Reden dadurch eher abgeblockt.

Da ihre Zeit begrenzt war, kam Kate zu dem Schluß, daß sie Betty wohl lieber auf die Sprünge half. »Wenn Sie nicht wissen, wie Sie beginnen sollen«, sagte sie, »fangen Sie doch einfach damit an, was Ihnen noch zu der Law School einfällt, an der Ihr Mann lehrte. Kannten Sie seine Kollegen gut?«

»Einige ja. Aber ich mußte gerade an Tess denken. Halten Sie mich für verrückt, wenn ich in einem solchen Moment an eine hundert Jahre alte Romanfigur denke? Ich hätte mir das Buch ja schicken lassen können, wie Sie vorschlugen, aber ich wollte mich lieber nur daran erinnern.«

»Wenn ich Sie für verrückt hielte, weil Sie an Tess denken, dann müßte mir mein ganzes Leben verrückt vorkommen, und sinnlos obendrein, aber das tut es nicht. Was fiel Ihnen denn zu Tess ein?« Betty hatte schon bei ihrem letzten Besuch über Hardy geredet, erinnerte sich Kate.

»Ich mußte einfach an vieles denken, was die Literaturkritik zu dem Roman sagt. An der Universität haben wir viele Interpretationen dazu gelesen, und oft hatte ich das Gefühl, sie drückten genau meine Gedanken aus. Ich erinnere mich, daß Sie uns sagten, wir sollten den Roman auf jeden Fall noch einmal neu auf uns wirken lassen, auch wenn wir meinten, wir hätten die Gedanken darin schon vorher gekannt.«

Kate sah sie lächelnd an, um ihr Interesse zu zeigen. Betty hatte angefangen zu reden, und vielleicht kam sie jetzt in Schwung. Aber erst nach einer langen Pause fuhr sie fort, fast, als wäre Kate gar nicht da.

»Erinnern Sie sich, daß Hardy dem Roman den Untertitel ›Eine reine Frau‹ gab, was er dann später bereute? Natürlich erinnern Sie sich. Ich glaube, das Problem ist, daß Tess und ich – daß wir wirklich reine Frauen waren. Wir waren nicht auf die Welt vorbereitet, in die wir gestoßen wurden. Weil sie ehrlich war, verlor Tess alles, und am Schluß hat auch sie den Dreckskerl umgebracht. Sie wurde gehängt. Heute hängt man niemanden mehr; deshalb kam ich auf den Gedanken, das so zu interpretieren, daß man mir eine zweite Chance gibt.«

Sie sah Kate fragend an. Kate nickte zustimmend.

»Ein Kritiker«, fuhr Betty fort, »an dessen Interpretation ich mich besonders gut erinnere, verglich Tess' Reise mit Bunyans ›Pilgerreise‹. Wahrscheinlich war er nicht der einzige, der diesen Vergleich anstellte; aber jedenfalls war es dieser Aufsatz, der betonte, daß Tess' Pilgerreise kein Ziel hatte und damit keine Aussicht auf ein befriedigendes Ende. Das war Tess' Tragödie, und ich glaube, das war auch meine. Wie ich, paßte Tess in keine der üblichen Frauenkategorien; und deshalb hat Hardy wohl seinen Untertitel später nicht mehr gemocht. Sie war weder rein noch unrein, sie gehörte einfach in absolut keine der Schubladen, die für Frauen vorgesehen sind. Außer, daß sie zum Opfer wurde. Ja, Tess war ein Opfer – wie ich. Aber sie scheint nur ein Opfer zu sein – das haben Sie uns gesagt –, denn sie nimmt ihr Leben in die Hand. Sie weigert sich, einfach passiv zu sein.«

Sie sah zu Kate auf, die erneut nickte und ihr ermutigend zulächelte.

»Ich meine«, setzte Betty wieder an, »das ist doch atmosphärisch überall zu spüren. Niemand schert es, daß die aus reiner Mordlust getöteten Vögel sterben; dann die armen Tiere auf der Heuwiese, die beim Mähen gefangen und totgeschlagen werden. Die Ratten – waren es Ratten? – im Getreideschober. Und vor allem Tess – die wie ein Opfer in Stonehenge niedergelegt wird. Vielleicht haben Sie sich ja auch geirrt, und Tess wurde zum Opfer, weil sie nie überlegte, wie sie allem entrinnen könnte – kein einziges Mal überlegt sie das, nicht mal am Ende. Und mir kam der Gedanke« – Betty hielt inne und sah Kate an –, »also ich dachte mir, vielleicht gibt es für mich doch ein Entrinnen. Vielleicht brauche ich kein Opfer zu sein wie die Tiere auf der Heuwiese, wie die Vögel, wie Tess in Stonehenge.«

Gott segne dich, Thomas Hardy, dachte Kate voller Ehrfurcht. Ich habe etwas, das Reed nicht hat: manchmal, zwar ganz selten nur, bekomme ich die Bestätigung, daß Literatur etwas bewirkt. Daß Gesetze wirksam sind, weiß Reed sowieso, und deshalb sind ihm solche plötzlichen Offenbarungen nicht vergönnt.

»Reed ist überzeugt, daß die Chancen für eine Wiederaufnahme Ihres Verfahrens gut stehen«, erklärte sie Betty. »Er wird alles nur Mögliche dafür tun, und das sollten Sie auch. Wenn uns die hundert Jahre, die zwischen Ihnen und Tess liegen, immer noch nicht den richtigen Weg gezeigt hätten, wäre das wirklich ein Jammer, oder nicht?« Kate setzte sich über alle Gefängnisregeln hinweg und schob ihr Taschentuch über den Tisch zu Betty hin, die ihren Tränen jetzt freien Lauf ließ.

»Sie haben recht.« Betty wischte die Tränen weg. »Ich habe mich dazu entschlossen. Es hat keinen Sinn, einfach aufzugeben; ich muß es versuchen. Am Schluß sagt Angel zur Polizei, laß sie weiterschlafen. Ich werde aber nicht weiterschlafen. Das heißt, wenn Sie meinen, das sei der richtige Schritt.«

»Natürlich ist es das.« Kate mühte sich um einen sachlichen Ton. »Besprechen Sie alles mit Reed; er muß entscheiden, wie man am besten vorgeht. Ich jedenfalls bin voller Zuversicht, das bin ich wirklich.«

»Sie haben alle gelogen. Freds Freunde von der Universität. Behaupteten, er hätte mich nie geschlagen, daß ich eine Verrückte sei, die dauernd Szenen machte, trank und die Kinder vernachlässigte. Sie sagten alle unter Eid aus und logen, was das Zeug hielt. Glauben Sie, da könnte Reed einhaken?«

»Vielleicht können wir noch Zeugen finden, die damals von der Verteidigung nicht aufgerufen wurden«, meinte Kate. »Aber ich bin keine Anwältin, und Rechtsprechung hat nicht unbedingt mit Gerechtigkeit zu tun. Doch es klingt vielversprechend.«

»An seiner Fakultät gab es Leute, die wußten, wie Fred war. Die Sekretärinnen vor allem, die wußten Bescheid, aber sie hatten Angst, irgendwas zu sagen. Meinen Sie, jetzt würden sie sich vielleicht trauen? Glauben Sie, daß sie sich noch erinnern?«

»Ich kann nicht so tun, als wüßte ich es, Betty. Aber ich kann mir gut vorstellen, daß sie jetzt bereit dazu sind. Von Gerichten und Rechtsprechung verstehe ich nicht viel, aber wenn Reed zuversichtlich ist, daß Sie eine Chance haben, dann haben Sie eine Chance. Und er weiß, wie er vorzugehen hat. Ich bin sehr froh, daß Sie mich sehen wollten. Und ich hoffe, wenn wir uns das nächste Mal treffen, wird es woanders sein, an einem Ort, den Sie sich ausgesucht haben, einem schönen Ort.« Kate hatte auf ihre Uhr geblickt. Die Besuchszeit war gleich vorüber. Jetzt mußte Reed mit Betty sprechen.

»Vergessen Sie nicht, Reed alles zu sagen, was Sie mir erzählt haben, über Ihren Fall, meine ich – und alles, was Ihnen sonst noch dazu einfällt. Denn auf ihn kommt es an, wenn es darum geht, die Berufung durchzusetzen.«

»Das ist mir klar. Aber ich wollte über Tess reden. Und ich konnte mir nicht vorstellen, daß er viel über sie weiß. Bei Ihnen war ich mir da natürlich sicher. Es wirkt bestimmt albern, daß einem ein Roman so wichtig werden kann. Mir kommt es beinahe so vor, als würde ich Tess kennen, zusehen, wie sie ihr eigenes Leben zerstört.«

»Lieber unterhalte ich mich mit Ihnen über Tess, als hundert literaturwissenschaftliche Essays über Hardy zu lesen.«

»Aber ich glaube, die Essays haben mir geholfen, das Buch zu verstehen und mich zu erinnern, was wichtig daran war.« Betty war vielleicht bereit, den ganzen Juristenstand anzugreifen, aber die Literaturwissenschaft verteidigte sie entschlossen.

»Das freut mich«, Kate ließ es dabei bewenden. »Und schlafen Sie nicht ein wie Tess«, fügte sie zum Schluß noch hinzu. »Wachen Sie auf.«

»Das bin ich schon.« Betty lächelte, traurig zwar, aber doch ein Lächeln. »Ich bin aufgewacht.«

Kate wartete im Auto, während Reed mit Betty sprach. Als er schließlich aus dem Gebäude kam, schloß Kate ihr Buch und sah fragend zu ihm auf.

»Du hast sie wachgerüttelt. Ich glaube, die Chancen stehen gut, daß ihr Fall neu verhandelt wird.«

»Nicht ich habe sie wachgerüttelt«, sagte Kate, »sondern Thomas Hardy«

»Mir gegenüber hat sie nichts von Hardy erwähnt. Ist das nicht einer der bedeutenden Autoren, über die du geschrieben hast?«

»Weißt du, was Betty ist? Sie ist eine reine Frau – das ist sie.«

»Wenn du es sagst«, meinte Reed. »Nun, dann werde ich mein Bestes tun, es zu beweisen. Macht es dir was aus, zu fahren? Ich muß mir ein paar Notizen machen.«

Für den Rückweg nahmen sie die Brücke. Sie wollten schnell nach Hause.

10

> Er wußte es natürlich. Sie alle hatten schweigend jenes unausgesprochene Halbwissen geteilt, von dem sie gehofft hatten, es werde vorübergehen wie ein Leiden, wenn es nur niemals eingestanden, niemals diagnostiziert würde.
> *John le Carré,*
> ›Dame, König, As, Spion‹

Als das Semester fortschritt und das Ende allmählich in Sicht kam, machte der Dekan der Schuyler Law School drei wichtige Verlautbarungen. Er gab sie schriftlich ab, auf einem fotokopierten Memo, von dem er sich wohl erhoffte, es wirke so unspektakulär, daß weder die Professoren noch die Studenten es eines Blickes würdigen würden. Voller Schadenfreude verkündete Blair, dieses Memo habe »die Kacke endgültig zum Dampfen gebracht« – so seine elegante und originelle Ausdrucksweise. Aber dem Dekan und seinen Hauptstützen unter der Professorenschaft sei noch nicht klar, daß sie die Kontrolle über die Schuyler verloren hatten. Die Studenten waren nicht mehr bereit, alles hinzunehmen, und was als unscheinbares Memo begonnen hatte, drohte sich zu einem hochbedauerlichen öffentlichen Skandal auszuwachsen.

Der Inhalt des Memos war im wesentlichen: (1) nach Ablauf dieses Semesters würden die Professoren Reed Amhearst und Kate Fansler nicht an die Schuyler zurückkehren (was kaum jemanden überraschte, da beide klar zu verstehen gegeben hatten, ihr Lehrauftrag gelte nur für ein Semester und sie hätten keinerlei Absicht, ihn zu verlängern); (2) weder das neue Projekt, das sich mit den rechtlichen Problemen von Strafgefangenen befasse, noch der neue Kurs Recht und Literatur würden nach dem jetzigen Semester fortgesetzt; (3) – (der Punkt, der die bei weitem heftigsten Reaktionen auslöste) – einen Stiftungsfond, der der Schuyler Law School großzügigerweise angeboten worden sei, habe man abgelehnt. Es handele sich dabei um einen Fond, aus dem jährlich ein Preis für den besten ›Law Review‹-Artikel zum Thema Recht und Geschlecht verliehen werden sollte.

Blair, als ordentlicher Professor, erhielt das Memo und verteilte großzügig Kopien davon, die Harriet für ihn gemacht hatte. Die wiederum ergriff keinerlei Maßnahmen, daß die Studenten es nicht in die Hände bekamen. Das Resultat war ein Aufruhr, wie man ihn sich an der Schuyler nie hätte vorstellen können, geschweige denn je erlebt hatte. Die Studenten veranstalteten Treffen und machten Plakate, die so schnell wieder aufgehängt wurden, wie sie von den Wänden gerissen wurden, und je deutlicher ihr Widerstand unterdrückt werden sollte, desto kühner wurde ihre Rebellion.

Worüber der Dekan und seine Getreuen in der Professorenschaft allerdings kein Wort verlauten ließen, war die Möglichkeit einer Neuverhandlung von Betty Osbornes Fall; aber das Rumoren darüber, innerhalb des Hauses und in der Öffentlichkeit, verbesserte weder ihre Laune noch, wie immer deutlicher wurde, ihre Urteilskraft.

Der Stiftungsfond, den sie abgelehnt hatten, war der Schuyler von Charles Rosenbusch, Nellies Bruder, angeboten worden. Er war der Erbe von Nellies Vermögen, zu dem eine Lebensversicherung gehörte, die sie noch vor Ausbruch ihrer Krankheit abgeschlossen hatte. Er beschloß, ihr zu Ehren für die Law School, an der sie gekämpft und, in gewisser Hinsicht, gesiegt hatte, einen Preis zu stiften. Ehe er ihn der Fakultät anbot, beriet er sich telefonisch zuerst ausführlich mit Blair und dann mit Kate, die ihm beide halfen, den Wortlaut für die Statuten festzulegen. Der Preis sollte aus den Kapitalzinsen finanziert werden – eine nicht unbeträchtliche Summe für die Schuyler-Studenten. Als zusätzlichen Affront hatte

Charles Rosenbusch Blair die Verwaltung des Fonds anvertraut und nicht dem Dekan, was letzen Endes bedeutete, daß Blair bestimmte, wofür das Geld verwandt wurde, und der Dekan zustimmen mußte. Weder Blair noch Kate ließen die Studenten im unklaren über die Einzelheiten dieses Fonds, den der Dekan so selbstherrlich zurückgewiesen hatte.

Natürlich freuten sich Kate und Reed, Harriet und Blair über den Studentenaufruhr und den Presserummel, den er nach sich zog, verhielten sich aber still. Sie ließen die Studenten den Ball weitertragen. (»Wie kommt es bloß«, frage Kate, »daß man früher oder später immer auf Sportmetaphern zurückgreift, auch wenn man keinen Schimmer von der Sportart hat, in diesem Fall vom Football?« »Na, was den Ball tragen bedeutet, wissen Sie doch ganz bestimmt«, hatte Blair entgegnet. »Aber nicht, wie der, der den Ball trägt, an ihn gekommen ist«, hatte Kate, wie immer zum Debattieren aufgelegt, geantwortet. »Doch, auch das wissen Sie«, widersprach Blair. »Deshalb sind ja Sportmetaphern so beliebt, weil sie so plastisch sind. Wir kennen vielleicht nicht die Details der Sportart, aber was ein Punktverlust ist, das wissen wir.« Kate hielt es für besser, das Thema nicht weiter zu vertiefen.)

Der Dekan und die Fakultät beschlossen, eine Vollversammlung einzuberufen. Daß die ganze Law School zusammenkam, geschah selten – genaugenommen nur bei den Abschlußfeiern, anläßlich derer man sich gewöhnlich in eine gemietete Halle in der Nähe begab. Der Termin wurde festgesetzt, und Reed und Kate als, wenn auch nur vorübergehende, Angehörige der Dozentenschaft waren entschlossen hinzugehen – genau wie Harriet und einige Frauen aus dem Sekretariat, die davon überzeugt werden konnten, daß das Ganze auch sie anging. Zugegeben, es war ein Protest der Studenten, aber vielleicht kam das Universitätspersonal ja eines Tages in die Lage, auf die Unterstützung der Studenten angewiesen zu sein. (Der Dekan war übrigens inzwischen zu der Überzeugung gelangt, daß er trotz ihrer Tüchtigkeit lieber auf

Harriets Dienste verzichtete, wollte aber noch den rechten Moment abwarten, es ihr zu sagen – was allerdings gar nicht nötig war, denn Harriet war die Vertraute der Dekanatssekretärin; außerdem hatte sie ohnehin vor, zum Ende des Semesters zu kündigen.)

Als die Sitzung begann, war der Dekan erst einmal um Ruhe und Ordnung bemüht. »Wir wollen uns nicht gegenseitig überschreien«, mahnte er, »sondern jeden zu Wort kommen lassen, und vor allem wollen wir nicht vergessen, was diese Law School uns allen bedeutet.«

Darauf folgte eine Verteidigungsrede seiner Vorgehensweisen und Beschlüsse, der die ganze Versammlung schweigend lauschte. Dieses Schweigen hätte ihm eigentlich verdächtig vorkommen müssen, beunruhigte ihn aber offensichtlich nicht. Als er geendet hatte, erhob sich ein Mann, stellte sich als Vertreter der Studentenschaft vor und bat um das Wort. Was er zu sagen habe, dauere nicht länger als die Verlautbarungen des Dekans, und es gehe um dieselben Punkte. Damit hatte der Dekan nicht gerechnet, das war mehr als klar, aber angesichts seiner Eröffnungsfloskeln sah er keinen Weg, die drohende Katastrophe abzuwenden. Harriet wunderte sich Reed gegenüber, der rechts von ihr saß, über die Dummheit des Dekans, aber Reed erwiderte, daß Leute, die so lange die absolute Macht innehatten, es einfach nicht fassen wollen, wenn sie auf ernsthaften Widerstand stoßen.

»Ich möchte das Memo, das der Dekan unter den Fakultätsangehörigen verteilt hat, Punkt für Punkt durchgehen«, begann der Studentensprecher. Blair raunte der neben ihm sitzenden Kate zu, der Studentensprecher heiße O'Hara und habe vor, später in der Bezirksstaatsanwaltschaft zu arbeiten.

»Verraten Sie das bloß Reed nicht«, flüsterte Kate zurück.

»Dabei glaube ich eher«, zischte Blair, »daß er als Pflichtverteidiger enden wird. Ihm ist ein Licht aufgegangen.«

»Erstens: wir wußten bereits, daß die Professoren Amhearst und Fansler, für uns Reed und Kate, nur während dieses Semesters an der Schuyler sind. Wir bedauern das sehr und hoffen, sie kommen eines Tages wieder.« (Lauter Applaus und einige Hochrufe. »Glauben Sie, Jake ist auch hier?« fragte Kate. »Das bezweifle ich«, sagte Blair. »Er schreibt wahrscheinlich gerade einen Brief an Ihren Dekan, damit er Sie feuert.« »Das sähe ihm haargenau ähnlich«, grinste Kate. »Wie gut Sie raten können!«)

»Auch wenn uns Kate und Reed zweifellos fehlen werden, sind wir entschlossen, das Seminar und das Projekt, für die sie an die Schuyler kamen, fortzusetzen. Das ist unsere Antwort auf den zweiten Punkt des Memos. Professor Blair Whitson ist ja weiterhin hier und kann das Recht- und Literaturseminar mit jemand anderem halten, für dessen Honorar, da sind wir sicher, genügend Geld vorhanden ist. Reed hat uns versichert, sollte das seiner Initiative zu verdankende Projekt fortgesetzt werden, würde er uns bei der Suche nach einem neuen Leiter helfen. (»Stimmt das?« fragte Kate. »Mehr oder weniger«, bestätigte Reed, »aber das war lange vor dem ganzen Aufruhr. Ich hatte wirklich angenommen, sie würden das Projekt weiterführen.«)

»Wir kommen jetzt«, fuhr der Sprecher fort, »zu dem Stiftungsfond, der unserer Fakultät angeboten wurde – ein Stiftungsfond, aus dem jährlich ein Preis für den besten Essay über Rechtsprechung und Geschlechterdiskriminierung verliehen werden sollte und der sonderbarerweise von Dekan und Fakultät abgelehnt wurde. Warum wurde er abgelehnt? Weil man meint, Geschlechterdiskriminierung sei kein Thema für einen Artikel in der ›Law Review‹? Weil man grundsätzlich nicht über diese Frage diskutieren will und vielleicht hofft, auf diese Weise würde auch die Tatsache, daß es keine Frauen mit Lehrstuhl an der Fakultät gibt, nicht zum Thema gemacht? Der Dekan begründet seine Ablehnung nicht, und mir fehlt einfach die Phantasie, mir vorzustellen, welche Gründe ihn – außer seinen Vorurteilen und seiner

Scheu vor Veränderungen – bewogen haben könnten. Ich stelle den Antrag, daß diese Versammlung dem Dekan die Fortsetzung sowohl des Projekts wie auch des Kurses über Recht und Literatur empfiehlt und ferner die sofortige Annahme des vom Bruder der verstorbenen Nellie Rosenbusch angebotenen Stiftungsfonds. Alle, die dafür sind, antworten bitte mit Ja.«

Das Ja-Geschrei war so laut, daß buchstäblich die Decke bebte. (»Ich hätte nie geglaubt, daß Decken wirklich beben können«, bemerkte Kate zu Reed. »Ich auch nicht«, sagte Blair, der sie gehört hatte. »Und schon gar nicht, daß Schuyler-Studenten das bewirken.«)

»Ein solcher Antrag verstößt gegen die Regeln«, schrie der Dekan, als sich der Lärmpegel allmählich senkte.

»Nein, tut er nicht«, widersprach der Student. »Zufällig habe ich den gestrigen Abend mit der Lektüre von Robert's Versammlungsregeln verbracht.«

»Solche Regeln gelten nicht für eine Versammlung wie diese«, keifte der Dekan in die Halle.

»Dann ziehe ich meinen Antrag vorläufig zurück und frage diese Versammlung, ob sie damit einverstanden ist, daß über die Resolution abgestimmt wird. Alle, die dafür sind, rufen bitte ...« Wieder brachten die lauten Jas die Decke zum Beben. »Tut mir leid, jetzt brauchen wir eine zweite Abstimmung«, fuhr der Student fort. »Also: alle, die meinem Antrag zustimmen ...«

Inzwischen bebte der Dekan wie die Decke. »Ich beantrage, daß diese Versammlung aufgehoben wird« brüllte er. »Ich unterstütze den Antrag«, schrie Professor Slade. Die Mikrophone wurden abgeschaltet, alle Lichter ausgeknipst, nur noch die Ausgangsschilder über den Türen leuchteten. Der Dekan hastete zum Bühnenausgang und mit ihm die meisten Professoren.

»Wir bleiben besser, wo wir sind, wenn wir nicht totgetrampelt werden wollen«, riet Harriet. Aber wie sich schnell herausstellte, hatten sie nichts zu befürchten, höchstens, daß sie eingekesselt wurden. »Und was tun wir jetzt?« riefen die Studenten in Kates, Reeds und Blairs Richtung. Blair, der Kates und Reeds Blicke so interpretierte, daß er für sie sprechen sollte, erhob sich.

»Ich rate dazu«, sagte er, als der Lärm etwas nachgelassen hatte, »die Öffentlichkeit für uns arbeiten zu lassen. Höchstwahrscheinlich haben Sie innerhalb einer Woche all Ihre Punkte durchgesetzt. Wenn nicht, berufen wir eine neue Versammlung ein. Da es bis zum Ende des Semesters und den Examen nur noch zwei Wochen sind, schlage ich vor, falls nötig, in genau einer Woche ab heute in Aktion zu treten. Ich schlage vor, Sie bilden bis dahin ein aus drei Studenten bestehendes Komitee, und zu gegebener Zeit bin ich gern bereit, mich mit Ihnen zu treffen.«

Wieder schwoll der Geräuschpegel mächtig an, dann wurden Ratschlag und Angebot akzeptiert. Kate, Reed und Harriet gratulierten Blair. »Ich habe heute morgen mit Charles Rosenbusch gesprochen«, meinte der. »Er sagte, falls es bei der Ablehnung seines Stiftungsfonds bleibe, würde er die Sache an die Presse geben. Was angesichts seiner Abneigung gegen jegliche Art von Aufsehen beweist, daß es ihm wirklich ernst ist. Wie mir – falls Sie das nicht schon erraten haben.«

Als Kate und Reed sich schließlich ihren Weg aus der Halle gebahnt hatten, schlenderten sie glücklich die Straße entlang. Beide hatten das Gefühl, als sei eine Hürde überwunden, nicht nur für die Schuyler Law School, sondern auch für sie.

»Gestern habe ich etwas Komisches gehört«, schmunzelte Reed. »Vor einer Weile gab es in Oregon ein Erdbeben, kein schweres, aber spürbar. Ein Freund, der gerade zu einer Konferenz hier in New York ist, erzählte mir, er und seine Frau seien sehr eingespannt, wären kaum je gleichzeitig zu Hause und hätten noch seltener Zeit, zusammen zu entspannen. Am Tage des Erdbebens geschah nun das Wunder, daß sie es sich zusammen daheim gemütlich machen wollten. ›Und in dem Moment, als wir nebeneinander auf der Couch saßen‹, sagte er, ›begann die Erde unter uns zu beben.‹ Ist das nicht hübsch?«

»Du bist ja heute so aufgeräumt. Sonst noch irgendwelche guten Nachrichten, abgesehen von der bebenden Erde in Oregon?«

»Ja. Danke, daß du fragst. Die Staatsanwaltschaft hat einem Haftprüfungstermin für Betty Osborne zugestimmt. Ich weiß nicht, was du zu ihr gesagt hast, Kate – jedenfalls behauptet sie, es sei allein dir zu verdanken, daß sie ihren Fall wieder aufrollen will. Sie ist jetzt fest entschlossen; aber nicht nur das, sie ist auch mit ein paar hübschen Informationen rausgerückt, aus denen eindeutig hervorgeht, daß die Verteidigung nicht das gesamte zur Verfügung stehende Beweismaterial einbrachte und daß die Zeugen der Anklage unter Eid gelogen haben. Daraus kann man sehr viel machen.«

»Glaubst du, die Geschworenen werden sie diesmal freisprechen?«

»Bei den Geschworenen sind wir noch lange nicht, meine Liebe. Zunächst mal wird es einen Haftprüfungstermin mit Anhörung geben, bei dem das ganze unterdrückte Beweismaterial auf den Tisch gelegt wird. Dann prüfen wir, ob das Material der Anklage bekannt war und ob sie es vorsätzlich unterdrückte. Nach der Anhörung wird der Richter das Urteil wahrscheinlich für ungültig erklären. Danach könnte es zu einer Neuverhandlung kommen, was ich aber für unwahrscheinlich halte. Ich bin sicher, daß der Staat den Prozeß nicht noch einmal aufrollen will, denn dann kämen natürlich auch die Machenschaften der Anklage zur Sprache, und das wäre doch zu peinlich.«

»Welches Beweismaterial wurde denn unterdrückt?«

»Zeugenaussagen von Leuten, zumeist von der Fakultät, die wußten, daß sie geschlagen wurde. Dann übte man Druck auf Betty aus, sich keinen anderen Verteidiger zu nehmen, denn der, den sie hatte, fraß ihnen aus der Hand. Außerdem wurde es schamlos ausgenutzt, daß sie noch unter Schock stand, nachdem sie gerade ihren Mann erschossen und ihre Kinder verloren hatte. Ganz zu schweigen von der Tatsache, daß das Geschlagene-Frauen-Syndrom nicht geltend gemacht wurde.«

»Glaubst du, sie wird die Kinder zurückbekommen?«

»Wenn sie freigesprochen wird, hat sie gute Chancen. Aber daß sie den Vater der Kinder erschossen hat, wird wohl immer ein Problem bleiben. Das läßt sich nicht aus der Welt schaffen. Trotzdem, es gibt ein bestmögliches Ergebnis, und ich hoffe, wir erreichen es. Bobby war übrigens eine große Hilfe. Sie hat schwer gearbeitet, an allen Fronten. Ich hatte heute ein langes Gespräch mit ihr, und wir beide sind sehr zuversichtlich, daß Betty Osborne ihr Leben noch einmal neu beginnen kann.«

»Und die Schuyler Law School – werden sich da die Verhältnisse auch bessern?«

»Wenn sie überleben will, wird ihr nichts anderes übrigbleiben. Sonst wird sie irgendwann von einer anderen Institution übernommen, die keine Angst vor Reformen hat.«

»Wenn du mich fragst, Reed, habe ich nach der Versammlung eben das Gefühl, wir haben mehr erreicht, als wir hoffen konnten. Vielleicht waren wir Maulwürfe im besten Sinne le Carréscher Tradition. Die Schuyler hat sich bestimmt nie träumen lassen, was sie sich einhandelte, als sie uns beide anheuerte. Na, wenigstens haben wir ein bißchen Leben in diesen Laden gebracht, der schon im Sterben lag.«

»Und daß ich für Betty Osborne die Haftprüfung durchgesetzt habe, darüber werde ich immer froh sein«, ergänzte Reed. »Das ganze Projekt war ein Gewinn für die Schuyler, die Studenten und für einige Menschen, die im Gefängnis sind. Häftlinge brauchen gute Anwälte, die Studenten lernen eine Menge, und jetzt, wo wir Clarence Thomas am Obersten Bundesgericht haben, der es gutheißt, daß Häftlinge geschlagen werden, müssen wir ein paar Gegenmaßnahmen ergreifen, auch wenn es noch so wenige sind. Aber das Wichtigste ist, daß ich dich wiederhabe. Das habe ich doch, Kate?«

»Du hattest mich nie verloren – nicht wirklich. Wie ein Tiger hätte ich gegen Bobby um meinen Mann gekämpft. Glaubst du, sie ist über ihre Verliebtheit hinweg? Nicht, daß du je mit einem Wort erwähnt hättest, daß sie in dich verliebt war.«

»Wer von uns kommt schon ganz über etwas hinweg? Wir erreichen vielleicht den Punkt, an dem wir meinen, es mit einem gewissen Recht behaupten zu können, und mehr darf man wohl nicht verlangen.«

»Also wirklich. Wie vorsichtig du dich neuerdings ausdrückst. Ich dachte immer, vorbei ist vorbei.«

»Und wie steht's mit dir – ist es für dich vorbei? Was hältst du davon, wenn wir mit der Fähre fahren? Wir gehen wieder hoch aufs oberste Deck.«

»Wir können ja nur so tun, als täten wir's«, antwortete Kate, der diese Lieblingsantwort aus ihrer Kindheit einfiel. Was wieder einmal bewies, dachte sie, daß sogar die intellektuellsten Paare stinkalbern werden können, wenn sie den richtigen Grund dafür haben.

Am nächsten Tag war eine Nachricht von Charles Rosenbusch auf ihrem Anrufbeantworter. Er hatte seine Nummer hinterlassen, und Kate rief ihn zurück.

»Ich bin noch nie in meinem Leben so empört gewesen«, schnaubte er. »Nicht mal, als ein berühmter Kritiker schrieb, Robert Frost sei ein besserer Dichter als Wallace Stevens.«

»Mögen Sie Frost nicht?«

»Natürlich mag ich Frost, aber es ist völlig idiotisch zu behaupten, er schreibe bessere Gedichte als Wallace Stevens. Aber wieso um Himmelswillen rede ich darüber! Haben Sie auf alle Leute diese Wirkung?«

»Ich habe doch kein Wort gesagt«, erinnerte ihn Kate. »Sie

können mir nicht die Schuld geben, wenn Sie nach einem Vergleich für das Verhalten der Schuyler suchen müssen.«

»Da haben Sie natürlich recht. Entschuldigung. Aber mein Gott, ich werde ein Höllenspektakel um diesen Preis machen. Sie haben Nellie nicht umgebracht, das stimmt schon, haben sie nicht vor den Laster gestoßen. Aber sie haben ihr Möglichstes getan, sie zu zerstören. Ich hätte gern Ihren Rat, wie ich die größtmögliche Öffentlichkeit erreiche.«

»Nach der gestrigen Versammlung« – Kate berichtete ihm kurz davon – »brauchen Sie vielleicht gar nichts zu unternehmen. Ich vermute, die Schuyler wird all ihre Beschlüsse zurücknehmen müssen, außer dem, daß man Reed und mir für das kommende Semester keine neuen Verträge gibt. Aber wir hatten sowieso nicht die geringste Absicht, unseren Auftritt dort zu verlängern. Blair – Sie haben ja mit ihm gesprochen – hat mit den Studenten vereinbart, der Schuyler eine Woche Zeit zu lassen, in Würde klein beizugeben. Wenn nicht, drohen ihr schreckliche Dinge. Warum warten Sie nicht ab, was in dieser Woche geschieht?«

»Einverstanden«, stimmte Rosie zu. »Kate, ich möchte Ihnen danken. Nein, widersprechen Sie nicht, ich bestehe darauf. Durch Ihren Besuch, der Ihnen damals wahrscheinlich etwas irrwitzig vorkam, hat sich vieles für mich verändert. Ich bin plötzlich aufgewacht. Nicht durch Sie oder was Sie sagten, allein durch die Tatsache, daß Sie kamen, mir die Möglichkeit gaben, über Nellie zu sprechen und mir bewußt zu werden, daß ich in einen Sumpf von Selbstmitleid versunken war.«

»Mit all dem hatte ich überhaupt nichts zu tun«, versicherte ihm Kate, als er kurz Luft holte. »Nur weil ich mit mir selbst nicht im reinen war und irgend etwas tun mußte, bin ich wie eine Idiotin losgerast, um einen Mord nachzuweisen, obwohl alle Fakten dagegen sprachen. Wenn ich Ihnen damit zufällig geholfen habe, so haben Sie mir noch viel mehr geholfen. Obendrein«, fügte sie hinzu, entschlossen, die Dankesreden zum Abschluß zu bringen, »wurde ich noch mit einem Buch mitsamt Widmung des Autors beschenkt. Ich warte voller Spannung auf den nächsten Band, in den Sie mir, das hoffe ich doch, wieder was hineinschreiben werden.«

»Schon versprochen«, sagte Rosie.

11

> Nichts war zu hören als der selbstsichere Fluß von Smileys Stimme und gelegentlich lebhaftes Gelächter, wenn er unvermutet eine selbstironische Bemerkung machte oder einen Fehler eingestand. Man ist nur einmal alt, dachte ich, und teilte ihre Begeisterung, als ich mit ihnen lauschte.
>
> *John le Carré,*
> *›Der heimliche Gefährte‹*

Einige Tage später zitierte Kate Harriet in ihre Wohnung. Harriet, inzwischen ganz die wohlerzogene Besucherin, gestattete dem Pförtner, hochzutelefonieren und sie anzumelden.

»Ich habe mich schon gefragt, wann Sie endlich damit herausrücken.« Den angebotenen Drink lehnte sie entschieden ab: ihre Stunde für Alkoholisches sei noch längst nicht gekommen. »In solchen Dingen muß man sich an Regeln halten«, erklärte sie.

»Irgendwie hatte ich den Eindruck, Sie halten nichts von Regeln.« Kate bot ihr statt dessen Kaffee an.

Auch den lehnte Harriet ab. »Ja, viele Regeln unserer Gesellschaft ignoriere ich, denn was diese Gesellschaft anbelangt, so bin ich für sie gestorben und im Himmel. Aber ich habe mein eigenes Moral- und Regelsystem, und das ist mindestens genauso gut, wenn nicht besser.«

Hier hielt sie inne und sah Kate mit einem erwartungsvollen, gespannten Blick an.

»Gute Nachrichten von Betty Osborne.« Kate erzählte ihr, was Reed berichtet hatte.

»Das freut mich wirklich. Wissen Sie, ich habe eine Zeitlang mit geschlagenen Frauen gearbeitet. Es war fürchterlich entmutigend. Schließlich gab ich es auf.«

»Warum?«

»Sie gehen alle zurück. Sie wissen nicht, wo sie sonst hinsollen. Wahrscheinlich wurden sie schon als Kinder verprügelt oder sahen, wie ihre Mütter geschlagen wurden. Keins der Programme, in denen ich arbeitete, und ich wette, auch sonst keins, hatte genug Geld, sie länger als dreißig Tage dazubehalten. Danach kehrten die Frauen zurück, und es ging weiter wie gehabt. Sie geben die verschiedensten Gründe an – er würde sich bessern, die Kinder brauchten ihren Vater, es sei schließlich ihr Zuhause und eine Reihe noch albernerer Vorwände. Aber das eigentliche Problem war, daß sie nicht genügend Unterstützung bekamen, sich unabhängig zu machen, weder durch Ausbildungs- noch Beratungsprogramme. Unsere herrliche Gesellschaft meint, sie hat nicht das Geld dafür. Schon nach kurzer Zeit war ich wie ausgebrannt, dabei arbeitete ich ja nur als Freiwillige bei diesen Programmen mit.«

»Wollen Sie damit sagen, Betty Osborne habe keine Chance?«

»Keineswegs, meine Liebe. Mrs. Osborne erschoß das Schwein. Zu ihm kann sie nicht mehr zurück. In gewisser Weise nahm sie also ihr Leben selbst in die Hand. Aber als sie dann im Gefängnis war, glaubte ich, sie würde dort zugrunde gehen, sich selbst bestrafen, doch wie Sie sehen, haben Sie und Reed eine Menge bewirkt. Sie hat eine Chance – sie ist eine der wenigen.«

Eine Weile saß sie schweigend da.

»Erzählen Sie mir doch noch mal, warum Sie nach New York gekommen sind«, durchbrach Kate die Stille schließlich.

»Das habe ich Ihnen schon erzählt, liebe Kate. Haben Sie etwa Gedächtnislücken – Sie, so jung und quirlig, wie Sie sind?«

»Ich weiß. Der Trompetenbaum! Aber als Sie dann in New York waren, was hat Sie zu dem Entschluß gebracht, sich von der Schuyler anstellen zu lassen?«

»Sie bot mir ein gutes Gehalt.«

»Bei Ihrem Organisationstalent hätte jede Anwaltsfirma Sie mit Freuden genommen und Ihnen viel mehr gezahlt. Die Schuyler bietet wohl kaum das verlockendste Ambiente in der Stadt.«

»Zum einen hoffte ich, sie würden sich meine Referenzen nicht allzu genau angucken. Aber mein wirklicher Grund war ein anderer: Ich war der Meinung, geballte Mittelmäßigkeit könnte den Untergang unserer Welt bedeuten; den Untergang unserer Universitäten ganz bestimmt und mit noch größerer Sicherheit den unseres Rechtssystems. Deshalb beschloß ich, etwas dagegen zu tun. Ich will Ihnen gern erklären, wie ich die Sache sehe.« Harriet lächelte Kate an. »Sie – die Mittelmäßigen – halten mit aller Kraft an etwas fest, was sie Prinzipien nennen. Seien Sie immer auf der Hut vor Leuten mit Prinzipien! Ich meine damit nicht bestimmte Grundprinzipien, wie die Goldene Regel oder das von dem Hebräer, der verkündete, man solle seinen Nächsten lieben wie sich selbst. Ich meine Leute, die sich an Strukturen klammern, die seit Jahren, wenn nicht Jahrhunderten, nie hinterfragt wurden. Sie haben sich's so behaglich gemacht darin, daß sie um keinen Preis hinausbefördert werden wollen. Deshalb sind Frauen ja auch zu einer solchen Bedrohung geworden, verstehen Sie? Denn wenn Frauen die alten Bahnen verlassen, kommt die ganze Struktur ins Wackeln, was wiederum dazu führen könnte, daß die Männer von ihren gepolsterten Sitzen fallen. Und die liebe akademische Männerwelt, egal, ob in der Literatur- oder Rechtswissenschaft, Soziologie oder Psychoanalyse, ist entschlossen, an antiquierten Systemen festzuhalten und in jedem Umwandlungsversuch den Anfang vom Ende zu sehen. Für diese Mistkerle wäre es allerdings das Ende, keine Frage, und sie sind schlau genug, das zu wissen.«

»Und jetzt sind Sie hier in New York und bekämpfen die Dummheit und Niedertracht an der Schuyler.«

»Werden Sie nur nicht gereizt, Kate. Das steht Ihnen nicht. Ich habe Ihre Ruhe immer bewundert. Jedenfalls, wie ich Ihnen schon gestand, habe ich mir ein Beispiel an John le Carré genommen und beschlossen, George Smiley nachzueifern. Ich denke, ich brüte, ich organisiere. Sie wissen ja, wie er zum Schluß hinter Karla her ist. Smiley ist mein Vorbild. Ich bin nicht so dick, wahrscheinlich größer, eine Frau und habe keinen Geheimdienst im Rücken, aber mit meinen bescheidenen Mitteln tue ich, was ich kann. Wenn sich die Schuyler wirklich verändert hat, und diesen Anschein hatte es auf der Versammlung, dann war das der Schlußakt meines Lebens in der akademischen Welt. Smiley lebte unter den verschiedensten Namen, fuhr Leihwagen zu Schrott und stellte sonst noch alles mögliche an, wozu ich nicht in der Lage war. Ich habe lediglich mein Bestes versucht.«

»Würden Sie sagen, Sie haben gesiegt – wie Smiley?«

»Ich finde, wir alle haben gesiegt. Doch wie Smiley weiß ich, daß kein Sieg vollkommen ist. Aber immerhin, er hat Karla geschnappt, und wir haben ...«

»Was haben wir, Harriet? Bitte, sagen Sie es.«

»Wirklich Kate, Sie haben nicht nur Gedächtnislücken, Sie wiederholen sich auch. Wir wissen genau, was wir erreicht haben, wir waren doch alle auf der großartigen Versammlung! Vielleicht sollten wir uns doch einen Drink genehmigen. Der Tag ist schon hübsch weit vorgerückt, finden Sie nicht?«

»Lassen Sie ihn noch ein bißchen weiter vorrücken.«

»Na gut, Sie sind die Gastgeberin, Sie haben mich herzitiert.« Harriet nahm die Haltung eines Denkmals der Geduld an.

»Damals, als Sie über den Trompetenbaum sprachen«, sagte Kate schließlich, »und auch eben bei Ihren Ausführungen über die Mittelmäßigkeit, haben Sie mit keinem Wort erwähnt, ob Sie und Ihr Mann Kinder hatten.«

Harriet gab ihre Pose auf und streckte die Beine von sich.

»Aha«, meinte sie. »Ich hab mich schon gefragt, wann Sie endlich auf sie zu sprechen kommen.«

»Auf wen?«

»Demeter, natürlich.«

»Demeter.« Kate wiederholte das Wort und mußte sich eingestehen, daß es Harriet immer noch gelang, sie aus der Fassung zu bringen.

»Ich dachte, Sie kennen sich aus mit der griechischen Mythologie. Besonders mit dieser Sage. Ich dachte, Sie hätten sie die ganze Zeit im Hinterkopf gehabt. Ich bin wirklich enttäuscht von Ihnen, Kate.«

Sie saßen einen Moment schweigend da.

»Es ist ja nicht so, als hätten Sie Demeter je erwähnt«, murmelte Kate, der plötzlich ein Licht aufging.

»Wohl kaum.« Harriet klang vor den Kopf gestoßen. »Schließlich konnte ich die Früchte nicht am Wachsen hindern oder irgendeinen Handel mit den höheren Mächten abschließen. Heutzutage haben die Frauen nicht mehr solche Kräfte; ich dachte, das sei Ihnen klar.«

»Ja«, nickte Kate. »Ich verstehe jetzt, daß Sie davon ausgingen, mir würde Demeter einfallen. Schließlich ist die Demeter-Sage eine meiner liebsten aus der griechischen Mythologie.«

»Das will ich doch hoffen.« Harriet hatte offenbar das Gefühl, es sei genug geredet. Sie streckte die Beine noch weiter vor, lehnte sich zurück und schloß die Augen, als wolle sie Kate einladen, mit ihr zusammen über Demeter zu meditieren.

Kate starrte zur Decke. Sie erinnerte sich, daß sie als Kind, um die zehn war sie wohl gewesen, die Demeter-Sage in Edith Hamiltons Buch über Mythologie gelesen hatte. Demeter hatte nur eine Tochter, Persephone, die vom Gott der Unterwelt entführt worden war. Eine bedeutungsvolle Entführung, wurde Kate jetzt klar, denn Persephone hatte sich von ihren Gefährtinnen abgesondert, so wie es Frauen zu allen Zeiten getan haben – früher, weil sie von der Schönheit einer Narzisse verlockt wurden, heute von romantischen Geschichten oder anderen Berichten falscher Idyllen zwischen Mann und Frau. Der Gott der Unterwelt war durch einen Erdspalt aufgefahren und hatte die weinende Persephone mit hinab in die Verliese seines dunklen Reichs gerissen.

Aber Demeter hatte Macht. Sie war die Göttin der Fruchtbarkeit, herrschte über alles, was auf der Erde wuchs. Um ihre Tochter zurückzubekommen, ließ sie die Erde verdorren. Nichts wuchs mehr, nichts konnte geerntet werden. Zeus sandte Boten aus, die sie anflehten, von ihrem Zorn abzulassen. Aber Demeter wollte die Erde erst wieder Früchte tragen lassen, wenn sie mit ihrer Tochter vereint war. Zum Schluß, erinnerte sich Kate, schloß sie mit dem Gott der Unterwelt einen Handel ab, was der Grund dafür ist, daß vier oder fünf Monate im Jahr nichts wächst. Das ist die Zeit, in der Persephone in die Unterwelt zurückkehren muß. Aber den Rest des Jahres bleibt sie bei ihrer Mutter, und die Erde ist wieder fruchtbar.

»Heute haben Frauen nicht mehr so viel Macht, keine solchen Druckmittel«, sagte Harriet nach einer langen Weile in die Stille. »Und was mich betrifft – ich hatte nur Sie.«

»Ich verstehe. Trotzdem werde ich meine Frage wiederholen; hatten Sie Kinder?«

»Ja. Wir hatten ein Kind, zu dem ich kaum Kontakt habe. Weniger als kaum. Wir haben uns seit Jahren nicht gesehen.«

»Ich verstehe.« Kate kam es vor, als beginne sie jeden zweiten Satz mit dieser Floskel, die ihr aber im Augenblick gar nicht so unpassend schien. »Dann war Ihr Hauptziel also, eine Spionin à la Carré zu werden.«

»Das habe ich nie behauptet. Ich sagte, daß ich mich von Carré inspirieren ließ, mehr nicht. Um ein le Carréscher Spion zu sein, muß man einem Geheimdienst angehören, eine verkommene Moral haben und davon überzeugt sein, daß alles, was man tut, alle Lügen, die man verbreitet, gerechtfertigt sind. Ich bin keine le Carrésche Spionin, sosehr ich George Smiley bewundere.«

»Aber das Gefühl, daß alle Ihre Lügen gerechtfertigt sind, haben Sie offenbar doch.«

»Das verbitte ich mir, Kate. Das verbitte ich mir wirklich, denn ich habe nicht gelogen.«

»Zuzulassen, daß Leute falsche Schlüsse ziehen und sie nicht eines Besseren belehren, ist lügen.«

»Nein, das ist spionieren.«

»Aber Sie wollen doch nicht bestreiten, daß es ein Unterschied ist, ob man seine Freunde benutzt oder ob man ihnen traut. Zugegeben, mir hätte vielleicht Demeter einfallen sollen. Aber meinen Sie nicht, daß Reed sich ganz genauso verhalten hätte, wäre er im Bilde gewesen?«

»Tja, ich fürchte, ich hab halt wirklich eine Schwäche fürs Spionieren. Auf die eine oder andere Art haben wir die wohl alle. Spionieren ist nicht lügen, und das ist der Punkt, den die Geheimdienstspione oft verwechseln, denn im Grunde scheren sie sich nicht mehr um die eigene Seite als um die feindliche, und das war bei mir nie der Fall.«

»Ich weiß nicht. Mag ja sein, daß Sie uns als Verbündete betrachten, aber Sie haben uns wichtige Informationen verschwiegen, wie Ihrer Tochter.«

»Davon kann nun beim besten Willen keine Rede sein«, protestierte Harriet heftig. »Was kann ich dafür, daß bei Ihnen der Groschen nicht fiel, daß Sie Ihre griechischen Sagen vergessen haben. Ich habe bloß ein paar Hebel in Bewegung gesetzt und gehofft, es würde meiner Tochter helfen – ob es gelingt, konnte ich nicht wissen. Ich habe meiner Tochter nie etwas verschwiegen. Hätte ich's getan, wären wir vielleicht besser miteinander ausgekommen.«

»Was heißt das?«

»Es heißt, daß ich den Mann, den sie heiratete, von Anfang an nicht mochte, und als er anfing, sie zu schlagen, mochte ich ihn noch weniger. Sie verheimlichte es lange Zeit, aber auf

Dauer konnte sie es natürlich nicht verbergen, schon gar nicht während meiner seltenen Besuche. Als ich ihr eines Tages klarmachte, was es für die Kinder bedeutete, blockte sie ab und ging auf Distanz zu mir. Ich wollte, daß sie ihn verließ, verstehen Sie, aber sie konnte sich einfach nicht dazu durchringen. Und nachdem sie ihn dann erschossen hatte, wollte sie mich überhaupt nicht mehr sehen. Sie ließ sich völlig hängen, gab einfach auf. Offenbar glaubte sie wirklich, daß man ihr die Kinder zu Recht wegnähme. Ich bot an, sie zu nehmen, aber sie wollte mich nichts für sie tun lassen.«

»Warum nicht?«

»Woher zum Teufel soll ich das wissen? Weil ich meinen Mund zu oft aufgerissen hatte, wegen irgendwas, das in ihre Kindheit zurückging, weil sie sich einfach selbst aufgab? Ich mußte sonstwas anstellen, damit sie sich überhaupt einen Anwalt nahm.«

»Sie sind vielleicht nicht Demeter, aber Sie haben alles sehr schlau eingefädelt.«

»Ob Sie es glauben oder nicht, das Erstaunliche ist nicht, daß ich das Ganze plante. Eigentlich konnte ich gar nichts planen, sondern nur die Karten ausspielen, die ich in der Hand hatte. Viel erstaunlicher ist, daß alles funktioniert hat. Und vergessen Sie bitte eins nicht, Kate: dank uns haben sich die Verhältnisse in dem düsteren Schuyler-Laden verändert. Nicht nur den werten Herren Professoren haben wir Feuer unter dem Hintern gemacht, sondern auch den Studenten. Wir haben wirklich erstaunlich viel erreicht, wenn Sie's in Ruhe bedenken. Sie fühlen sich ausgenutzt, und das ärgert Sie. Aber Sie wurden nicht ausgenutzt. Ich habe nichts anderes getan, als alles daranzusetzen, Sie kennenzulernen. Und nachdem ich den Schuyler-Job hatte, sprach ich Sie im Theban an.«

»Aber warum haben Sie mich ausgewählt? Warum meinten Sie, ich könnte Ihnen von Nutzen sein?«

»Von *Nutzen* sein ist ein ziemlich abwertender Ausdruck.

Mir stand nicht Demeters Macht zur Verfügung. Ich hatte verdammt wenig Macht. Nachdem wir so fundamentale Fehler gemacht haben, ist uns Frauen im Grunde kein anderes Mittel geblieben, als unser altes Selbst in die Versenkung zu schicken und uns ein neues anzuschaffen – ein anderer Mensch zu werden. Das ist es, was ich für mich und für meine Tochter wollte. Sie *war* in der Unterwelt, wissen Sie.

Irgendwann fiel mir ein, daß Betty von Ihren Vorlesungen geschwärmt hatte. Ich wußte, daß Reed dieses Projekt leiten sollte, also überzeugte ich Blair davon, wie hübsch es doch wäre, wenn Reeds vortreffliche Frau das Seminar mit ihm halten würde. Ich setzte alle Hoffnung darauf, daß Betty nach Ihnen fragen würde und daß Sie vielleicht Zugang zu ihr fänden, denn sie ließ ja niemanden an sich heran. Zum Teufel, Kate, verstehen Sie denn nicht, daß Reed sich zehnmal hätte bereit erklären können, sich um ihren Fall zu kümmern? Es hätte nichts genutzt, solange sie ihn nicht um Hilfe bat. Und ich sah einfach keinen anderen Weg – nur Sie. Falls jemand Betty aufrütteln und den Wunsch in ihr wecken konnte, noch etwas mit ihrem Leben anzufangen, dann Sie. Und wenn mich das zu einer Spionin macht, einer Kriminellen und Ebenbürtigen Karlas, der, wie Sie sich erinnern werden, alles für seine Tochter aufgab, dann sage ich jetzt wohl lieber adieu, nett, daß wir uns kennengelernt haben, und wenn ich Reed im Gerichtssaal treffe, schicke ich Ihnen schöne Grüße.«

»Bleiben Sie sitzen«, befahl Kate. »Sie wollten doch einen Drink, weil der Tag schon so hübsch vorgerückt ist. Und da er inzwischen noch weiter vorgerückt ist, hole ich uns jetzt einen, und wenn Sie sich auch nur einen Millimeter von der Stelle rühren, dann geraten wir ernsthaft aneinander.«

»Ich akzeptiere den Drink nur, wenn Sie mir versprechen, daß Sie Demeter und ihre große Macht nicht wieder vergessen. Ich hatte nur Sie, und woher sollte ich wissen, ob Sie nicht eine unsichere Kandidatin sind? Außer Ihnen hatte ich natürlich noch Smiley, der mir ein paar gute Tips gab. Verstehen Sie nicht, Kate, es lag doch auf der Hand, daß ich an der Schuyler ansetzen mußte, dem Ort, der über Betty den Stab brach. Als ich dann den Job dort hatte und hörte, daß Reed ein Häftlingsprojekt leiten sollte, war mir klar, daß ich an Sie herankommen mußte. Sie waren der Faden, der mich durch das Labyrinth zu Betty führen konnte. Zu meiner Tochter.«

»Das mit dem Labyrinth ist eine andere Sage«, warf Kate ein.

»Ja, ich weiß. Ich hoffe, es macht Ihnen nichts aus, mit einem Faden verglichen zu werden.«

»Ich fühle mich geehrt. Obwohl es natürlich erniedrigend ist, bloß ein Faden zu sein. Normalerweise bin ich ein bißchen mehr oder rede es mir zumindest ein. Aber im Grunde können all wir Detektive, gleich ob Amateure oder Profis, und selbst die Polizei, nicht mehr tun, als den Dingen eine andere Richtung geben. Keiner von uns kann heute noch etwas von Grund auf verändern. Wir können nur versuchen, gewisse Entwicklungen ein wenig zu beeinflussen. Aber jetzt hole ich uns den Drink.«

Als Kate mit dem hochgeschätzten Scotch zurückgekehrt war, beide einen Schluck getrunken hatten und Harriet wie immer voll des Lobes über das köstliche Getränk war, lehnte sich Kate in ihrem Sessel zurück und nahm den Faden ihres früheren, etwas profaneren Gesprächs wieder auf.

»Haben Sie vor, nach Boston zurückzukehren?«

»Nur für einen Besuch. Ich bleibe hier in New York. Ich hoffe, Betty läßt es zu, daß ich ihr in der vor ihr liegenden Zeit beistehe. Teufel, ich rechne fest damit. Aber ich bleibe auf jeden Fall. Und Sie – wollen Sie weiterhin mit mir zu tun haben, oder ist das hier jetzt unser Abschiedsdrink?«

Kate ignorierte die Frage. »Wollen Sie auch in Zukunft nur mit Bargeld operieren, ohne echte Identität und ohne eigenen Namen leben?«

»Wenn Betty meine Hilfe will, kann ich das ja wohl

schlecht. Dann bin ich wieder ihre Mutter, führe meinen eigenen Namen, zahle Steuern und werde überhaupt wieder ein offiziell registriertes, ordentliches Mitglied der Gesellschaft sein. Und kommen Sie mir jetzt bitte nicht damit, ich hätte bisher den Staat betrogen. Mit dem so außerordentlich großzügigen Gehalt der Schuyler habe ich knapp an der Armutsgrenze gelebt und schulde dem Staat also nicht das Geringste.«

»Und nachdem Betty freigelassen ist ...«

»Ich bin froh, daß sie *nachdem* gesagt haben, nicht *falls*.«

»Und nachdem Betty freigelassen ist, werden Sie dann nach Boston zurückkehren?«

»Wahrscheinlich. Vielleicht kommt sie mit mir, vielleicht nicht. Das liegt allein an ihr. Ich werde dasein, wenn sie mich braucht, das wird sie hoffentlich nie vergessen. Aber ich muß zugeben, daß ich mich in Massachussetts heimischer fühle als in New York, auch wenn es ein sehr großes Privileg war, all euch New Yorker kennenzulernen. Tja, und falls ich nicht wegen Benutzung falscher Papiere und meiner erschwindelten Existenz ins Gefängnis muß, werde ich mir als nächstes irgendeinen Job suchen – unter meinem eigenen Namen – und dann weitersehen.«

»Sollten Sie irgendwann doch wieder einen anderen Namen annehmen«, meinte Kate, »wie wär's mit Smiley?«

»Wie wär's mit Fansler? Hätten Sie was dagegen, wenn es zwei weibliche Fanslers gäbe? Sie haben doch keine weiblichen Verwandten dieses Namens, oder?«

»Nur drei Schwägerinnen und zahllose Neffen und Nichten, meist ebenfalls mit angeheiratetem Anhang. Ich glaube, das wäre keine gute Idee.«

»Sie haben wahrscheinlich recht. Wissen Sie, warum mir Fansler so gefällt, Kate? Weil wir uns in vieler Hinsicht gleichen. Oh, nicht äußerlich, der Himmel bewahre. Ich messe mich nicht an Ihrer schlanken Figur, Ihrem Geld oder Ihrem exzellent diskreten Kleidergeschmack. Aber trotzdem gleichen wir uns – im Geiste, könnte man sagen. Ich bin sozusagen Ihr zukünftiges Ich – das heißt, wenn Sie Ihre Karten richtig ausspielen.«

»Ich werde nie eine Tochter haben.«

»Nein, biologisch nicht. Und ich kann wirklich nicht behaupten, daß ich die übliche Mutter-Tochter-Beziehung für die glücklichste halte. Vielleicht bessert sich das eines Tages, doch bisher ist sie hoch problematisch, jedenfalls meistens. Aber Sie werden eine Nenntochter haben, vielleicht auch zwei, hoffentlich nicht im Gefängnis, sondern irgendwo anders, für die es wichtig ist, daß Sie einfach da sind und sie ermutigen.«

»Sie sind eine verdammte Romantikerin, Harriet. Ich glaube, das wußte ich von Anfang an. Nur habe ich Sie statt dessen Spionin genannt.«

»Ich bin verdammt noch mal keine Romantikerin«, widersprach Harriet, »aber wo wir schon von Romantik sprechen, bilden Sie sich bloß nicht ein, es wär mir entgangen, wie Sie unseren Blair angeguckt haben – nun, er ist süß, das geb ich ja zu. Doch Sie und ich, wir wissen beide, daß das nicht das wirkliche Leben ist. Sex ist in Ordnung, wenn man ihn bekommt, wenn man ihn will und es richtig macht. Aber er war für mich nie das, worum es mir wirklich ging, und im Augenblick geht es mir schon gar nicht darum, was beweist, daß ich alles andere als eine verdammte Romantikerin bin. Wissen Sie, was le Carré zu diesem Thema über Smiley sagte?«

»O Gott, wie ich mir wünschte, ich würde mich erinnern und könnte es Ihnen auf der Stelle zitieren.« Genau wie ich mir wünschte, Demeter wäre mir eingefallen, dachte Kate.

»Nun, da Sie es nicht wissen, erzähle ich es Ihnen. Er sagte: ›Jeden Morgen, wenn er aus dem Bett stieg, jeden Abend, wenn er wieder hineinging, gewöhnlich allein, gestand er sich ein, daß er nicht unentbehrlich war, es nie gewesen war.‹ Tja, vielleicht nicht. Aber er und Sie und ich sind unentbehrlicher als die meisten Menschen, und das vergessen Sie bitte nicht.«

»Sie werde ich nie vergessen – ebensowenig wie Smiley. Und immer wenn ich an einen von Ihnen beiden denke, wird mich eine Welle von Freude überkommen. Was Blair betrifft, da irren Sie.«

»Nein, tue ich nicht! Aber Sie sind viel zu klug, sich auf *so was* einzulassen, dafür wissen Sie viel zu gut, was Sie haben.«

»Aha, Eheberaterin sind Sie also auch noch!« Kate lachte.

»Lachen Sie nur. Wenn Bettys Haftprüfungstermin vorüber ist, werde ich aus Ihrem Leben verschwinden. Aber warten Sie, wenn das Alter eines Tages über Sie herfällt und Sie sich plötzlich sagen: ›Das war's dann wohl. Was zum Teufel bringt mir dieses verrückte Leben noch?‹ – wenn das geschieht, denken Sie an mich! Nicht wie ich aussehe oder was ich im einzelnen tat, sondern wie ich an die Dinge heranging, wie ich Entwicklungen in Gang setzte und eine Menge riskierte, um zu erreichen, was ich für wichtig hielt – wie ich mich an Demeter erinnerte und vor allem, wie ich dazu beitrug, eine vor sich hin dämmernde Institution zu verändern, vielleicht sogar umzukrempeln. In irgendeinem Seelenwinkel wird Ihnen das Altern zu schaffen machen. Dann denken Sie an mich – erinnern Sie sich daran, daß es ein Spaß ist!«

»In Ordnung. Wenn ich voller Falten und Leberflecken bin und alles herabsackt, will ich versuchen, daran zu denken. Aber vorläufig denke ich nur eins: Sie sind nicht Demeter, Sie sind eine Hexe. Sie sind auch keine Spionin, obwohl Sie uns andere beinahe zu Spionen gemacht hätten. Sie sind eine Hexe, und ich glaube, jetzt sollten Sie sich lieber auf Ihren Besenstiel schwingen und davonfliegen.«

»Nicht, ehe ich noch einen Schuß von diesem köstlichen Maltwhisky bekommen habe«, erklärte Harriet und hielt Kate ihr Glas hin.

Epilog

> Ich merke, daß ich immer radikaler werde
> auf meine alten Tage.   *John le Carré,*
> *›Der heimliche Gefährte‹*

Schließlich war das Semester zu Ende.

»Hätten Sie nicht noch Lust auf ein Dinner im Oak Room, um den erfolgreichen Abschluß unseres Seminars und unserer kleinen Universitätsrevolte zu feiern?« fragte Blair, als sie nach der letzten Stunde ihre Habseligkeiten in seinem Büro zusammenpackte.

Handtasche und Aktenmappe schon in der Hand, die Jacke überm Arm, sah sie ihn an. »Danke. Wirklich lieb von Ihnen. Aber ich glaube, ich geh lieber einfach heim und versuche, mich wieder in mein altes Selbst zu verwandeln, genauer: in den Teil meines alten Selbst, der Literaturvorlesungen vor Studenten hält, die sich für dieses Fach eingeschrieben haben und nicht für Jura.«

»Wissen Sie«, meinte Blair, »es hat keinen Sinn, sich etwas vormachen oder sich einlullen zu wollen. Nicht, daß ich Sie drängen will, mit mir essen zu gehen, so verlockend ich das fände. Aber Sie sollten nicht zu verdrängen versuchen, daß eine neue und beängstigende Zeit angebrochen ist. Wir steuern auf einen totalen Verfall und völligen Sinnverlust zu – national, international und auf der Ebene von Institutionen. Die extreme Rechte hat einen solchen Zulauf, weil sie zu einem Zeitpunkt auf den Plan tritt, an dem wir andern die Augen verschließen, einfach in unseren gewohnten, bequemen Bahnen weitermachen und darauf warten, daß ein Wunder geschieht. Tut mir leid«, fügte er hinzu. »Eigentlich hatte ich nicht vor, eine Rede zu halten.«

»Sie haben ja recht, Blair. Und irgendwann müssen Sie in mein Revier kommen und ein Seminar über Recht und Literatur halten. Ich finde, das ist eine großartige Idee. Aber ich glaube nicht, daß ich viel vom Spionieren halte, falls man das, was ich an der Schuyler tat, so nennen will, was Harriet zweifellos tun würde. Doch, Spionin oder nicht, ich habe das Gefühl, ich wurde in einen Kampf gestürzt, den ich gar nicht wollte.«

»Wir können nur die Kämpfe ausfechten, die wir ererbt haben, ob als Nation oder Individuen. Den Kampf an der Schuyler haben wir ererbt, und wir haben ihn durchgefochten – ehrenhaft, meiner Meinung nach. Und reden Sie sich bitte nicht ein, Sie seien sich zu fein für solche Kämpfe; das ist eine liberale Täuschung, mit der die Verwirklichung unserer Anliegen vereitelt wird, wobei ich hoffentlich davon ausgehen darf, daß unsere Anliegen die gleichen sind.«

»Sie haben das Übel erkannt und den Kampf aufgenommen, und ich finde, dafür verdienen Sie großen Respekt. Aber ich für mein Teil, ich werde mich nie mit dem Gedanken anfreunden können, eine Spionin zu sein.«

»Das ist Unsinn. Denken Sie zurück, meine Liebe. Denken Sie zurück. Wir alle werden schon als Kinder zu Spionen, denn das ist der einzige Weg, daß die Welt für uns Sinn ergibt.«

Harriet benutzte mehr oder weniger die gleichen Worte, als sie einige Zeit später zu einem Abschiedstrunk bei Kate und Reed vorbeikam.

»Wir lernen von Kindheit an, uns in Heimlichkeiten zu flüchten«, sagte sie. »Wie sollten wir anders überleben? Und von da bis zum Spionieren ist es nicht mehr weit.«

»Kann sein«, meinte Kate. »Und genau deshalb habe ich wohl das Gefühl, daß ich als Spionin an die Schuyler kam oder zumindest unter Vorspiegelung falscher Tatsachen. Ich sagte schließlich nicht, ich wolle eine Revolution anzetteln, sondern ein Seminar über Recht und Literatur halten.«

»Aber Sie haben nichts vorgespiegelt«, beharrte Harriet. »Sie sagten der Fakultät genau, was Sie vorhatten, und haben sich daran gehalten. Was hat das mit Spionage zu tun?«

»Wir hofften, die Studenten würden aufwachen und etwas unternehmen, um die Zustände an der Fakultät zu verändern.«

»Darum geht es doch beim Lehren, oder sollte es zumindest. Daß man hofft, die Studenten wachen auf und hinterfragen ihre Umgebung und die Bedingungen, unter denen sie leben. Ich sehe nicht, was das mit Spionage zu tun haben soll.«

»Na, und wie war es dann bei Reed?«

»Auch Reed tat genau das, was er angekündigt hatte – er führte das erste Projekt mit Praxisbezug an der Schuyler durch«, sagte Harriet, »und unterstützte Häftlinge, in die Berufung zu gehen. Er hat niemanden getäuscht.«

Reed lächelte sie an. »Oberflächlich besehen nicht, das stimmt. Ich erklärte mich zur Leitung dieses Projekts bereit und hielt mich an die Zusage. Aber ich hatte meine eigenen Gründe, von der die Schuyler nichts ahnte: ich wollte eine neue Herausforderung, und ich wollte Kate gefallen. Keine Frage, das Projekt war eine gute Sache, und ich hoffe, es wird auch ohne mich fortgesetzt. Aber insgeheim hatte ich meine eigenen Ziele dabei, und auch ich habe am Ende zum Protest der Studenten an der Schuyler beigetragen. Das Ganze war also keineswegs so völlig durchsichtig und unverdächtig.«

»Sie sind beide verkappte Romantiker«, kicherte Harriet. »Sie haben eine große Sehnsucht nach dem Guten. Als Sie eine Chance sahen, ein Übel abzustellen, da ergriffen Sie sie. So was tun Spione nicht, jedenfalls nicht laut le Carré und sonstiger Quellen. Ich glaube, Sie beide wollen sich gern als Maulwürfe hinstellen. Mein Gott, wir haben alle bestimmte Pläne, wir alle hoffen auf Veränderungen. Aber Sie haben niemanden angelogen, Sie und Kate, nicht einmal Geheimnisse hatten Sie voreinander, und was könnte besser beweisen, daß Sie keine Spione sind!«

»Hatten wir wirklich keine?« fragte Kate.

»Nein«, erwiderte Reed. »Hatten wir nicht. Auf eine Art hat Harriet recht. Ohne uns hätte man an der Schuyler einfach ewig so weitergemacht. Dabei haben wir ja gar nichts Dramatisches *getan*. Allein unsere Gegenwart hat ihnen Angst eingejagt. Wir haben nicht infiltriert, wir waren wir selbst. Spione infiltrieren.«

»Um ein le Carréscher Spion zu sein«, verkündete Harriet entschlossen, »muß man einem Regierungsorgan angehören, am besten dem Geheimdienst, und muß die Öffentlichkeit und alle Welt belügen. Man muß eine verkommene Moral haben, sich einreden, alles was man tut und jede Lüge, die man verbreitet, sei gerechtfertigt. Ich würde sagen, Sie beide sind vom Spionageverdacht entlastet.«

»Aber Sie sind eine Spionin, Harriet. Sie haben Reed belogen, als Sie ihm Ihre Verbindung zu seiner Mandantin verschwiegen. Ich finde, Verschweigen ist die schlimmste Lüge. Und als wir uns kennenlernten, haben Sie mich auch belogen, jedenfalls war es verdammt nah am Lügen dran. Zu behaupten, Sie seien keine Spionin, damit kommen Sie nicht durch.«

»Na gut. Wie ich schon oft sagte: ich bin wie Smiley. Ich habe einen geschulten, wachen Verstand. Ich habe den gleichen aufmerksamen, kritischen Blick auf die Welt, dem nichts entgeht. Aber im Gegensatz zu Smiley bin ich in keinem Geheimdienst, also habe ich mein Selbst nicht verloren, was ihm um ein Haar passiert wäre.«

»Aber er nahm ständig andere Namen an, mußte immer vorgeben, jemand anderer zu sein – er konnte ja nie als er selbst auftreten«, wandte Kate ein; nicht daß sie gewußt hätte, warum. Eine Welle von Zufriedenheit durchströmte sie, ähnlich wie bei einer Krankheit, wenn man das Schlimmste überwunden hat und es nur noch genießt, umhegt und geborgen zu sein.

»Natürlich« – Harriet ignorierte den Einwand – »könnte man behaupten, ich hätte einen Rachefeldzug durchgeführt, so wie Smiley gegen Karla. Aber in Wirklichkeit ging es nicht um Rache, sondern Rettung. Sie wissen, am Schluß, als Smiley Karla schnappt – im Grunde rettet er ihn ja auch, ihn und seine Tochter – und Karla die Chance gibt, ein neues Leben zu beginnen, sagt Peter Guillam zu Smiley, ›George, Sie haben gewonnen‹, und Smiley entgegnet, ›Wirklich? Ja. Ja, es sieht wohl so aus.‹ Ich finde, ich habe auch gesiegt. Betty wird eine zweite Chance bekommen.«

»Darauf wollen wir trinken«, sagte Reed.

Am Ende flog Harriet also nach Boston zurück. Diesmal saß sie in der Economy Class, und der Mann auf dem Nebensitz interessierte sich weder für sie noch ihr Buch, welches, natürlich, der neueste Roman ihres Lieblingsautors war, ein Geschenk von Kate. Auch ohne den Geheimdienst im Rücken – Smiley machte weiter. Und was er kann, können wir anderen auch, fand Harriet.

Die Wahrheit war, daß Harriet den starken Wunsch in sich entdeckt hatte, gegen Verlogenheit, Intoleranz und Bigotterie anzukämpfen, und ihre Wünsche waren dergestalt, wie sie bereitwillig eingestand, daß sie nicht so leicht zu unterdrücken oder ignorieren waren. Zum Teufel also mit den Scheißkerlen und allen in ihrem Schlepptau, sagte sie sich. Als der Mann neben ihr sie vor sich hinlächeln sah, lächelte er auch.